Dublinenses

James Joyce

Dublinenses

James Joyce

Tradução de André Caramuru Aubert

TORDSILHAS

Dublinenses

Tordesilhas é um selo da Alaúde Editora Ltda, empresa do Grupo Editorial Alta Books (Starlin Alta Editora e Consultoria LTDA).

ISBN: 978-65-5568-266-3.

Translated from original Dubliners. PORTUGUESE language edition published by Alaúde, Copyright © 2025 by STARLIN ALTA EDITORA E CONSULTORIA LTDA.

Impresso no Brasil — 1ª Edição, 2025 — Edição revisada conforme o Acordo Ortográfico da Língua Portuguesa de 2009.

Dados Internacionais de Catalogação na Publicação (CIP)
(BENITEZ Catalogação Ass. Editorial, MS, Brasil)

J89d
1.ed. Joyce, James
Dublinenses / James Joyce ; tradução André Caramuru Aubert. - 1.ed. - Rio de Janeiro : Tordesilhas, 2025.
256 p.; 15,7 x 23,0 cm.

Título original: Dubliners.
ISBN 978-65-5568-266-3

1. Contos ingleses. I. Aubert, André Caramuru. I. Título.

05-2025/09 CDD 823

Índice para catálogo sistemático:
1. Contos : Literatura inglesa 823
Aline Graziele Benitez - Bibliotecária - CRB-1/3129

Produção Editorial: Grupo Editorial Alta Books
Diretor Editorial: Anderson Vieira
Vendas Governamentais: Cristiane Mutüs
Coordenadora Editorial: Mariana Portugal
Produtora Editorial: Viviane Corrêa

Tradução: André Caramuru Aubert
Copidesque: Vera Moraes
Revisão: Ellen Andrade
Diagramação: Natalia Curupana
Capista: Diego Santos
Prefacista: Fábio Fernandes

ALTA BOOKS
GRUPO EDITORIAL

Rua Viúva Cláudio, 291 — Bairro Industrial do Jacaré
CEP: 20.970-031 — Rio de Janeiro (RJ)
Tels.: (21) 3278-8069 / 3278-8419
www.altabooks.com.br — altabooks@altabooks.com.br
Ouvidoria: ouvidoria@altabooks.com.br

Editora **afiliada à:**

Sumário

Nesta obra fictícia, as ideias, falas e opiniões podem reforçar estereótipos e noções preconceituosas. Tais ideias são produtos do contexto da época em que foram criadas e não necessariamente refletem a opinião da editora.

Prefácio

Dublinenses: uma cidade e suas almas aprisionadas no tempo

James Joyce costumava dizer que Dublin poderia ser reconstruída pedra por pedra caso alguém lesse seu livro com atenção suficiente. Em *Dublinenses*, publicado em 1914, o autor irlandês capturou não apenas a geografia de sua cidade natal, mas principalmente a anatomia moral de seus habitantes. O que parece à primeira vista uma coletânea de contos realistas sobre pessoas comuns revela-se, sob um olhar mais atento, um retrato implacável da condição humana sob o peso da história, da religião e das próprias limitações individuais.

A originalidade de Joyce reside justamente nessa capacidade de transformar o aparentemente banal em algo extraordinário. Tomemos como exemplo o conto *Eveline*, onde uma jovem hesita entre ficar cuidando do pai abusivo ou embarcar para a Argentina com o namorado. A cena poderia ser mera crônica social, mas nas mãos de Joyce transforma-se em estudo psicológico universal sobre o medo da liberdade. Quantos de nós, em pleno século XXI, não nos reconhecemos na paralisia de Eveline diante de escolhas que poderiam mudar nossos destinos?

Essa "paralisia" — termo que o próprio Joyce usava para descrever Dublin, cidade onde nasceu — permeia todos os contos de forma quase obsessiva. Em *Um Caso Doloroso*, o sr. Duffy, homem metódico e intelectual, rejeita o amor da sra. Sinico por medo de que isso perturbe sua rotina organizada. Anos depois, ao saber que ela morreu em circunstâncias trágicas, Duffy tem uma epifania sobre a vacuidade de sua existência protegida. Joyce constrói essas cenas com precisão cirúrgica, mostrando como nossas defesas emocionais podem se tornar nossas próprias prisões.

O contexto histórico é essencial para compreender a profundidade desses contos. A Irlanda do início do século XX seria assolada por uma tragédia que marcaria para sempre a história daquele país e seu povo: a Grande Fome. Causada inicialmente por uma praga que contaminou em larga escala as batatas em toda a Europa, ela afetou ainda mais a população irlandesa: nada menos que um terço dela dependia da batata para sua sobrevivência.

A Grande Fome provocou, entre 1845 e 1852, a morte de mais de um milhão de pessoas na Irlanda e forçou a imigração de um número semelhante, grande parte das quais foram para os Estados Unidos, reduzindo a população irlandesa em cerca de 25%. Mas a praga não foi culpa somente da natureza: o governo britânico, com sua política de negligência e assistência inadequada, foi amplamente responsabilizado pela tragédia. Esse trauma coletivo aparece em histórias como *Dois Galantes*, onde somos apresentados a Corley e Lenehan, dois homens que exploram mulheres para ganhos materiais. A moeda que Corley obtém de sua conquista simboliza a degradação moral em uma sociedade onde relações humanas são transações. O conto reflete a precariedade econômica pós-Fome, onde a sobrevivência vale mais que a ética. Já em *A Pensão*, onde o casamento é tratado como transação comercial. Joyce mostra como a miséria material gera degradação moral, mas sem jamais reduzir seus personagens a meras vítimas — cada um tem agência, mesmo que usada para autodestruição.

A relação complexa dos irlandeses com a religião católica é outro tema central. Em *As Irmãs*, a morte do padre Flynn — que sofreu uma paralisia antes de falecer — serve como metáfora para uma Igreja que perdeu seu poder espiritual, mas mantém seu domínio social. Se o padre padece de uma paralisia física, o domínio da igreja católica gera outro tipo de paralisia, que torna os irlandeses incapazes não de se moverem fisicamente, mas de tomarem qualquer atitude que possa de algum modo libertá-los daquela vida cotidiana em busca de algo melhor em outra parte.

Já em *Graça*, um grupo de homens tenta "salvar" um alcoólatra levando-o à igreja, num ritual vazio que ignora as verdadeiras causas de seu vício. Joyce, que rompeu com o catolicismo ainda jovem, critica não a fé em si, mas seu uso como ferramenta de controle e hipocrisia.

O estilo de Joyce em *Dublinenses* já anuncia o modernismo que desenvolveria em obras posteriores. Embora use uma estrutura aparentemente tradicional, ele introduz técnicas inovadoras como o "fluxo de consciência" (embrionário aqui, mas pleno em *Ulisses*) e as "epifanias", momentos súbitos de revelação psicológica. Em *Arábia*, o protagonista adolescente vive o êxtase do primeiro amor e o desmoronamento dessa ilusão numa feira que imaginava exótica, mas que se revela vulgar. A descrição dessa descoberta amarga é tão vívida que qualquer leitor que já experimentou a desilusão juvenil se sente imediatamente reconhecido.

A genialidade de Joyce está em sua capacidade de equilibrar o particular e o universal. Embora cada conto seja profundamente enraizado na Dublin de 1900, os temas transcendem tempo e geografia. Quando lemos sobre Farrington em *Contrapartida* — um escriturário humilhado que desconta sua frustração na família —, reconhecemos padrões contemporâneos de violência doméstica e alienação no trabalho. Maria, a solteirona ingênua que vive uma existência pequena (como o seu tamanho, que Joyce faz questão de apontar) em uma lavanderia protestante, poderia ser qualquer idoso invisível em nossas cidades hoje. Maria aqui é quase uma Macabéa irlandesa, que, assim como a personagem de Clarice Lispector, encara a vida com simplicidade e um certo otimismo, que não a salva da invisibilidade social.

Depois da Corrida é um tapa na cara da elite irlandesa, que, apesar de viver em um país empobrecido, imita os hábitos decadentes da aristocracia britânica. O jovem Jimmy, endividado após uma noite de excessos, personifica a dependência econômica da Irlanda em relação à Inglaterra. É possível ver em Jimmy uma versão medíocre e inacabada de Jay Gatsby, mas, ao contrário do protagonista do clássico de F. Scott Fitzgerald, ele não tem elegância nem competência para ascender culturalmente, e essa é sua dor.

Já em *Dia de Hera na Lapela na Sala do Comitê*, trabalhadores à frente de uma lareira no final de um dia de eleição esperam para receber o dinheiro que lhe prometeram pelo trabalho na captura do voto. Eles trazem na lapela uma folha de hera, que lembra o dia da morte de Charles Steward Parnell, político nacionalista morto em 1891, que teve um papel importante na causa irlandesa no Parlamento. O aniversário de sua morte e a hera na lapela representam a persistência da luta necessária — ainda que essa luta ali fosse em vão, pois os homens sabem que seu voto irá para um político aproveitador e interesseiro.

Falando na questão política, é preciso ressaltar outro ponto importante nos contos de *Dublinenses*. O fracasso do *Home Rule*, a proposta de autogoverno irlandês dentro do Reino Unido, está sempre presente de uma forma ou outra nestas histórias. Apesar das promessas políticas, a Irlanda permanecia sob controle britânico, e a frustração com a inércia parlamentar alimentava movimentos mais radicais, como a criação do movimento Sinn Féin, em 1905, e a posterior Revolta da Páscoa, em 1916. Ainda que esse levante pela independência e sua consequência mais direta, a criação do IRA (Exército Republicano Irlandês) em 1919, tenham se dado depois da publicação do livro, o ambiente na Irlanda era quase irrespirável, e Joyce era um observador sagaz da realidade de seu país.

Joyce não apenas documenta a paralisia irlandesa, mas expõe suas raízes no colonialismo e na moralidade distorcida que ele gerou. Cada conto é um microcosmo do trauma coletivo que levaria, pouco depois, à Revolta da Páscoa.

E essa revolta é coletiva, mas ao mesmo tempo profundamente individual. Como em *Uma Mãe*, onde a sra. Kearney, ao exigir pagamento justo para a filha pianista, é vilipendiada pelos organizadores do evento. Joyce faz questão de frisar que ela é tratada como uma pessoa absolutamente sem importância, o que revela a marginalização das mulheres que ousavam desafiar as estruturas de poder. Joyce mostra como o nacionalismo cultural reproduz a mesma exploração que diz combater, e nisso a sra. Kearney e sua filha (que ainda é mais invisibilizada que a mãe) sofrem um preconceito semelhante ao de Clara dos Anjos no livro homônimo. Mas se em Lima Barreto a questão racial estava acima de tudo, na Dublin do começo do século XX o que impera são as questões de religião e classe social, que são igualmente devastadoras para as mulheres irlandesas pobres.

Nenhuma análise de *Dublinenses* estaria completa sem mencionar *Os Mortos*, considerado pelo poeta modernista T. S. Eliot um dos melhores contos da língua inglesa. Nele, Gabriel Conroy, professor universitário pretensioso, participa de uma festa de Natal repleta de tensões sociais não ditas. Ao descobrir que sua esposa Gretta ainda chora por um amor juvenil que morreu por ela, Gabriel tem uma epifania devastadora sobre sua própria insignificância. *Os Mortos* foi adaptado para o teatro por Hugh Leonard em 1967, e em 1987 virou filme sob a direção de John Huston, tendo Anjelica Huston como Gretta.

Joyce escreveu *Dublinenses* no exílio, longe da Irlanda que tanto criticava e amava. Talvez essa distância tenha permitido o olhar tão aguçado, capaz de ver Dublin como microcosmo do mundo. Ao ler estes contos hoje, percebemos que as mesmas forças que paralisavam seus personagens ainda nos afetam: o medo da mudança, o peso das expectativas, a sedução da nostalgia. Mas Joyce não nos deixa sem esperança. Em cada epifania, por mais dolorosa que seja, há um convite à lucidez e, quem sabe, à libertação.

Para o leitor contemporâneo, especialmente os jovens, *Dublinenses* oferece não apenas um retrato histórico, mas um espelho. Quantos de nós não temos nossas próprias versões da paralisia joyceana? Seja na indecisão profissional, nos relacionamentos frustrados ou no conflito entre tradição e modernidade, os dilemas dos dublinenses de 1914 continuam surpreendentemente atuais. Joyce nos ensina que reconhecer essas prisões — sociais e psicológicas — é o primeiro passo para transcendê-las. E essa lição, mais de um século depois, permanece tão vital quanto quando foi escrita.

Depois de *Dublinenses*

James Joyce é um dos nomes mais famosos da literatura do Ocidente, e isso não é dizer pouco em tempos de redes sociais e celebridades instantâneas. Oitenta e quatro anos depois de sua morte, o nome do romancista irlandês ainda é bastante celebrado: existe até uma data especial só para lembrar seu romance mais famoso. No Bloomsday, comemorado todo dia 16 de junho, fãs de todo o planeta releem trechos de *Ulisses*, sozinhos ou em grupo, e os mais sortudos lotam as ruas de Dublin para percorrer os lugares por onde o protagonista desse livro, Leopold Bloom, caminha ao longo de um dia inteiro, pensando na vida, no amor e na morte.

Paradoxalmente, talvez *Ulisses* seja um livro mais famoso ainda por *não ser lido*: considerado muito difícil até mesmo por leitores de língua inglesa, ele sofre o preconceito de pessoas que chegam a ter medo de abrir o livro e não entender nada.

Não é verdade. Difícil é *Finnegans Wake*, seu último livro, escrito no que se chama fluxo de consciência, ou seja, como se saísse direto da cabeça do autor sem filtros ou revisões, misturando prosa e poesia e até onomatopeias inventadas, e que, no entanto, já teve várias traduções para o português, todas criativas e que abrem portas para a compreensão da prosa joyceana em nosso idioma.

No Brasil, a impressão de impenetrabilidade da obra de Joyce talvez se deva à tradução de Antonio Houaiss realizada em 1966. Houaiss, lexicógrafo que viria anos depois a ser criador de um dos maiores e mais completos dicionários da língua portuguesa, optou por verter termos que em inglês são corriqueiros por palavras em português, mas com raízes gregas e latinas. O que não torna a leitura impossível de modo nenhum, mas dificulta a imersão na obra, por assim dizer.

Não é o caso deste livro que você tem em mãos: os contos de *Dublinenses* pertencem ao movimento literário chamado *naturalismo*, que rejeitava o romantismo predominante no século XIX e buscava retratar a sociedade de modo frio e objetivo, até com um certo caráter científico, como se o escritor fosse um cientista olhando o mundo e seus habitantes por um microscópio.

Acabei de dizer que os contos deste volume pertencem ao naturalismo, mas com James Joyce realmente a coisa não é simples. Onde autores como o francês Émile Zola, tido como o criador do naturalismo, usava efetivamente essas regras para construir suas narrativas que denunciavam as injustiças que as elites praticavam contra os desvalidos, Joyce é mais cínico e crítico. Se Zola buscou em *Germinal*, por exemplo, descrever com riqueza de detalhes as condições subumanas de trabalhadores de uma mina de carvão no interior da França, Joyce descreve o caráter e a mente dos irlandeses por intermédio desses pequenos retratos de dublinenses.

Ele mantém a observação distante do cientista, mas seus personagens não são bidimensionais, ainda que de vez em quando (como no conto de abertura, *As Irmãs*) eles pareçam menos, digamos, vívidos.

Mas mesmo isso é uma crítica arguta de Joyce ao que ele considerava a passividade do irlandês de classe média, com sua religiosidade ritualística (que, como Joyce aponta, muitas vezes superficial, não passando do que hoje se convencionou chamar de *sinalização de virtude*) não tão profunda e um apego (este sim, fundo) à tradição, mesmo que essa tradição sirva para oprimir mais do que para ajudar.

Daí a busca peripatética de Joyce e seus personagens, que não começa com as andanças de Leopold Bloom em *Ulisses*. Ela já pode ser achada em contos como *Um Encontro*, onde o protagonista sem nome (mas que supomos ser o próprio Joyce na adolescência) aprende com um amigo coisas sobre o Velho Oeste americano e conclui, com certa ingenuidade, que "aventuras de verdade, refleti, não acontecem com quem fica em casa: é preciso viajar atrás delas".

E o próprio Joyce buscou isso. Nascido numa família de classe média de Dublin em 1882, mudou-se para a Europa com Nora Barnacle, que viria a ser sua esposa, em 1904. E nunca mais parou de viajar e se mudar.

Primeiro para Pola, na Croácia, e logo em seguida para Trieste, na época pertencente ao Império Austro-Húngaro, onde trabalharia como professor de inglês e viveria até 1915, durante a Primeira Guerra Mundial. Foi nessa cidade, hoje parte da Itália, que Joyce publicou seus primeiros dois livros: o livro de poemas *Chamber Music* e a coletânea *Dublinenses*. Ele ainda começaria a publicar seu primeiro romance, *Retrato do Artista Quando Jovem*, no formato de folhetim, nas páginas da revista inglesa *The Egoist*. Passaria a maior parte da guerra em Zurique, na Suíça, e depois de um breve retorno a Trieste, se mudaria de mala e cuia para Paris, onde viveria até 1940.

Os personagens de Joyce parecem seguir — ou tentar — aquilo que seu protagonista em *Um Encontro* anseia: esse *wanderlust*, palavra sem tradução direta para o português que significa um desejo incontrolável de viajar, de sair vagando mundo afora e viver mil aventuras. Nem todos conseguem isso — na verdade, praticamente nenhum dos personagens de sua literatura consegue escapar à poderosa gravidade da terra natal. Gravidade que aqui não deve ser encarada de modo apenas literal, como a atração que os planetas têm em relação à órbita de um sol, mas também no sentido de *seriedade*, e uma espécie de luto perpétuo que os dublinenses daquele tempo pareciam vivenciar.

Foi o inconformismo de Joyce que o levou a Paris antes mesmo de sua mudança definitiva para o continente com Nora. Em 1902, ao ter negada uma bolsa para estudar medicina na Catholic University Medical School de Dublin, foi para a École de Médecine na capital da França, onde recebeu permissão para fazer o curso. Mas em poucos meses desistiu da medicina e permaneceu em Paris, onde passava os dias lendo na Bibliothèque Sainte-Geneviève, na Sorbonne. Voltou à Irlanda em 1903, quando soube que a mãe estava gravemente doente. Durante seus últimos dias, ela tentou, sem sucesso, fazê-lo se confessar e comungar. Logo após o falecimento de Mary Jane, Joyce e seu irmão Stanislaus — ambos batizados católicos mas que já haviam abandonado a igreja — se recusaram a se ajoelhar com outros membros da família à beira do leito da falecida, como era comum naquele tempo.

Nos contos de *Dublinenses*, podemos ver algumas pequenas "malcriações" semelhantes de seus personagens, que representam a atmosfera densa de uma sociedade à beira da ebulição revolucionária, mas ainda presa em sua paralisia. Mas o mosaico de personagens e situações de *Dublinenses* não fala somente da Irlanda. Se assim fosse, o livro não teria feito sucesso fora das fronteiras daquele país. James Joyce constrói um impressionante painel de personagens acorrentados às suas próprias limitações, seja pela desilusão amorosa, pelo medo da mudança ou pelo peso da história — algo que ele deixaria mais explícito pela frase lapidar "A história é um pesadelo do qual estou tentando despertar", dita por Stephen Dedalus em *Ulisses*.

Seus contos transcendem a história da Irlanda, falando diretamente à condição humana, a todos que já se sentiram paralisados diante da vida. As histórias de *Dublinenses* não são pesadelos, mas bem poderiam ser interpretadas como uma espécie de delírio lúcido sobre vida e destino, para todos, em todas as épocas.

As Irmãs

Não havia esperanças para ele desta vez: já era o terceiro derrame. Noite após noite eu passava em frente à casa (era temporada de férias) e observava os batentes iluminados da janela: e, noite após noite, a via acesa da mesma maneira, fraca e uniforme. Se ele estivesse morto, pensei, veria o reflexo de velas na persiana escura, pois sei que se devem colocar duas velas junto à cabeça de um defunto. Ele sempre me dizia: “não ficarei muito tempo neste mundo”, o que eu pensava serem palavras vazias. Agora sei que eram verdadeiras. Todas as noites, quando olhava para a janela, dizia suavemente para mim mesmo a palavra paralisia. Ela sempre soara estranha aos meus ouvidos, assim como a palavra gnômon em *Os Elementos*, de Euclides, e a palavra simonia no *Catecismo*. Mas agora ela soava para mim como o nome de algum ser maléfico e pecador. Ela me dava medo, mas, ainda assim, ansiava por estar perto dela, acompanhando seu trabalho cruel.

O velho Cotter estava sentado aos pés da lareira, fumando, quando desci para o jantar. Enquanto minha tia me servia de mingau, ele disse, como se retomasse algum comentário anterior:

— Não, eu não diria que ele era assim… bem, havia uma esquisitice… havia algo estranho nele. Vou dar a minha opinião…

Ele começou a fumar o cachimbo, sem dúvida para organizar as ideias em sua mente. Velho chato e idiota! Quando o conhecemos ele era divertido, falava de desmaios e de vermes; mas eu logo me cansei dele e de suas intermináveis histórias sobre a destilaria.

— Eu tenho minha própria teoria sobre isso — comentou ele. — Penso que era algum daqueles… casos peculiares… Mas é difícil afirmar…

— Sem nos contar sua teoria, ele voltou a fumar seu cachimbo. Meu tio percebeu que eu o encarava e me disse:

— Bem, seu velho amigo partiu, sei que você ficará triste em saber.

— Quem? — perguntei.

— Padre Flynn.

— Ele morreu?

— O sr. Cotter acaba de nos contar. Ele estava passando por lá.

Eu sabia que estava sendo observado, de modo que continuei a comer como se não me interessasse pela notícia. Meu tio explicou ao velho Cotter:

— Eles eram bons amigos. O velho camarada ensinou-lhe bastante coisa, veja bem; e dizem que gostava muito dele.

— Que Deus tenha misericórdia de sua alma — invocou, em tom piedoso, minha tia.

O velho Cotter me observou por algum tempo. Eu podia sentir seus olhinhos escuros e brilhantes me perscrutando, mas não iria lhe dar o prazer de tirar os olhos de meu prato para fitá-lo. Ele voltou ao seu cachimbo e logo lançou uma cusparada na lareira.

— Eu não acharia nada bom que algum filho meu — opinou ele — tivesse muita conversa com um homem como aquele.

— O que está querendo dizer com isso, sr. Cotter? — perguntou minha tia.

— O que quero dizer é que — continuou o velho Cotter — isso faz mal às crianças. Penso o seguinte: deixe um garoto correr e brincar com garotos da mesma idade, e não… Não tenho razão, Jack?

— Também penso assim — disse meu tio. — Deixá-lo aprender a se defender sozinho. É o que sempre digo a este Rosacruz aqui: faça exercícios. Quando eu era garoto, tomava uma ducha fria todas as manhãs, fosse inverno ou verão. É o que me dá saúde até hoje. Educação é importante e vasta... — E, se dirigindo à minha tia, emendou: — acho que o sr. Cotter vai aceitar uma fatia daquele pernil de carneiro.

— Não, não, para mim, não — respondeu o velho Cotter.

Minha tia pegou o prato do aparador e o colocou sobre a mesa.

— Mas por que pensa que isso faz mal às crianças, sr. Cotter? — perguntou ela.

— Faz mal para as crianças — respondeu o velho Cotter — porque as mentes delas são muito impressionáveis. Quando as crianças veem coisas como aquelas, você sabe, elas sofrem efeitos...

Com medo de não conseguir disfarçar a minha raiva, enchi a boca de mingau. Velho chato, imbecil e beberrão!

Já era tarde quando caí no sono. Embora estivesse irritado com o velho Cotter por me tratar como uma criança, fiquei me esforçando para entender o significado de suas frases inconclusas. No escuro de meu quarto, imaginei estar vendo novamente o rosto cinzento do paralítico. Cobri minha cabeça com a manta e tentei pensar no Natal. Mas o rosto cinzento continuava a me perseguir. Ele murmurava, e supus que quisesse fazer alguma confissão. Senti minha alma recuando para algum lugar de prazeres e pecados; e lá, outra vez, o via esperando por mim. Ele começou, num tom balbuciante, a me confessar algo, e eu tentava entender por que ele sorria sem parar, e por que seus lábios estavam tão úmidos de saliva. Mas então me lembrei que ele havia morrido de paralisia, e senti que sorria também timidamente, como que para absolver a simonia do pecado dele.

Na manhã seguinte, depois do café, fui dar uma olhada na pequena casa da Great Britain Street. Era uma lojinha modesta, com o impreciso nome de *Armarinhos*. Os *Armarinhos* consistiam basicamente em calçados infantis e guarda-chuvas; e ficava sempre um cartazete pendurado na janela com os dizeres *Restauram-se guarda--chuvas*. Hoje ele não estava lá, pois as persianas estavam cerradas. Um arranjo de flores, com uma fita, estava pendurado na aldrava da porta. Duas mulheres pobres e o mensageiro liam o cartão afixado no arranjo. Eu me aproximei para ler também:

01 de julho, 1895

O Rev. James Flynn (antigo pároco da Igreja de
Sta. Catherine, na Meath Street), aos sessenta e
cinco anos.

Descanse em paz

A leitura do cartão me convenceu de que ele estava morto, e me perturbou estar ali me certificando. Não estivesse ele morto, eu já teria ido para o pequeno aposento atrás da loja, nos fundos, onde o encontraria sentado na poltrona, junto ao fogo, quase submerso em seu pesado casaco. Quem sabe minha tia me entregasse um pacote de High Toast para dar a ele, e esse presente o tivesse despertado do estado de inconsciência. Era sempre eu quem esvaziava todo o pacote em sua caixa de rapé preta, pois suas mãos tremiam demais para permitir que o fizesse sem espalhar metade dele pelo chão. Mesmo enquanto ele levava as mãos trêmulas ao nariz, pequenas nuvens de poeira caíam dos dedos sobre a parte dianteira de seu casaco. Devem ter sido essas constantes chuvas de tabaco que deram às suas antigas vestes sacerdotais aquele tom esverdeado e desbotado, porque o lenço vermelho, sempre escurecido pelo rapé de uma semana, com o qual ele tentava limpar as partículas caídas, era totalmente inútil.

Eu queria ter entrado para vê-lo, mas não tive coragem de bater na porta. Fui embora devagar, caminhando pelo lado ensolarado da rua, lendo, ao longo do trajeto, todos os anúncios de peças teatrais. Achei esquisito que nem eu, e nem o dia, pareciam estar de luto, e me senti até mesmo incomodado ao perceber em mim uma sensação de liberdade, como se tivesse ficado livre de algo a partir daquela morte. Isso me surpreendeu, pois, como meu tio dissera na noite anterior, ele me ensinou muita coisa. Ele havia estudado no Colégio Irlandês de Roma, e me ensinou a falar corretamente o latim. Me contou histórias de Napoleão Bonaparte, e me explicou o significado das diferentes cerimônias de uma missa, e das diferentes vestes usadas pelos sacerdotes. Às vezes ele se divertia me fazendo perguntas difíceis, questionando o que se deveria fazer em determinadas circunstâncias, ou se tais e tais pecados eram mortais, veniais ou apenas imperfeições. As questões dele me mostraram o quão complexas e misteriosas eram certas práticas da Igreja, as quais eu sempre considerei sem importância. Os deveres do sacerdote em relação à Eucaristia e ao sigilo do confessionário me pareceram tão sérios que pensei em como alguém encontraria dentro de si a coragem para dar conta deles; e não me surpreendi quando ele me contou que os padres fundadores da Igreja, para elucidar essas questões, haviam escrito livros tão grossos quanto o *Catálogo de Endereços de Dublin*, em letras tão miúdas quanto a seção de leis dos jornais. Muitas vezes, quando pensava nisso, eu não conseguia dar uma resposta, ou dava apenas uma tola e hesitante, à qual ele costumava reagir com um sorriso e dois ou três acenos com a cabeça. Às vezes ele me fazia recitar as passagens da missa que me obrigara a decorar; e, enquanto eu balbuciava, ele sorria, pensativo, afirmando com a cabeça, vez por outra colocando boas doses de rapé alternadamente em cada narina. Quando sorria, ele expunha seus dentes grandes e amarelados, deixando a língua repousar sobre o lábio inferior — um hábito que, no começo de nossa amizade, antes que eu o conhecesse melhor, me incomodava bastante.

Enquanto caminhava sob o sol, me lembrei das palavras do velho Cotter e tentei me lembrar do que aconteceu, depois, em meu sonho. Lembrei-me de ter reparado em grandes cortinas de veludo e numa luminária antiquada que balançava. Eu sentia que estivera muito longe, em alguma terra de costumes estranhos — na Pérsia, quem sabe —, mas não conseguia me lembrar do fim do sonho.

No fim da tarde, minha tia me levou para a visita de pêsames. Foi depois do pôr do sol; mas as persianas das janelas das casas que davam para o oeste refletiam o dourado-avermelhado de uma grande massa de nuvens. Nannie nos recebeu na sala; e, como se parecesse impróprio falar alto, minha tia apenas apertou as mãos dela. A velha senhora apontou para cima com ar interrogativo e, com a concordância de minha tia, começou a subir a escada estreita à nossa frente, a cabeça encurvada mal alcançando a altura do corrimão. Chegando ao primeiro andar ela parou, nos encorajando a seguir em direção à porta aberta do quarto do falecido. Minha tia entrou; e a velha, vendo que eu hesitava em acompanhá-la, começou, insistentemente, a acenar para mim.

Entrei na ponta dos pés. O quarto, protegido pela renda da persiana, estava inundado com uma luz dourada-escura em meio à qual as velas pareciam chamas fracas e pálidas. Ele estava no caixão. Nannie foi na frente e nós três nos ajoelhamos aos pés da cama. Fingi rezar, mas não conseguia organizar meus pensamentos, pois os murmúrios da velha me distraíam. Percebi como sua saia estava desajeitadamente presa nas costas e como os saltos de suas botas de pano estavam gastos de um lado. Fantasiei que o velho padre estava sorrindo em seu caixão.

Mas não. Quando nos levantamos e fomos até a cabeceira da cama, vi que ele não sorria. Ali estava ele, solene e pleno, vestido como para uma missa, as mãos grandes segurando frouxamente um cálice. Seu rosto parecia bastante desafiador, cinzento e maciço, com narinas pretas cavernosas e circundado por uma escassa pele branca. Havia um forte odor de flores no quarto.

Fizemos o sinal da cruz e saímos. No quartinho lá embaixo encontramos Eliza sentada, com toda a dignidade, em sua poltrona. Eu tateei meu caminho até minha cadeira de sempre, no canto, enquanto Nannie foi até o aparador e trouxe uma garrafa de xerez e algumas taças. Ela as colocou sobre a mesa e nos convidou a beber um pequeno cálice de vinho. Então, a pedido de sua irmã, encheu os cálices e os passou para nós. Ela insistiu para que eu também pegasse alguns biscoitos, mas recusei, porque temi fazer muito barulho ao comê-los. Ela pareceu ficar um pouco desapontada com minha recusa e foi silenciosamente até o sofá, onde se sentou atrás da irmã. Ninguém falou: todos nós ficamos olhando para a lareira vazia.

Minha tia esperou até que Eliza soltasse um suspiro, e então disse:

— Ah, bem, ele partiu para um mundo melhor.

Eliza suspirou novamente e assentiu com a cabeça. Minha tia tocou a haste do cálice antes de tomar um novo gole.

— Ele partiu… em paz? — perguntou ela.

— Ah, sim, completamente em paz, madame — respondeu Eliza. — Não foi possível saber o momento exato em que a respiração cessou. Ele teve uma boa morte, que Deus seja louvado.

— E tudo foi…?

— Padre O'Rourke esteve aqui com ele na terça-feira, deu a extrema unção, o preparou e fez tudo o que era preciso.

— Então ele sabia?

— Estava resignado.

— Ele aparenta estar resignado — disse minha tia.

— Foi o que falou a mulher que trouxemos para dar o banho nele. Ela comentou que ele parecia estar dormindo, totalmente pacífico e resignado. Ninguém poderia pensar que ele viria a ser um cadáver tão bonito.

— Sim, de fato — concordou minha tia.

Ela bebeu um pouco mais de seu cálice e falou:

— Bem, srta. Flynn, de qualquer modo, deve ser de grande conforto, para vocês duas, saberem que fizeram tudo o que era possível. Devo dizer que ambas foram muito boas para ele.

Eliza alisou o vestido sobre os joelhos.

— Ah, pobre James! — exclamou ela. — Deus sabe que fizemos tudo o que podíamos, por mais pobres que sejamos. Não o deixaríamos passar necessidade enquanto estivesse nesse estado.

Nannie apoiou a cabeça na almofada do sofá e parecia estar prestes a cair no sono.

— Aí está a pobre Nannie — falou Eliza, olhando para a irmã —, ela está acabada. Todo o trabalho que tivemos, ela e eu, trazer a mulher para lavá-lo e depois tirá-lo, e depois o caixão, e depois organizar a missa na capela. Somente para o padre O'Rourke, nem sei o que fizemos. Foi ele quem nos trouxe todas aquelas flores e aqueles dois castiçais lá da capela, escreveu o anúncio fúnebre para o jornal *Freeman's General* e se encarregou de todos os papéis para o cemitério e do seguro de vida do pobre James.

— Não foi gentil da parte dele? — comentou minha tia.

Eliza fechou os olhos e assentiu lentamente com a cabeça.

— Ah, não há amigos como os velhos amigos — disse ela —, no fim das contas, são os únicos amigos com quem se pode contar.

— De fato, isso é verdade — emendou minha tia. — E tenho certeza de que agora que ele foi para sua vida eterna, não se esquecerá de vocês e de toda a sua gentileza para com ele.

— Ah, pobre James! — exclamou Eliza. — Ele não era um grande problema para nós. Você não o ouviria mais na casa do que está ouvindo agora. Ainda assim, eu sei que ele se foi e que…

— Quando tudo estiver terminado é que vocês sentirão a falta dele — disse minha tia.

— Eu sei disso — comentou Eliza. — Não vou mais levar caldo de carne para ele, nem a senhora, madame, vai enviar rapé. Ah, pobre James!

Ela parou, como se estivesse comungando com o passado, e então disse, com expressão sagaz:

— Sabe, notei que havia algo estranho acontecendo com ele ultimamente. Sempre que eu levava a sopa eu o encontrava com o breviário caído no chão, deitado na cadeira e com a boca aberta.

Ela colocou um dedo sobre o nariz e franziu a testa; em seguida, prosseguiu:

— Mas ainda assim ele continuou a falar que antes que o verão terminasse, num dia de tempo bom, ele sairia para um passeio, só para ver novamente a velha casa em Irishtown onde todos nós nascemos, e levaria Nannie e a mim com ele. Se pudéssemos apenas comprar uma dessas carruagens novas que não fazem barulho, das que o padre O'Rourke lhe falou, aquelas com rodas pneumáticas, por um preço baixo, ele disse, no Johnny Rush, lá no caminho, para irmos nós três juntos passear em uma tarde de domingo. Ele estava decidido a fazer isso… Pobre James!

— Que o Senhor tenha piedade de sua alma! — invocou minha tia.

Eliza pegou o lenço e enxugou os olhos. Em seguida o colocou de volta no bolso e olhou por algum tempo, em silêncio, para a grade vazia da lareira.

— Ele sempre teve muitos escrúpulos — disse ela. — Os deveres do sacerdócio eram pesados demais. Desse modo sua vida estava, por assim dizer, acabada.

— Sim — respondeu minha tia. — Ele era um homem frustrado. Era possível notar.

O silêncio se apossou da pequena sala e, com isso, aproximei-me da mesa e provei meu xerez, para em seguida regressar silenciosamente para minha cadeira no canto. Eliza parecia ter caído num devaneio profundo. Esperamos respeitosamente que ela quebrasse o silêncio e, depois de algum tempo, ela falou, pausadamente:

— Foi aquele cálice que ele quebrou... Aquilo foi o início de tudo. Claro, eles dizem que estava tudo bem, que não tinha importância, quero dizer. Mas, ainda assim... Dizem que foi culpa do garoto. Mas o pobre James estava tão nervoso, que Deus lhe tenha misericórdia!

— E foi isso, então? — perguntou minha tia. — Ouvi alguma coisa a respeito...

Eliza assentiu.

— Aquilo afetou a mente dele — continuou ela. — Depois disso, ele começou a se lamentar, parou de falar com os outros, ficava perambulando sozinho. Então, uma noite, ele foi chamado para uma visita e não conseguiam encontrá-lo em parte alguma. Procuraram em todos os lugares; e ainda assim não viam nenhum sinal dele. Então o sacristão sugeriu que tentassem a capela. Pegaram as chaves e abriram a capela, e o sacristão, o padre O'Rourke e o outro padre que estava lá levaram uma lamparina para procurá-lo... E a senhora acredita? Lá estava ele, sentado sozinho, no escuro, em seu confessionário, bem acordado e rindo baixinho para si.

Ela se calou de repente, como se ouvisse algo. Eu também ouvi; mas não havia som algum na casa: eu sabia que o velho padre estava deitado, imóvel, em seu caixão, como o tínhamos visto, solene e desafiador na morte, com um cálice vazio em seu peito.

Eliza prosseguiu:

— Completamente acordado e rindo sozinho... Então, é claro, quando eles viram aquilo, pensaram que havia algo errado com ele...

Um Encontro

Foi Joe Dillon quem nos apresentou ao Velho Oeste. Ele tinha uma pequena biblioteca com edições antigas dos gibis *The Union Jack*, *Pluck* e *The Halfpenny Marvel*. Todas as tardes, depois da escola, nós nos encontrávamos no quintal da casa dele e organizávamos batalhas contra os indígenas. Ele e Leo, seu irmão mais novo, gorducho e preguiçoso, protegiam os estábulos enquanto nós tentávamos conquistá-los; ou, então, travávamos uma batalha na grama. Mas, por melhor que lutássemos, nunca conquistamos o estábulo ou vencemos as batalhas, e todas terminavam com a dança da vitória de Joe Dillon. Seus pais iam todas as manhãs à missa das oito na Gardiner Street, e o aroma suave do perfume da sra. Dillon permanecia no corredor da casa. Mas Dillon era forte demais para nós, que éramos mais novos e inseguros. Ele parecia um indígena de verdade enquanto, com uma velha chaleira na cabeça e batendo com o punho numa lata, ia saltando pelo jardim, gritando:

— Ya! Yaka, yaka, yaka!

Ninguém acreditou quando disseram que ele tinha vocação para o sacerdócio. No entanto, era verdade.

Um espírito indisciplinado tomou conta de nós e, sob essa influência, desapareceram as diferenças de cultura e força física. Nós nos unimos, alguns corajosamente, alguns de brincadeira e outros com um pouco de medo: e eu era um dentre esses últimos, os indígenas relutantes que receavam parecer comportados ou fracos. As aventuras relatadas na literatura do Velho Oeste não me atraíam muito, mas, pelo menos, proporcionavam um escape. Gostava mais das histórias americanas de detetives que incluíam, de tempos em tempos, garotas despenteadas, perigosas e sedutoras. Embora não houvesse nada de errado nelas, e mesmo que por vezes pretendessem ser literatura, elas circulavam secretamente na escola. Um dia, quando o padre Butler estava administrando um exame sobre quatro páginas de história romana, o trapalhão Leo Dillon foi flagrado com um exemplar do *The Halfpenny Marvel.*

— Esta página ou esta aqui? Esta página? Agora, Dillon, de pé! *"Mal o dia havia..."* Prossiga! Que dia? *"Mal o dia havia nascido..."* Você estudou isso? O que você tem no seu bolso?

Nossos corações palpitaram, acelerados, quando Leo Dillon entregou o exemplar, e todos forjaram uma expressão inocente. O padre Butler folheou as páginas, franzindo a testa.

— Que porcaria é essa? — perguntou ele — *O Chefe Apache!* É isso que você lê em vez de estudar a história romana? Não quero encontrar mais nada desse lixo nesta escola. O sujeito que escreveu isso, eu suponho, era um miserável que inventa essas coisas em troca de bebida. Estou surpreso como é que garotos como vocês, bem-educados, leem essas coisas. Entenderia se fossem... alunos da Escola Nacional. Agora, Dillon, eu o aconselho, enfaticamente, trabalhe, ou...

Aquela bronca, em plena aula, turvou em mim muito do brilho do Velho Oeste, e o rosto inchado e constrangido de Leo Dillon despertou uma das minhas consciências. Mas, uma vez que as amarras da escola ficaram longe, passei a ter novamente fome por experiências selvagens, pela fuga que aquelas histórias de conflitos pareciam proporcionar. As brincadeiras de batalhas à tarde acabaram por se tornar tão cansativas, para mim, quanto a rotina da escola de manhã, porque eu queria tomar parte em aventuras de verdade. Mas aventuras de verdade, refleti, não acontecem com quem fica em casa: é preciso viajar atrás delas.

As férias de verão já estavam bem perto quando resolvi fugir do tédio da vida escolar por um dia que fosse. Junto com Leo Dillon e um garoto chamado Mahony, decidi cabular aula. Levaríamos seis centavos cada um. Nos encontraríamos às dez da manhã na Canal

Bridge. A irmã mais velha de Mahony iria escrever uma desculpa para ele e Leo Dillon pediria ao irmão para dizer que estava doente. Combinamos de ir pela Wharf Road até chegarmos aos navios, depois atravessaríamos de balsa e iríamos até a Pigeon House. Leo Dillon estava com medo de que pudéssemos nos deparar com o padre Butler ou alguém da escola; mas Mahony perguntou, muito sensatamente, o que o padre Butler estaria fazendo na Pigeon House. Ficamos tranquilos, e encerrei a primeira etapa da trama coletando os seis centavos dos dois, ao mesmo tempo em que mostrava a eles meus próprios seis centavos. Na véspera, quando estávamos finalizando os arranjos, nos sentíamos vagamente animados. Nós apertamos as mãos, rindo, e Mahony disse:

— Até amanhã, camaradas!

Naquela noite, eu dormi mal. De manhã, fui o primeiro a chegar à ponte, pois era quem morava mais perto. Escondi meus livros na relva alta perto da lixeira nos fundos do jardim, um lugar onde ninguém ia, e corri pela margem do canal. Era uma manhã ensolarada e amena da primeira semana de junho. Sentei-me na borda da ponte, admirando meus frágeis sapatos, diligentemente lustrados à noite, observando os dóceis cavalos puxando, colina acima, um bonde repleto de pessoas indo trabalhar. Os galhos das árvores da alameda pareciam alegres com suas pequenas folhas verde-claras e a luz do sol penetrando, entre elas, em direção à água. A pedra de granito da ponte estava começando a esquentar e comecei a batucar, no ritmo de uma canção que tinha cabeça. Estava muito feliz.

Eu já estava ali por cinco ou dez minutos quando vi o paletó cinza de Mahony se aproximando. Ele subiu a colina, sorrindo, e escalou a ponte até chegar perto de mim. Enquanto esperávamos, ele tirou o estilingue que estava saliente em seu bolso interno e explicou algumas melhorias que havia feito nele. Perguntei por que o havia trazido e ele me respondeu que era para ter uma conversinha com os passarinhos. Mahony usava gírias sem hesitar, e se referiu ao padre Butler como Velho Lança-Chamas. Esperamos por mais quinze minutos, sem sinal de Leo Dillon. Mahony, finalmente, deu um salto e falou:

— Vamos embora. Eu sabia que o Gorducho ia arregar.

— E o dinheiro dele? — perguntei.

— Agora é nosso — respondeu Mahony. — Melhor para nós. Em vez de um conto, um conto e meio.

Caminhamos pela North Strand Road até chegarmos à fábrica de vitríolo, e então prosseguimos à direita pela Wharf Road. Mahony começou a brincar de indígena assim que saímos da vista das pessoas. Ele perseguiu um grupo de garotas maltrapilhas, brandindo seu estilingue descarregado e, quando dois garotos esfarrapados começaram, por cavalheirismo com as meninas, a atirar pedras em nós, ele propôs que os atacássemos. Eu objetei que os garotos eram muito pequenos e nós seguimos em frente, com a tropa esfarrapada gritando atrás de nós: "Fraldinhas! Fraldinhas!" Pensando que éramos protestantes, porque Mahony, que era moreno, usava o broche prateado de um clube de críquete em seu boné. Quando chegamos ao Smoothing Iron, organizamos um ataque; mas fracassamos porque com menos de três pessoas não era possível. Nós nos vingamos de Leo Dillon chamando-o de idiota, e adivinhando quantas ele iria tomar do sr. Ryan na aula das três.

Já estávamos, então, perto do rio. Passamos um longo tempo caminhando pelas ruas barulhentas com altos muros de pedra, observando o funcionamento de guindastes e tratores e muitas vezes sendo xingados pelos condutores das carroças por estarmos no caminho deles. Era meio-dia quando chegamos ao cais e, como todos os trabalhadores pareciam estar almoçando, compramos dois grandes pães doces e nos sentamos para comê-los em uma tubulação de metal ao lado do rio. Nos deliciamos com o espetáculo do comércio de Dublin — as barcaças ao longe com seus cachos de fumaça branca, a frota de barcos pesqueiros marrons para além de Ringsend, o grande veleiro branco que estava sendo descarregado no cais oposto. Mahony disse que seria uma aventura perfeita fugir para o mar em um daqueles grandes navios e até eu, olhando para os mastros altos, vi, ou imaginei, a geografia, que tinha sido escassamente dosada para mim na escola, gradualmente tomando forma sob meus olhos. A escola e o lar pareciam se afastar de nós, e a influência que exerciam parecia desvanecer.

Atravessamos o rio Liffey numa balsa, pagando nossa passagem para sermos transportados na companhia de dois trabalhadores e um judeu baixinho com sua mala. Estávamos sérios a ponto de parecer solenes, mas uma vez, durante a curta viagem, nós rimos quando nossos olhares se encontraram. Quando desembarcamos, assistimos à descarga do elegante navio de três mastros que tínhamos observado do outro cais. Um sujeito disse que era um barco norueguês. Fui até a popa e tentei decifrar o que estava escrito, mas, sem conseguir, voltei e examinei os marinheiros estrangeiros para ver se algum deles tinha olhos verdes, pois eu tinha uma ideia, não sei de onde... Mas os olhos dos marinheiros eram azuis e cinzas e, até, pretos. O único marinheiro cujos olhos poderiam ser chamados de verdes era um homem alto que divertia a multidão no cais gritando alegremente toda vez que as tábuas caíam:

— Muito bem! Muito bem!

Quando nos cansamos desse espetáculo, fomos perambulando sem pressa para Ringsend. O dia tinha ficado abafado, e nas vitrines das mercearias os biscoitos, mofados, desbotavam. Compramos alguns biscoitos e chocolates que comemos animadamente enquanto vagamos pelas ruas miseráveis onde vivem as famílias dos pescadores. Não conseguimos encontrar laticínios, então nos deparamos com um vendedor ambulante e compramos duas garrafas de limonada com framboesa. Revigorado, Mahony perseguiu um gato por uma viela, mas ele escapou para uma área aberta. Estávamos exaustos e, quando chegamos ao campo, fomos imediatamente para um barranco inclinado de onde era possível ver o rio Dodder.

Já estava tarde e estávamos cansados demais para concluir nosso projeto de visitar a Pigeon House. Era importante estar em casa antes das quatro horas, caso contrário seríamos descobertos. Mahony olhou com pesar para seu estilingue e, antes que ele recobrasse qualquer alegria, eu sugeri que voltássemos de trem. O sol se escondeu atrás de algumas nuvens e nos deixou em nossos pensamentos fatigados e com as migalhas das nossas provisões.

Não havia ninguém além de nós no campo. Enquanto estávamos deitados no barranco por algum tempo, quietos, vi um homem se aproximar, vindo do outro lado. Observei-o preguiçosamente enquanto mastigava uma daquelas plantas verdes com as quais as meninas tiram a sorte. Ele veio lentamente, pela margem. Andava com uma mão no quadril, e com a outra segurava um pedaço de pau com o qual batia levemente na relva. Ele estava malvestido em um terno preto-esverdeado e usava o boné que costumávamos chamar de jerry, com uma copa alta. Parecia ser velho, pois seu bigode era acinzentado. Quando passou aos nossos pés, olhou rapidamente para nós e continuou seu caminho. Nós o seguimos com nossos olhos e vimos que, quando ele tinha andado por talvez cinquenta passos, deu a volta e retomou seus passos. Ele caminhou em nossa direção muito lentamente, sempre batendo no chão com seu pedaço de pau, tão lentamente que pensei que estava procurando por algo na relva.

Ao se aproximar, ele parou e nos deu bom dia. Nós respondemos e ele sentou-se lentamente, e com muito cuidado, no barranco ao nosso lado. Começou a falar sobre o clima, dizendo que seria um verão muito quente e acrescentando que as estações mudaram muito desde que ele era menino — há muito tempo. Disse que o momento mais feliz da vida de uma pessoa era, sem dúvida, os dias de escola e que ele daria tudo para ser jovem novamente. Enquanto expressava esses sentimentos, o que nos entediou um pouco, ficamos em silêncio. Então começou a falar sobre a escola e os livros. Ele nos perguntou se havíamos lido a poesia de Thomas Moore ou as obras de Sir Walter Scott e de Lord Lytton. Eu menti que tinha lido todos aqueles livros, e no final ele falou:

— Ah, posso ver que você é um devorador de livros, assim como eu. Agora — acrescentou, apontando para Mahony, que nos observava com os olhos bem abertos — ele é diferente; ele gosta de esportes.

Ele disse que possuía todas as obras de Sir Walter Scott e todas as obras de Lord Lytton e não se cansava de lê-las.

— Claro — prosseguiu — há certas obras de Lord Lytton que meninos não podem ler.

Mahony perguntou por que os meninos não podiam lê-las — uma pergunta que me causou agitação e apreensão, porque temia que o homem pensasse que eu era tão estúpido quanto Mahony. O homem, no entanto, apenas sorriu. Vi que havia grandes espaços entre os dentes amarelos. Então, nos perguntou qual de nós era mais namorador. Mahony mencionou levianamente que tinha três. O homem me perguntou quantas eu tinha. Respondi que não namorava. Ele não acreditou em mim e disse ter certeza de que eu deveria ter uma. Permaneci em silêncio.

— Conte para nós — perguntou Mahony, com atrevimento, ao homem —, quantas você tem?

O homem voltou a sorrir e respondeu que, na nossa idade, teve muitas namoradas.

— Todo garoto — prosseguiu ele — tem suas paqueras.

A atitude dele, naquele ponto, me pareceu estranhamente liberal para um homem de sua idade. No meu íntimo, pensei que o que ele disse sobre garotos e namoradas era razoável. Mas não gostei das palavras que saíram de sua boca e me perguntei por que estremeceu uma ou duas vezes, como se temesse algo ou sentisse um repentino calafrio. Conforme ele prosseguia, percebi que falava com boa pronúncia. Passou a falar conosco sobre garotas, comentando sobre a beleza e maciez dos cabelos delas e quão delicadas eram suas mãos, mas que era bom ter cautela, pois nem todas as garotas eram tão boas quanto pareciam ser. Não havia nada de que ele gostasse mais, continuou, do que olhar para uma jovem doce, para suas belas mãos brancas e seus lindos cabelos macios. Ele dava a impressão de estar repetindo algo que havia decorado ou que, magnetizado por algumas palavras de sua própria fala, sua mente dava voltas e voltas, lentamente, em torno da mesma órbita. Às vezes falava como se estivesse simplesmente aludindo a algum fato que todos conheciam, e às vezes abaixava a voz e falava em tom de mistério, como se estivesse nos contando algum segredo que não compartilharia com qualquer um. Ele repetia suas frases várias vezes, variando-as e cercando-as com sua voz monótona. Continuei a olhar para a base do barranco, ouvindo o que ele dizia.

Até que o monólogo finalmente cessou. Ele se levantou devagar, dizendo que precisava nos deixar por um minuto ou mais, alguns minutos, e, sem que eu mudasse a direção do meu olhar, pude vê-lo caminhando lentamente, para longe de nós, em direção à borda do campo. Permanecemos calados. Depois de um silêncio de alguns minutos, ouvi Mahony exclamar:

— Eu sabia! Veja o que ele está fazendo!

Como eu não falei nada, nem sequer ergui os olhos, Mahony voltou a falar:

— Eu sabia! Ele é um velho bem estranho!

— Caso ele pergunte nossos nomes — falei — responda que você é o Murphy e eu sou o Smith.

Não dissemos mais nada um ao outro. Eu ainda estava pensando se iria embora quando o homem voltou e sentou-se novamente ao nosso lado. Mal ele se sentou, quando Mahony — avistando o gato que havia escapado antes — deu um pulo e saiu perseguindo-o pelo campo. O homem e eu assistimos à caçada. O gato escapou mais uma vez e Mahony começou a atirar pedras no muro que ele havia escalado. Acabou desistindo e passou a vagar sem rumo pelo outro lado do campo.

Depois de algum tempo, o homem falou comigo. Disse que meu amigo era um garoto muito rude e perguntou se ele recebia chicotadas com frequência na escola. Pensei em responder, indignado, que não éramos garotos da Escola Nacional para sermos, como ele dizia, chicoteados; mas fiquei em silêncio. Ele começou a falar sobre castigar garotos. Sua mente, como se magnetizada outra vez por sua fala, parecia girar lentamente em torno desse novo centro. Ele disse que quando os garotos eram assim, deveriam ser chicoteados, e bem chicoteados. Quando um garoto era rude e indisciplinado, não havia nada que lhe fizesse bem, exceto uma boa surra. Um tapa na mão ou um tapa na orelha não eram o bastante: o que ele merecia era levar uma boa e intensa surra. Fiquei surpreso com esse sentimento e, sem querer, olhei para seu rosto. Ao fazê-lo, encontrei o olhar de um par de pupilas verde-garrafa me espiando por baixo de uma testa trêmula. Desviei o olhar novamente.

O homem continuou seu monólogo, parecendo ter esquecido seu recente liberalismo. Falou que se alguma vez encontrasse um garoto conversando com garotas ou namorando uma garota, ele o chicotearia e chicotearia; e isso o ensinaria a não falar com garotas. E se um garoto tivesse uma garota como namorada e contasse mentiras sobre isso, então ele lhe daria uma surra como nenhum garoto jamais recebeu neste mundo. Disse-me que não havia nada neste mundo que ele gostaria tanto quanto isso. Ele me descreveu, como se estivesse desvendando algum elaborado mistério, a maneira como chicotearia tal garoto. Como amaria fazer isso, insistiu, mais do que qualquer coisa neste mundo; e sua voz, enquanto me guiava monotonamente através daquele mistério, tornou-se quase afetuosa, parecendo implorar para que eu o compreendesse.

Esperei até que seu monólogo fosse novamente interrompido. E então me levantei de súbito. Para não expor meu estado de agitação, demorei alguns momentos fingindo amarrar meu sapato e então, dizendo que era obrigado a ir, desejei-lhe bom dia. Subi calmamente o barranco, mas meu coração batia rápido, com medo de que ele me agarrasse pelos tornozelos. Quando cheguei ao topo, me virei e, sem olhar para ele, soltei um berro que atravessou o campo:

— Murphy!

Minha voz tinha um tom de bravura fingida e eu sentia vergonha do meu estratagema tolo. Tive de gritar mais uma vez para que Mahony me visse e respondesse. Como meu coração batia forte quando ele veio correndo pelo campo! Ele correu em minha direção como se estivesse me trazendo ajuda. E eu me sentia envergonhado; pois, em meu coração, sempre tive um pouco de desprezo por ele.

Arábia

A North Richmond Street, sem saída, era tranquila, exceto na hora em que a escola Christian Brothers liberava os meninos. Uma casa desabitada de dois andares ficava no final da rua, separada de seus vizinhos por um terreno quadrado. As outras residências da rua, conscientes de suas vidas decentes do lado de dentro, olhavam umas para as outras com suas imperturbáveis faces marrons.

O antigo inquilino da nossa casa, um padre, morrera na sala de estar dos fundos. O ar, mofado, porque a casa havia ficado muito tempo fechada, pairava em todos os cômodos, e a despensa atrás da cozinha estava entulhada de papéis velhos. Entre eles, encontrei alguns livros encadernados, cujas páginas estavam enroladas e úmidas: *O Abade,* de Walter Scott, *The Devout Communicant* e *As Memórias de Vidocq.* Eu gostei mais do último porque suas folhas eram amarelas. O jardim selvagem atrás da casa tinha uma macieira no centro, e alguns arbustos dispersos, sob um dos quais encontrei a bomba enferrujada de pneu de bicicleta do falecido inquilino. Ele fora um padre muito caridoso; em seu testamento, deixou todo o dinheiro para instituições de caridade e a mobília de sua casa para a irmã.

Com a chegada dos dias curtos de inverno, o crepúsculo caía antes que tivéssemos terminado o jantar. Quando nos encontrávamos na rua, as casas estavam sombrias. O céu que víamos sobre nós era de uma cor de violeta em constante transformação, e em direção a ele as lâmpadas dos postes lançavam suas luzes fracas. O ar frio nos cortava e brincávamos até nossos corpos transpirarem. Nossos gritos ecoavam na rua quieta. Nossas correrias nos conduziam pelas vielas escuras e lamacentas por detrás das casas, de onde insultávamos os rudes moradores dos barracos, para as portas dos fundos dos jardins escuros e úmidos, onde odores emanavam dos esgotos, e para os estábulos mal iluminados e fedorentos onde um cocheiro escovava o cavalo ou tilintava o arreio. Ao regressarmos à rua, a luz das janelas da cozinha havia iluminado o entorno. Se víssemos meu tio virando a esquina, nos esconderíamos na sombra até que ele entrasse em casa. Se a irmã de Mangan saísse à porta para chamá-lo para o chá, nós a observaríamos, da sombra, indo de um lado a outro da rua. Esperávamos para ver se ela ficaria fora ou entraria e, se ficasse, deixaríamos a proteção da sombra e iríamos, resignados, até os degraus da casa de Mangan. Ela estaria esperando por nós, com seus contornos marcados pela luz da porta entreaberta. Antes de obedecê-la, seu irmão sempre a provocava, e eu ficava perto das grades olhando para ela. Seu vestido rodava enquanto movia o corpo, com a fita no cabelo dançando de um lado para o outro.

Todas as manhãs eu ficava sentado no piso da sala da frente para olhar a porta da casa dela. Para que não fosse visto, deixava a persiana abaixada até quase três centímetros do limite máximo. Meu coração disparava quando ela saía pela porta. Eu voava para o corredor, pegava meus livros e ia atrás dela. Mantinha a figura morena dela em meus olhos e, quando chegávamos perto do lugar em que nossos caminhos se separavam, acelerava meus passos para ultrapassá-la. Era assim todas as manhãs. Nunca falara com ela, exceto por algumas palavras à toa, e ainda assim seu nome era como uma convocação ao meu sangue tolo.

A imagem dela me acompanhava até nos lugares menos propícios ao romantismo. Nas tardes de sábado, quando minha tia ia ao mercado, eu tinha de acompanhá-la para ajudar a carregar os pacotes. Caminhávamos pelas ruas animadas, nos esgueirando entre bêbados e mulheres fazendo negócio, em meio aos xingamentos dos trabalhadores, às ladainhas estridentes dos rapazes que ficavam de guarda, nas lojas, perto dos barris de queixadas de porco, à cantoria anasalada dos cantores de rua com suas músicas em homenagem ao revolucionário O'Donovan Rossa, ou alguma balada sobre os infortúnios de nossa terra natal. Esses ruídos se combinavam, em mim, numa sensação única de vitalidade: imaginava que carregava meu cálice sagrado em segurança em meio a uma horda de oponentes. O nome dela brotava dos meus lábios em momentos de orações estranhas e louvores que nem eu entendia. Meus olhos ficavam com frequência cheios de lágrimas (e não sabia explicar) e às vezes uma inundação brotava em meu coração e se derramava em meu peito. Eu quase não pensava no futuro. Não sabia se falaria com ela ou não, e se falasse, como poderia lhe contar sobre minha confusa adoração. Mas meu corpo era como uma harpa, e suas palavras e gestos eram os dedos a correr sobre as cordas.

Uma noite eu fui até a sala dos fundos, aquela na qual o padre havia morrido. Era uma noite escura e chuvosa e a casa estava em completo silêncio. Através de um dos vidros quebrados da janela, ouvi a chuva batendo na terra, as finas agulhas incessantes de água brincando no solo encharcado. Alguma lâmpada distante ou janela brilhava abaixo de mim. Fiquei grato por conseguir ver tão pouco. Todos os meus sentidos pareciam desejar se esconder e, achando que estava prestes a perdê-los, apertei as palmas das minhas mãos até que tremessem, murmurando muitas vezes: "Oh amor! Oh amor!"

Até que ela finalmente falou comigo. Quando me dirigiu as primeiras palavras, eu estava tão confuso que não sabia o que responder. Ela me perguntou se eu iria para a Arábia. Já me esqueci se respondi que sim ou que não. Vai ser um bazar esplêndido, e falou que adoraria ir.

— E por que você não vai? — perguntei.

Enquanto falava, ela girava no pulso uma pulseira de prata. Não podia ir, explicou, porque sua escola faria um retiro naquela semana. Seu irmão lutava com dois outros meninos, e eu me encontrava sozinho junto à cerca. Ela se apoiava numa das tábuas, com a cabeça voltada para mim. A lâmpada sobre a soleira de nossa casa capturou a inclinação de seu pescoço branco, iluminou o cabelo que descansava ali e, descendo, iluminou a mão dela sobre a cerca. A luz caiu sobre um lado de seu vestido e atingiu a borda branca da anágua, uma visão fugaz enquanto ela estava, ali, relaxada.

— Será bom para você — falou.

— Se eu for — respondi — vou te trazer uma lembrança.

Não sei quantos pensamentos sem nexo se apossaram de mim durante os momentos de vigília e sono depois daquela tarde! Eu queria aniquilar os tediosos dias que faltavam. Não tinha paciência para as tarefas escolares. À noite no meu quarto, e durante o dia na sala de aula, a imagem dela se interpunha entre mim e a página que eu me esforçava para ler. As sílabas da palavra *Arábia* tomavam conta de mim no silêncio de deleites de minha alma enfeitiçada por uma magia oriental. No sábado à noite eu pedi para ir ao bazar. Minha tia ficou surpresa, com medo que fosse algum evento maçônico. Na aula, respondi a poucas perguntas. Observei o rosto do meu mestre passar da amabilidade à severidade; ele esperava que eu não estivesse virando um preguiçoso. Não conseguia organizar meus pensamentos errantes. E mal tinha paciência com as tarefas sérias da vida que, agora, se interpunham entre mim e meu desejo, parecendo brincadeiras de criança, feias e monótonas brincadeiras de criança.

Na manhã de sábado, lembrei meu tio de que queria ir ao bazar à noite. Ele estava mexendo no cabideiro, procurando a escova de chapéu, e me respondeu, seco:

— Sim, garoto, eu sei.

Como ele estava no corredor, não pude ir até a sala da frente para olhar pela janela. Saí de casa de mau humor e me arrastei até a escola. O ar estava terrivelmente frio e eu tinha o coração temeroso.

Quando cheguei em casa para o jantar, meu tio ainda não tinha voltado. Era cedo. Fiquei olhando para o relógio por algum tempo, e quando seu tique-taque começou a me irritar, saí da sala. Subi a escada e cheguei ao andar de cima. Os cômodos altos, frios, vazios e sombrios me libertaram, e fui, cantando, de cômodo em cômodo. Da janela da frente, vi meus companheiros brincando na rua. Seus gritos chegavam enfraquecidos e indistintos e, encostando minha testa no vidro frio, olhei para a casa escura onde ela morava. Talvez tenha ficado ali por uma hora, sem ver nada além da figura vestida de marrom projetada pela minha imaginação, tocada discretamente pela luz da lâmpada no pescoço inclinado, na mão sobre a cerca e na borda da anágua sob o vestido.

Quando desci, me deparei com a sra. Mercer sentada junto à lareira. Ela era uma velha tagarela, viúva de um agiota e que colecionava selos com algum propósito caridoso. Tive de suportar a fofoca da mesa de chá, e a refeição se prolongou por mais de uma hora, sem que meu tio aparecesse. A sra. Mercer se levantou para ir embora: lamentava não poder esperar mais, mas já passava das oito horas e não gostava de ficar fora até tarde, pois o ar da noite lhe fazia mal. Quando ela saiu, comecei a andar de um lado para o outro na sala, cerrando os punhos. Minha tia então falou:

— Receio que, nesta noite de Nosso Senhor, você será obrigado a cancelar seu bazar.

Às nove horas, ouvi a chave do meu tio girar na porta de entrada. Ouvi-o falando sozinho e o som do cabideiro balançando enquanto recebia o peso do casaco. Eu podia interpretar esses sinais. Quando ele já estava jantando, pedi que me desse o dinheiro para ir ao bazar. Tinha se esquecido.

— Numa hora dessas as pessoas já estão na cama, dormindo — disse ele.

Não achei graça. Minha tia se dirigiu a ele com firmeza:

— Por que não dá logo o dinheiro e deixa ele ir? Você já o atrasou além da conta.

Meu tio disse que lamentava muito ter esquecido, e que acreditava no velho ditado: "Só trabalho, sem diversão, fazem de Jack um chato." Ele me perguntou para onde eu estava indo e, quando lhe contei pela segunda vez, me perguntou se eu conhecia o poema *O adeus do árabe ao seu cavalo*. Quando saí da cozinha, ele estava prestes a recitar os versos iniciais para minha tia.

Eu levava um florim bem apertado na mão enquanto caminhava pela Buckingham Street em direção à estação. A visão das ruas lotadas de pessoas fazendo compras, enevoadas pelo gás das lâmpadas, me lembrou do propósito da minha viagem. Sentei-me num vagão de terceira classe de um trem quase deserto. Após um atraso insuportável, o trem deixou lentamente a estação. Ele seguiu em frente entre casas em ruínas e sobre o rio cintilante. Na estação Westland Row, uma multidão se aglomerou nas portas do vagão; mas os carregadores a afastou, dizendo que era um trem especial para o bazar. Permaneci sozinho no vagão vazio. Poucos minutos depois, o trem parou ao lado de uma plataforma improvisada, de madeira. Saí para a rua e vi pelo mostrador iluminado de um relógio que faltavam dez minutos para as dez. Na minha frente havia um grande edifício exibindo aquele nome mágico.

Não consegui encontrar nenhuma bilheteria de meia-entrada e, com medo de que o bazar já estivesse fechando, entrei rapidamente por uma catraca, entregando um xelim a um homem de aparência exausta. Logo me vi em um grande salão rodeado, no alto, por uma galeria. Quase todas as barracas estavam fechadas e a maior parte do salão estava escuro. O silêncio reinante era como aquele em uma igreja depois da missa. Fui, timidamente, até o centro do bazar. Algumas pessoas se reuniam em torno das barracas que ainda estavam abertas. Diante de uma cortina, sobre a qual as palavras *Café Chantant* estavam escritas em lâmpadas coloridas, dois homens contavam dinheiro em uma bandeja. Pude ouvir o tilintar das moedas.

Lembrando com dificuldade a razão de estar ali, fui até uma das barracas e examinei vasos de porcelana e jogos de chá floridos. Na porta da barraca, uma jovem conversava entre risos com dois rapazes. Notei que o sotaque deles era inglês e ouvi, por alto, o que diziam.

— Oh, eu jamais falei isso!

— Ora, falou, sim!

— Oh, não falei, não!

— Pois ela não falou?

— Sim, eu ouvi.

— Ora, mas isso é mentir...

Ao me ver, a jovem se aproximou e perguntou se eu queria comprar alguma coisa. O tom de sua voz não era encorajador; ela parecia ter falado comigo apenas por obrigação. Olhei humildemente para os grandes jarros que estavam como soldados orientais de cada lado da entrada escura da barraca e balbuciei:

— Não, obrigado.

A jovem mudou a posição de um dos vasos e retornou aos dois rapazes. Eles começaram a falar do mesmo assunto. Uma ou duas vezes a jovem me deu uma olhadela por cima do ombro.

Fiquei na frente da barraca para fazer meu interesse em suas mercadorias parecer mais verdadeiro, embora soubesse que minha permanência ali era inútil. Então me virei lentamente e caminhei pelo meio do bazar. Deixei os dois centavos caírem contra os seis pence no meu bolso. Ouvi uma voz chamando de uma extremidade da galeria que a luz estava apagada. A parte superior do salão estava agora completamente escura.

Olhando para aquela escuridão, me vi como uma criatura movida e ridicularizada pela vaidade; meus olhos ardiam de angústia e raiva.

Eveline

Ela sentou-se na janela, observando a noite invadir a avenida. Sua cabeça estava encostada nas cortinas e em suas narinas havia o odor de cretone empoeirado. Estava cansada.

Havia pouca gente lá fora. O homem da última casa passou a caminho do lar; ela ouviu os passos batendo na calçada de cimento e depois esmagando o cascalho diante das novas casas vermelhas. Antes havia um campo ali, no qual eles costumavam brincar todas as noites com os filhos das outras famílias. Mas um sujeito de Belfast comprou a área para construir casas — não como as pequenas residências marrons em que viviam, mas casas de tijolos brilhantes e telhados cintilantes. As crianças da avenida costumavam brincar juntas naquele campo — os Devin, os Water, os Dunn, o pequeno Keogh, o aleijado, ela e seus irmãos. Ernest, no entanto, nunca brincava: ele já era mais velho. O pai dela costumava enxotá-los para fora do campo com sua bengala escura; mas geralmente o pequeno Keogh ficava de guarda e gritava quando via o pai dela chegando. Apesar de tudo, eles foram felizes naquela época. Ele não era assim tão ruim; e, além disso, a mãe estava viva. Isso foi há muito tempo; ela e seus irmãos estavam todos crescidos agora; a mãe estava morta. Tizzie Dunn também estava morta, e os Water tinham voltado para a Inglaterra. Tudo muda. Agora, como os outros, ela estava indo embora, iria deixar seu lar.

Lar! Ela olhou ao redor da sala, revendo todos os objetos familiares que havia limpado uma vez por semana por tantos anos, imaginando de onde vinha toda aquela poeira. Talvez nunca mais visse aqueles objetos dos quais ela nunca havia imaginado se afastar. E ainda assim, durante todo aquele tempo, nunca havia descoberto o nome do padre cuja fotografia amarelada pendia, na parede acima do harmônio, instrumento quebrado, perto da imagem em louvor à Beata Margarida Maria Alacoque. Ele tinha sido um amigo de escola de seu pai. Sempre que mostrava a fotografia a um visitante, costumava mencionar, em um tom casual:

— Ele está vivendo em Melbourne.

Ela havia concordado em ir embora, em deixar seu lar. Terá sido sensato? Ela procurou pesar todos os lados da questão. Em casa, de um jeito ou de outro, tinha abrigo e comida; havia aqueles que conhecia desde sempre. É verdade que era obrigada a trabalhar duro, tanto em casa quanto na firma. O que diriam dela, na loja, quando descobrissem que fugira com um homem? Diriam, talvez, que era uma idiota; e anúncios seriam usados para preencher seu lugar. A srta. Gavan ficaria feliz. As duas sempre viveram às turras, especialmente na presença de outras pessoas

— Srta. Hill, não está vendo que estas senhoras estão esperando?

— Mostre-se mais animada, srta. Hill, por favor.

Ela não derramaria muitas lágrimas por deixar a loja.

Mesmo agora, embora tivesse mais de dezenove anos, às vezes se sentia em perigo ante a violência do pai. Sabia que era isso que lhe provocava palpitações. Quando eles estavam crescendo, como ela era menina, o pai não ia atrás dela como costumava fazer com Harry e Ernest, mas ultimamente ele começara a ameaçá-la e dizer o que faria com ela se não fosse pelo amor à falecida mãe. E agora não havia ninguém para protegê-la. Ernest estava morto e Harry, que trabalhava com decoração de igrejas, estava quase sempre em alguma outra cidade. Além disso, a briga rotineira por dinheiro, nas noites de sábado, tinha começado a cansá-la além da conta. Sempre entregava todo o seu salário — sete xelins — e Harry sempre enviava o que podia, mas o problema era conseguir tirar algum dinheiro do pai. Ele dizia que desperdiçava o dinheiro, que era uma desmiolada, que não ia dar a ela o dinheiro arduamente ganho para desperdiçar por aí, e muito mais, pois ele costumava ficar intratável nos sábados à noite. No final, ele entregava algum dinheiro e perguntava se ela estava pensando em comprar o jantar de domingo. Então era obrigada a sair correndo o mais rápido que podia e ir ao mercado, segurando na mão sua bolsa de couro preta, conforme abria caminho através da multidão, para voltar tarde para casa suportando o peso dos mantimentos. Ela trabalhava pesado para manter a casa em ordem e para garantir que as duas crianças pequenas que foram deixadas sob seus cuidados fossem à escola e fizessem suas refeições regularmente. Era um trabalho duro — uma vida dura —, mas agora, que estava prestes a deixá-la, não achava que fosse uma vida totalmente indesejável.

Ela estava prestes a viver, com Frank, uma nova vida. Frank era gentil, másculo e com um bom coração. Iria embora com ele no navio, à noite, para ser sua esposa e viver em Buenos Aires, onde havia uma casa esperando pelo casal. Ela se lembrava perfeitamente da primeira vez em que o viu; ele estava hospedado em uma casa na rua principal, que ela por vezes frequentava. Fazia poucas semanas. Ele estava parado no portão, o quepe empurrado para trás da cabeça com o cabelo caído para a frente sobre um rosto cor de bronze. Ali eles se conheceram. Ele costumava encontrá-la todas as noites do lado de fora da loja e, em seguida, acompanhá-la até sua casa. Ele a levou para ver *The Bohemian Girl* e ela se sentiu exultante quando se sentou num bom lugar da plateia, algo inédito para ela. Ele gostava muito de música e cantava algumas canções. As pessoas sabem quando estão sendo cortejadas e, quando ele cantava sobre a moça que amava um marinheiro, se sentia confusa e feliz. Ele costumava, por diversão, chamá-la de Poppens. No começo, era divertido para ela ter um acompanhante, mas aos poucos começou a gostar realmente dele. Ele contava histórias de países distantes. Começara como grumete, ganhando uma libra por mês num navio da Allan

Line que fazia a rota para o Canadá. Relatou os nomes dos navios em que esteve e os nomes dos diferentes cargos que ocupou. Navegou pelo Estreito de Magalhães e contou a ela histórias dos terríveis patagônios. Ele fincou os pés em Buenos Aires, disse, e veio para a velha terra apenas para passar férias. É claro que o pai acabou descobrindo o caso, proibindo-a de ter qualquer relacionamento com aquele rapaz.

— Eu conheço bem esses marinheiros — falou.

Um dia ele teve uma discussão com Frank e, depois disso, ela foi obrigada a encontrar o namorado às escondidas.

A noite tomou conta da avenida. O branco das duas cartas que tinha no colo dissipou-se. Uma era para Harry; a outra para o pai. Ernest tinha sido seu irmão favorito, mas ela também gostava de Harry. Seu pai, ela notara, estava envelhecendo, e sentiria falta dela. Ele podia ser bom, às vezes. Não muito tempo antes, quando ficou de cama por um dia, ele leu para ela uma história de fantasmas e preparou torradas. Num outro dia, quando sua mãe ainda estava viva, foram todos fazer um piquenique na Colina de Howth. Ela se lembrava do pai colocando o chapéu de sua mãe só para fazer graça para as crianças.

Seu tempo estava acabando, mas ela continuou sentada junto à janela, com a cabeça encostada na cortina, inalando o odor do cretone empoeirado. Ouvia lá longe, na avenida, um realejo tocando. Conhecia a melodia. Estranho que ele viesse naquela mesma noite para lembrá-la da promessa feita à mãe, a promessa de fazer de tudo para manter o lar unido. Ela se lembrou da última noite da mãe doente; estava novamente no quarto escuro e fechado do outro lado do corredor, e lá de fora vinha uma melodia triste italiana. O tocador de realejo tinha recebido seis pence e ordens de ir embora. Ela se lembrou de seu pai voltando para o quarto da mãe, resmungando:

— Esses malditos italianos que vêm para cá!

Enquanto ela refletia, a triste visão da vida da mãe enfeitiçava seu âmago — uma vida de sacrifícios rotineiros se fechando em derradeira loucura. E sentiu um tremor ao ouvir novamente a voz da mãe repetindo, com tola insistência:

— Derevaun Seraun! Derevaun Seraun! Depois do prazer, a dor!

Num súbito impulso de terror, se levantou. Escapar! Ela precisava escapar! Frank a salvaria. Ele lhe daria uma vida e talvez, também, amor. Ela queria viver. Por que precisava ser infeliz? Tinha direito à felicidade. Frank a tomaria nos braços, a envolveria. Ele a salvaria.

Estava em meio à multidão na estação North Wall. Ele segurou sua mão e sabia que falava com ela, dizendo insistentemente algo sobre a passagem. A estação estava repleta de soldados com sacos de bagagem marrons. Pelas portas largas dos galpões, ela teve um vislumbre do casco escuro do navio, atracado, no cais, com as escotilhas iluminadas. Ela nada respondeu. Sentia as bochechas pálidas e frias e, de dentro de um labirinto de angústia, orou a Deus para orientá-la, para mostrar-lhe o seu dever. O navio, sob a névoa, soltou um apito longo e triste. Se ela fosse, amanhã estaria no mar com Frank, navegando em direção a Buenos Aires. O lugar deles estava reservado. Teria o direito de voltar atrás, depois de tudo o que ele tinha feito por ela? A angústia fez brotar em seu corpo uma sensação de náusea, e ela continuou movendo seus lábios em silenciosa e fervorosa prece.

Os toques de um sino ecoaram em seu coração. Sentiu que ele segurava sua mão:

— Venha!

Os mares do mundo todo formavam uma tempestade em seu coração. Frank a estava levando para eles: Frank a afogaria. Ela agarrou forte, com as duas mãos, a grade de ferro.

— Venha!

Não! Não! Não! Era impossível. Em estado de arrebatamento, suas mãos se fundiram à grade. Do meio dos mares ela soltou um grito de angústia!

— Eveline! Evy!

Precipitou-se em direção à grade, chamando por ela. Berravam para que ele não atrapalhasse a fila, mas não desistia de chamá-la. Ela virou seu rosto pálido em direção a ele, passiva, como um animal indefeso. Seus olhos não demostravam qualquer sinal de amor, de adeus, nem mesmo pareciam reconhecê-lo.

Depois da Corrida

Os carros se aproximavam rapidamente de Dublin, voando como balas nas curvas da Naas Road. No topo da colina, em Inchicore, os turistas se reuniram em grupos para assistir aos que passavam e, em meio àquele mundo de pobreza e inércia, a Europa Continental acelerava sua indústria e suas riquezas. De vez em quando, alguém berrava com a alegria dos oprimidos agradecidos. A torcida, no entanto, era pelos azuis — os veículos de seus amigos, os franceses.

Os franceses, além do mais, foram os virtuais vencedores. A equipe terminou muito bem: chegaram em segundo e terceiro, sendo que o piloto vencedor, do carro alemão, era belga. Cada veículo azul, portanto, recebeu uma dose dupla de boas-vindas quando surgiu no topo da colina, e cada aplauso foi retribuído com sorrisos e acenos pelos ocupantes dos carros. Em um desses excelentes automóveis tinha um grupo de quatro jovens cujos espíritos pareciam estar, então, bem acima de um bem-sucedido galicismo: na verdade, esses quatro jovens eram realmente divertidos. Eram eles Charles Ségouin, o dono do veículo; André Rivière, um jovem mecânico, canadense de nascimento; um enorme húngaro chamado Villona e um rapaz bem-vestido chamado Doyle. Ségouin estava bem-humorado porque havia recebido algumas encomendas inesperadas (estava prestes a abrir um estabelecimento automotivo em Paris), e Rivière, porque seria nomeado gerente do negócio; esses dois jovens (que eram primos) também estavam de bom humor devido ao sucesso dos carros franceses. Villona se sentia bem-humorado porque almoçara muito bem; além disso, era um otimista por natureza. O quarto membro do grupo, no entanto, parecia excitado demais para conseguir se sentir genuinamente feliz.

Ele tinha cerca de vinte e seis anos, com um bigode castanho macio e claro e olhos cinzentos de ar inocente. Seu pai, que havia começado a vida como um nacionalista radical, há tempos mudara de opinião. Ganhara como açougueiro em Kingstown e, abrindo lojas em Dublin e nos subúrbios, conseguira multiplicar muitas vezes seu capital. Também teve a sorte de garantir alguns contratos com a polícia e, no final, se tornara rico o suficiente para ser mencionado nos jornais de Dublin como um príncipe do comércio. Pôde mandar seu filho para a Inglaterra, para estudar em uma importante faculdade católica e, depois, o enviou para estudar direito na Universidade de Dublin. Jimmy não estudou com muito afinco e não tirava boas notas. Mas tinha dinheiro e era popular, dividindo o tempo entre a música e o automobilismo. Até que foi enviado para Cambridge e pôde aprender um pouco mais sobre a vida. O pai, reprovando-o, mas secretamente orgulhoso dos excessos do filho, pagou suas contas e o trouxe de volta. Foi em Cambridge que ele conheceu Ségouin. Ainda não eram muito mais do que simples conhecidos, mas Jimmy encontrou grande prazer na companhia de alguém que tinha visto tanta coisa no mundo e que era, supostamente, dono de alguns dos maiores hotéis da França. Tal pessoa (seu pai concordou) valia a pena conhecer, mesmo que não fosse a encantadora figura que era. Villona também era divertido — e um pianista brilhante —, mas, infelizmente, muito pobre.

O carro seguiu alegremente com sua carga de jovens sorridentes. Os dois primos sentaram-se no banco da frente; Jimmy e seu amigo húngaro iam no de trás. Villona se mostrava, decididamente, de excelente humor, fazendo, por quilômetros, um zumbido grave e profundo de melodia. Os franceses soltavam suas risadas e frases rápidas sobre os ombros e muitas vezes Jimmy tinha que se esforçar para entendê-las. Isso não era especialmente agradável para ele, pois quase sempre precisava adivinhar o significado e, sob um forte vento, gritar uma resposta adequada. Além disso, o zumbido de Villona confundiria qualquer um; o barulho do carro não ajudava.

O movimento rápido pelo espaço extasia; assim como fazem a fama e o dinheiro. Essas eram três boas razões para a excitação de Jimmy. Ele tinha sido visto por muitos de seus amigos, naquele dia, na companhia desses continentais. No centro de controle, Ségouin o apresentou a um dos competidores franceses, e em resposta ao seu murmúrio de confuso elogio, o rosto bronzeado do piloto revelou uma linha de dentes brancos e brilhantes. Foi agradável, depois dessa honra, retornar ao mundo profano dos espectadores em meio a saudações e olhares curiosos. Quanto ao dinheiro, ele realmente tinha uma grande soma sob seu controle. Ségouin, talvez, não achasse que fosse uma grande soma, mas Jimmy, apesar dos erros temporários, era herdeiro de sólidos instintos, e sabia muito bem com que dificuldade aquela soma havia sido acumulada. Esse conhecimento tinha mantido, anteriormente, suas contas dentro dos limites de uma tolerável imprudência, e se ele fora consciente do esforço necessário para ganhar dinheiro quando aquilo era apenas uma abstração da mente, seria ainda mais agora, quando estava prestes a apostar a maior parte de seu capital. Ele levava aquilo muito a sério.

Claro que era um bom investimento, e Ségouin conseguiu passar a impressão de que era por amizade que a migalha de dinheiro irlandês seria incluído no capital da empresa. Jimmy tinha respeito pela astúcia do pai em questões comerciais e, neste caso, foi seu pai quem primeiro sugeriu o investimento; era dinheiro a ser ganho no negócio de automóveis, montes de dinheiro. Além disso, Ségouin carregava o inconfundível ar dos milionários. Jimmy começou a calcular o quanto de trabalho demandou aquele nobre carro em que se sentava. Quão suavemente funcionava. Com que estilo eles tinham percorrido as estradas do interior! A jornada tocara com dedo mágico o verdadeiro pulso da vida e, galantemente, a máquina humana se esforçava para se adequar à força e aos sacolejos daquele ágil animal azul.

Eles dirigiram pela Dame Street. A rua, com tráfego incomum, estava movimentada e barulhenta. Havia as buzinas dos motoristas e os gongos impacientes dos condutores de bonde. Ségouin parou perto do banco, e Jimmy e seu amigo desceram. Um pequeno grupo de pessoas se reuniu na calçada para admirar o motor que roncava. Naquela noite, o grupo jantaria no hotel de Ségouin, e até lá, Jimmy e seu amigo, hospedado com ele, iriam para casa se vestir. O carro avançou lentamente em direção à Grafton Street enquanto os dois jovens abriam caminho pela multidão. Eles avançaram sentindo um curioso desapontamento, enquanto globos pálidos, pendurados acima deles, iluminavam a cidade sob a névoa da noite de verão.

Na casa de Jimmy, esse jantar era encarado como uma ocasião e tanto. O sentimento de orgulho de seus pais se misturava a alguma insegurança, e havia também ansiedade em se comportar com desenvoltura, uma virtude que têm os moradores das grandes cidades estrangeiras. Jimmy estava elegantemente vestido e, enquanto parou no corredor para dar uma última ajeitada no laço da gravata, seu pai pode ter se sentido satisfeito, de um ponto de vista dos negócios, por ter assegurado que o filho tivesse algumas qualidades que não se podem comprar. O pai, além disso, mostrava-se bastante amigável com Villona e sua maneira expressava um respeito real pelas realizações dos estrangeiros, mas a sutileza do anfitrião deve ter passado despercebida pelo húngaro faminto, que ansiava pelo jantar.

O jantar foi excelente e suntuoso. Ségouin, Jimmy concluiu, tinha um paladar bastante refinado. O grupo contou também com um jovem inglês chamado Routh, que Jimmy vira em Cambridge na companhia de Ségouin. Os jovens jantaram em uma sala aconchegante, iluminada por candelabros de luz elétrica. Conversaram animadamente e sem reservas. Jimmy, cuja imaginação cintilava, considerou que a animação jovial dos franceses combinava bem com os modos mais reservados do inglês. Uma imagem graciosa e precisa, pensou. Ele admirou a destreza com que o anfitrião conduzia a conversa. Os cinco jovens experimentaram bebidas variadas e tinham as línguas soltas. Villona passou a defender respeitosamente, para um inglês surpreso, as belezas do madrigal das ilhas britânicas, lamentando o desaparecimento dos instrumentos musicais antigos. Rivière, com mal disfarçada parcialidade, abraçou a missão de explicar a Jimmy a superioridade dos mecânicos franceses. A voz poderosa do húngaro começava a demonstrar o ridículo dos alaúdes espúrios dos pintores românticos quando Ségouin mudou o assunto para a política. Aqui estava um terreno atraente para todos. Jimmy, sob aquelas generosas influências, sentiu ressuscitar dentro de si o ardor que seu pai mantinha sepultado, e finalmente o entorpecido Routh despertou. Com isso, o clima na sala ficou cada vez mais quente, e a tarefa de Ségouin foi se tornando mais difícil; havia até mesmo o risco de brotar algum ressentimento pessoal. O anfitrião, atento, aproveitou uma pausa e ergueu seu copo para brindar à Humanidade. Quando o fizeram, uma grande janela se abriu.

Naquela noite a cidade se fantasiou de capital. Os cinco jovens passeavam pelo parque Stephen's Green sob uma tênue nuvem de aromas. Falavam alto, felizes, com as capas balançando sobre os ombros. As pessoas abriam caminho para eles. Na esquina da Grafton Street, um gordo baixinho ajudava duas belas moças a subir em um automóvel conduzido por outro gordo. O carro partiu e o gordo baixinho avistou o grupo.

— André!

— É Farley!

Seguiu-se uma torrente de palavras. Farley era americano. Ninguém sabia muito bem sobre o que conversavam. Villona e Rivière eram os mais ruidosos, mas todos estavam animados. Embarcaram num carro, espremendo-se em meio a muitas risadas. Passaram pela multidão suavemente colorida ao som de um alegre badalar de sinos. Pegaram o trem em Westland Row e, em poucos segundos, ou assim pareceu a Jimmy, já deixavam a estação de Kingstown. O cobrador, um homem velho, saudou Jimmy:

— Está uma bela noite, senhor!

Era uma agradável noite de verão; o porto jazia como um espelho escuro aos pés do grupo. Caminharam em direção ao porto de braços dados, cantando *Cadet Roussel* em uníssono e batendo os pés a cada coro:

— *Ho! Ho! Hohé, vraiment!*

No cais, embarcaram em um bote e remaram até o iate do americano. Haveria ceia, música e jogos de cartas. Villona exclamou, entusiasmado:

— Que maravilha!

Havia um piano na cabine do iate. Villona tocou uma valsa para Farley e Rivière, com Farley dançando como cavalheiro e Rivière como dama. Em seguida improvisaram uma dança de quadrilha, com os homens inventando personagens. Que alegria! Jimmy participava, animado; isso sim era viver a vida. Até que Farley ficou sem fôlego e gritou: "Parem!" Um garçom serviu a ceia, e os jovens, por educação, se sentaram. E beberam, pois aquele era um ambiente boêmio. Beberam pela Irlanda, Inglaterra, França, Hungria e Estados Unidos. Jimmy fez um discurso, um longo discurso, com Villona dizendo: "Ouçam! Ouçam!" a cada pausa. Quando ele se sentou, houve muitos aplausos. Deve ter sido um belo discurso. Farley deu um tapinha em suas costas e riu alto. Que amigos divertidos! Que boa companhia eles eram!

Cartas! Cartas! A mesa foi limpa. Villona voltou calmamente para o piano a fim de tocar alguns improvisos. Os outros jogaram partida após partida, lançando-se corajosamente na aventura. Beberam à saúde da Rainha de Copas e da Rainha de Ouros. Jimmy lamentava a ausência de uma plateia, pois eles eram brilhantes. Apostavam alto e os vales iam sendo assinados. Jimmy não sabia muito bem quem ganhava, mas sabia que estava perdendo. Mas era culpa dele, pois confundia suas cartas e os outros tinham que calcular os pontos para ele. Eram uns demônios e queria que parassem. Estava ficando tarde. Um deles brindou ao iate *The Belle of Newport* e um outro propôs um grande jogo para fechar a noite.

O piano parou. Villona deve ter subido ao convés. Foi um jogo terrível. Interromperam a partida um pouco antes do fim para beber à sorte. Jimmy compreendeu que a disputa se dava entre Routh e Ségouin. Que emoção! Jimmy estava animado; ele perderia, é claro. Quantos vales havia assinado? Os rapazes se levantaram para fazer as últimas jogadas, falando e gesticulando. Routh venceu. A cabine chacoalhou com a gritaria dos jovens e eles guardaram as cartas. Começaram a amealhar o que tinham ganho. Farley e Jimmy foram os grandes perdedores.

Ele sabia que de manhã estaria arrependido, mas, naquele momento, poder descansar o deixava feliz, sentir o sombrio estupor que escondia sua insensatez o deixava feliz. Apoiou os cotovelos na mesa e descansou a cabeça entre as mãos, contando, nas têmporas, as batidas do coração. A porta da cabine se abriu e ele viu o húngaro parado, iluminado por uma luz acinzentada:

— É alvorada, cavalheiros!

Dois Galantes

A noite cinzenta e quente de agosto caiu sobre a cidade com um ar cálido e ameno, uma lembrança do verão circulando pelas ruas. Estas, fechadas para o descanso dominical, fervilhavam com uma multidão alegre e colorida. Como pérolas iluminadas, as lâmpadas brilhavam dos topos dos postes sobre a viva trama abaixo, a qual, mudando incessantemente de forma e tom, enviava para o ar tépido e cinzento do anoitecer um incessante e imitável murmúrio.

Dois jovens desciam a colina da praça Rutland. Um deles vinha encerrando um longo monólogo. O outro, que caminhava na beira da calçada e às vezes, por conta da descortesia de seu companheiro, era obrigado a pisar na rua, ouvia com expressão de deleite. Era ruivo e atarracado. Usava um boné náutico virado para trás, e a história que ouvia levava-o a rir e fazia brotar sucessivas ondas de expressão pelo rosto. Seus olhos, brilhando maliciosamente, olhavam a todo momento para o rosto de seu companheiro. Ajeitou uma ou duas vezes a leve capa impermeável, jogada displicentemente sobre o ombro, à moda dos toureiros. As calças, os sapatos de sola de borracha branca e sua capa denotavam juventude. Mas tinha a cintura gorda, o cabelo ralo e grisalho, e o rosto, quando cessavam as ondas de expressão, assumia um ar abatido.

Quando teve certeza de que a história havia terminado, riu em silêncio por cerca de meio minuto. Então falou:

— Essa levou o troféu!

A voz saiu sem força e, para reforçar, acrescentou, com humor:

— Essa ganhou mesmo o troféu especial, exclusivo e, se assim posso chamá lo, finamente decorado!

Depois de falar isso, ficou sério e calado. Sua língua estava cansada, pois havia falado durante toda a tarde num pub na Dorset Street. A maioria das pessoas considerava Lenehan um sanguessuga, mas, apesar da má reputação, sua habilidade e eloquência não deixavam seus amigos pensar mal dele. Era dotado de um jeito corajoso de se aproximar de um grupo, num bar e de ficar observando com paciência até ser incluído na conversa. Circulava por toda parte por diversão e possuía um vasto estoque de histórias, trocadilhos e charadas, sem dar importância para a descortesia alheia. Ninguém sabia o que fazia para dar conta da complicada tarefa de sobreviver, mas seu nome era vagamente associado a corrida de cavalos.

— E onde você a conseguiu, Corley? — perguntou.

Corley passou a língua suavemente pelo lábio superior.

— Uma noite — disse —, eu estava andando pela Dame Street quando bati os olhos num belo rabo de saia, ali sob o relógio de Waterhouse, claro, a cumprimentei com um boa noite. Aí fomos dar uma volta pelo canal e ela comentou que trabalhava como empregada em uma casa na Baggot Street. Naquela noite eu a abracei e dei uns amassos. Então, no domingo seguinte, meu amigo, nós marcamos um encontro. Fomos até Donnybrook e eu a levei para uma área aberta. Ela me disse que costumava sair com um leiteiro... Foi bom, meu amigo. Me trazia cigarros todas as noites e pagava o bonde da ida e da volta. E uma noite me trouxe dois charutos excelentes. Ah, o negócio bom de verdade, aquele que o velho costumava fumar... Estava com medo, meu amigo, que ela estivesse planejando formar família. Mas ela sabe como evitar a gravidez.

— Quem sabe esteja pensando que você pretende se casar com ela — sugeriu Lenehan.

— Eu falei para ela que estava desempregado — respondeu Corley. — Que trabalhei na loja Pim's. Ela não sabe meu nome. Fui esperto o bastante para não contar. Mas ela acha que sou um sujeito de classe.

Lenehan soltou um riso abafado.

— De todas as boas histórias que já ouvi, esta com certeza ganha o troféu.

Corley alterou o jeito de caminhar e agradeceu o elogio. O balanço de seu corpo volumoso obrigou o amigo a dar uns pulinhos entre a calçada e a rua. Corley era filho de um inspetor de polícia e herdou o porte e a barriga do pai. Andava com as mãos ao lado do corpo, mantendo-se ereto e inclinava a cabeça de um lado para o outro. Sua cabeça era grande, arredondada e sebenta; transpirava em qualquer clima; e seu grande chapéu coco, usado para o lado, parecia um bulbo nascido dentro de outro bulbo. Costumava manter o olhar para a frente, como se estivesse em um desfile e, quando desejava fitar alguém na rua, precisava mover o corpo inteiro. Por ora, ele circulava por aí. Sempre que surgia alguma vaga de emprego, aparecia alguém para tentar, em vão, convencê-lo a aceitar. Era frequentemente visto caminhando e conversando, sério, com policiais à paisana. Tinha informações privilegiadas a respeito de tudo, e gostava de dar veredictos definitivos sobre qualquer tema. Falava sem se preocupar em ouvir os outros. Seu assunto preferido era ele mesmo — o que havia dito a tal pessoa e o que tal pessoa havia respondido e o que havia retrucado para encerrar a questão. Quando relatava esses diálogos, suprimia a primeira letra de seu nome, assim transformando-o num palavrão, à maneira dos florentinos.

Lenehan ofereceu um cigarro. Enquanto os dois jovens caminhavam pela multidão, Corley vez por outra se virava e sorria para as moças que passavam, enquanto o olhar de Lenehan permanecia fixo na grande e fraca lua envolta por um halo duplo. Observava atentamente a passagem da teia cinzenta do crepúsculo pela face da lua. Por fim, falou:

— Bem… me diga, Corley, será que vai conseguir se sair bem dessa?

Corley deu uma piscadela como resposta.

— E ela vai cair nessa? — perguntou Lenehan, incrédulo. — A gente nunca compreende, realmente, as mulheres.

— Está no papo — respondeu Corley. — Sei como lidar com ela, meu amigo. Ela está meio perdida.

— Você é o que eu chamo de mulherengo sem-vergonha — emendou Lenehan. — O mulherengo perfeito!

Uma ponta de sarcasmo minimizou a aparência servil de sua reação. Para limpar a própria barra, ele tinha o hábito de bajular num tom de discreta zombaria. Mas Corley não tinha uma mente sutil.

— Não há nada que se compare a uma boa empregada. Aproveite a dica que estou lhe dando.

— Vinda de quem experimentou todas — respondeu Lenehan.

— Antes, eu saía com meninas de família — disse Corley, em tom de confissão. — Garotas da South Circular. Eu as levava para passear de bonde, para um lugar qualquer, pagava o bonde, ou as levava para ouvir música, ou a uma peça de teatro, ou comprava chocolate e doces, era por aí. Costumava, enfim, gastar dinheiro com elas — acrescentou, enfático, como se achasse que não estava sendo convincente.

Mas Lenehan estava acreditando, e assentiu solenemente.

— Eu conheço bem esse jogo. É um jogo para otários.

— E que se dane se consegui arrancar algo dele — falou Corley.

— Idem comigo — disse Lenehan.

— Exceto por uma delas — completou Corley.

Ele umedeceu o lábio superior com a língua. Seus olhos brilharam com a lembrança. Olhou, ele também, para o círculo esmaecido da lua, agora quase oculto, e pareceu meditar.

— Ela era... muito boa — confessou, pesaroso.

Ficou novamente em silêncio. Em seguida, acrescentou:

— Ela está por cima, agora. Eu a vi uma noite dessas num carro, descendo pela Earl Street, com dois sujeitos.

— Suponho que seja obra sua — disse Lenehan.

— Houve outros antes de mim — falou Corley, filosofando.

Dessa vez Lenehan inclinou-se a duvidar. Fez uma negativa com a cabeça e sorriu.

— Você sabe que não me enrola, Corley.

— Juro por Deus! — respondeu Corley. — Pois não foi ela mesmo quem me contou?

Lenehan gesticulou dramaticamente.

— Que ordinária! — exclamou.

Ao passarem pelas grades de ferro do Trinity College, Lenehan avançou correndo para o meio da rua e olhou para o relógio.

— Atrasado vinte minutos — disse ele.

— Tenho tempo de sobra — respondeu Corley. — Ela estará aqui. Eu sempre a deixo esperando um pouquinho.

Lenehan riu abafado.

— Meu Deus, Corley, você sabe como lidar com elas — comentou.

— Conheço bem as artimanhas delas — confessou Corley.

— Mas me diga — reforçou Lenehan —, você tem certeza de que consegue fazer isso direito? Você sabe que é um negócio delicado. Ultimamente elas têm ficado muito espertas. Eh... O quê?

Seus olhinhos brilhantes fitaram o companheiro em busca de resposta. Corley fez um movimento brusco com a cabeça, como quem tenta espantar um inseto insistente, e franziu as sobrancelhas.

— Eu resolvo isso. Deixe comigo.

Lenehan não falou mais nada. Não queria irritar o amigo, ser mandado para o diabo e informado de que ninguém estava interessado em ouvir seus conselhos. Era preciso agir com tato. Mas a testa de Corley logo voltou ao normal. Seus pensamentos tomavam outro rumo.

— Ela é uma vadia da melhor qualidade — falou ele, em tom reverente. — É isso o que ela é.

Eles caminharam pela Nassau Street e em seguida entraram na Kildare Street. Não muito longe da entrada do clube havia um harpista de rua, tocando para poucas pessoas. Ele dedilhava, descuidado, as cordas, olhando rapidamente para o rosto de cada recém-chegado e, de vez em quando, cansado, para o céu. A harpa, sem parecer se importar que os panos da capa estivessem sobre os joelhos do músico, parecia cansada tanto dos olhos de estranhos quanto das mãos de seu mestre. Uma mão tocava nas cordas graves a melodia de *Silent, O Moyle*, enquanto a outra corria pelos agudos. A melodia soava grave e profunda.

Os dois rapazes subiram a rua sem falar, acompanhados pela triste música da harpa, e atravessaram a rua quando chegaram a Stephen's Green. E então o barulho dos bondes, as luzes e a multidão os libertaram do silêncio em que estavam.

— Lá está ela! — disse Corley.

Uma jovem estava parada, em pé, bem na esquina da Hume Street. Usava um vestido azul e um chapéu branco de marinheiro e estava junto ao meio-fio, balançando um guarda-sol com uma das mãos. A cena deixou Lenehan animado.

— Vamos dar uma olhada nela, Corley — falou ele.

Corley, com um sorriso de irritação, olhou de soslaio para o amigo.

— Você está querendo me passar para trás? — perguntou.

— Vá se danar — respondeu Lenehan, irritado. — Não precisa me apresentar a ela. Só quero dar uma boa olhada. Não vou devorá-la.

— Ah… Uma olhada? — respondeu Corley, mais tranquilo. — Bem… vou te dizer o que faremos. Vou até lá falar com ela, em seguida você passa andando por nós.

— Combinado! — disse Lenehan.

Corley já tinha passado uma perna por cima da corrente quando Lenehan gritou:

— E depois? Onde a gente se encontra?

— Às dez e meia — respondeu Corley, passando a outra perna.

— Onde?

— Na esquina da Merrion Street. Vamos voltar por lá.

— Não vá estragar tudo — falou Lenehan ao se despedir.

Corley não respondeu. Caminhou lentamente pela rua, inclinando a cabeça de um lado para o outro. O corpo massivo, os passos tranquilos e o som abafado de seus sapatos tinham algo de um conquistador. Ele se aproximou da jovem e, sem nem mesmo cumprimentá-la, começou imediatamente a falar. Ela balançava o guarda-chuva e girava sobre os calcanhares. Uma ou duas vezes, quando ele chegava perto e sussurrava, ela ria e abaixava a cabeça.

Lenehan os observou por alguns minutos. Então caminhou rapidamente junto às correntes e, ainda distante deles, cruzou a rua em diagonal. Ao se aproximar da esquina da Hume Street, sentiu um forte cheiro de perfume no ar enquanto seus olhos faziam uma ligeira e afoita avaliação da aparência da jovem. Ela trajava suas mais elegantes roupas dominicais. A saia de sarja azul estava presa na cintura por um cinto de couro preto. A grande fivela prateada do cinto parecia apertar o corpo, prendendo a blusa branca como um clipe. Ela usava uma jaqueta preta curta com botões de madrepérola e um cachecol preto felpudo. As pontas da gola de tule tinham sido cuidadosamente desordenadas e um buquê de flores vermelhas estava preso em seu peito. Os olhos de Lenehan notaram com aprovação seu corpo baixo e musculoso. O rosto denotava boa saúde, visível nas bochechas vermelhas e gordas e nos olhos azuis confiantes. As feições eram rudes. Tinha narinas largas, uma grande boca aberta com dois dentes frontais salientes. Ao passar, Lenehan tirou o boné e, depois de cerca de dez segundos, Corley acenou, retribuindo a saudação. Ele fez isso levantando a mão e ajeitando ligeiramente o chapéu.

Lenehan caminhou até o Hotel Shelbourne, onde parou e esperou. Depois de algum tempo, viu o casal vindo em sua direção e, quando viraram à direita, ele os seguiu, pisando leve em seus sapatos brancos, por um dos lados da praça Merrion. Enquanto caminhava lentamente, sincronizando seu passo com os deles, observou que a cabeça de Corley voltava a todo momento em direção ao rosto da jovem, como se fosse uma grande bola girando num eixo. Manteve os dois à vista até subirem as escadas do bonde Donnybrook, então se virou e refez, de volta, o mesmo trajeto.

Agora que estava sozinho, seu rosto exibia uma aparência mais velha. A alegria parecia tê-lo abandonado e, ao passar pelas grades do Duke's Lawn, deixou a mão correr por elas. A melodia que o harpista havia tocado começou a controlar seus movimentos. Seus pés, acolchoados nos sapatos marcavam o ritmo, enquanto os dedos das mãos, nas grades, dedilhavam a canção.

Ele caminhou, apático, em volta do parque Stephen's Green e depois pela Grafton Street. Embora seus olhos notassem muitos detalhes na multidão em volta, faziam-no melancolicamente. Ele achava entediante tudo o que pretendia encantá-lo e não respondia aos olhares que o convidavam a ousar. Sabia que teria de falar, criar e entreter, e seu cérebro e garganta estavam secos demais para isso. O problema de como passar as horas até encontrar Corley não parava de incomodá-lo. Não conseguia pensar em nenhuma maneira de fazer o tempo correr, a não ser continuar a andar. Virou à esquerda quando chegou à praça Rutland, e se sentiu mais à vontade naquela rua escura e tranquila, cuja aparência sombria combinava com seu humor. Parou, finalmente, diante da vitrine de uma loja de aspecto pobre sobre a qual as palavras *Refreshment Bar* estavam impressas em letras brancas. No vidro da janela havia dois letreiros: *Cerveja de Gengibre* e *Ginger Ale*. Um pernil cortado estava exposto num grande prato azul, enquanto perto dele, numa bandeja, havia um pedaço de pudim de ameixa. Ele olhou demoradamente para a comida e então, depois de vasculhar a rua de alto a baixo, entrou no bar.

Estava faminto, pois, exceto por alguns biscoitos que havia conseguido com dois garçons distraídos, não comera nada desde o café da manhã. Sentou-se a uma mesa de madeira sem toalha, em frente a duas operárias e um mecânico. Uma desleixada garçonete o atendeu.

— Quanto custa o prato de ervilhas? — perguntou.

— Três meio-pences, senhor — respondeu a moça.

— Então me traga um prato de ervilhas — pediu ele — e uma cerveja de gengibre.

Ele falou com aspereza para disfarçar sua aparência refinada, pois quando entrou as pessoas ficaram em silêncio. Seu rosto enrubesceu. Para parecer mais natural, empurrou o boné para trás e apoiou os cotovelos na mesa. O mecânico e as duas operárias o examinaram de alto a baixo antes de retomar, em voz baixa, a conversa. A garçonete lhe trouxe um prato de ervilhas quentes, temperadas com pimenta e vinagre, um garfo e a cerveja. Ele devorou a comida com tanto gosto que, em seu íntimo, deu uma boa nota ao estabelecimento. Quando terminou de comer as ervilhas, tomou um gole da cerveja e ficou por algum tempo pensando na aventura de Corley. Imaginou os amantes caminhando por uma estrada escura; ouviu a voz de Corley em galanteios profundos e intensos, e viu novamente o sorriso malicioso na boca da jovem. Essa visão o fez sentir pena de sua própria pobreza, de bolso e de alma. Estava cansado de vagar por aí, de viver sempre em dificuldades financeiras, passando por reviravoltas e lidando com intrigas. Faria trinta e um anos em novembro. Será que nunca conseguiria um bom emprego? Jamais teria uma casa própria? Pensou em como seria bom poder ficar junto a uma lareira quente e ter um lugar para poder descansar e jantar. Já perambulara pelas ruas o bastante, com amigos e com mulheres. Sabia o quanto valiam esses amigos e essas moças. As experiências ruins deixaram seu coração amargurado. Mas nem toda a esperança o havia abandonado. Ele se sentia melhor depois de ter comido, menos cansado da vida, com o espírito menos derrotado. Ainda poderia ser capaz de se estabelecer, feliz, em algum lugar aconchegante, se ao menos conseguisse encontrar uma boa moça, sem complicações e com algum dinheiro.

Ele pagou os dois pence e meio para a garçonete desleixada e saiu para retomar a caminhada. Entrou pela Capel Street, caminhou em direção à prefeitura e em seguida virou na Dame Street. Na esquina da George's Street, encontrou dois amigos e parou para conversar. Ficou feliz por poder descansar da caminhada. Os amigos perguntaram se ele tinha visto Corley e quais eram as últimas. Respondeu que tinha passado o dia com o rapaz, e seus amigos pouco falaram. Olhavam vagamente para algumas figuras na multidão e vez por outra faziam um comentário jocoso. Um deles contou que tinha visto Mac uma hora antes na Westmoreland Street. Nisso, Lenehan falou que tinha estado com Mac na noite anterior no Egan's. O jovem que tinha visto Mac na Westmoreland Street perguntou se era verdade que ele tinha faturado um dinheiro no bilhar. Lenehan não sabia, e comentou que Holohan pagou pelas bebidas no Egan's.

Lenehan deixou seus amigos às quinze para as dez e subiu a George's Street. Dobrou à esquerda no Mercado e caminhou até a Grafton Street. A multidão de moças e rapazes havia diminuído, e, na rua, ouviu muitos grupos e casais se despedindo. Foi até o relógio da Faculdade de Medicina: estava batendo as dez horas. Partiu apressado pelo lado norte do parque, com medo de que Corley regressasse antes da hora. Quando chegou à esquina da Merrion Street, parou à sombra de um poste, pegou um dos cigarros que havia guardado e o acendeu. Se recostou ali e manteve o olhar fixo no lugar de onde esperava que Corley e a jovem surgissem.

Sua mente voltou a ficar agitada. Pensava se Corley fora bem-sucedido. Ele se perguntou se o amigo já havia falado com ela ou se deixaria para o final. Sofreu todas as dores e emoções da situação do amigo, bem como as dele próprio. Mas a lembrança do lento movimento da cabeça de Corley o acalmou: tinha certeza de que ele teria sucesso. De repente, lhe ocorreu a ideia de que talvez Corley tivesse levado a moça para casa por outro caminho e não o encontrasse. Seus olhos varreram a rua: não havia sinal deles. No entanto, não devia fazer mais de meia hora desde que tinha visto o relógio da Faculdade de Medicina. Corley faria uma coisa dessas? Acendeu seu último cigarro e começou, nervosamente, a fumá-lo. Forçou os olhos para cada bonde que parava no canto mais distante da praça. Eles devem ter ido para casa por outro caminho. Seu cigarro se partiu e, praguejando, ele o jogou na rua.

De repente, viu os dois vindo em sua direção. Ficou feliz e, mantendo-se perto do poste de luz, tentou ler, na caminhada deles, o resultado. Estavam andando rapidamente, a jovem dando passos curtos e rápidos, enquanto Corley se mantinha ao lado com suas passadas largas. Não pareciam conversar. Um palpite sobre o resultado o furou como uma lâmina afiada. Sabia que Corley falharia, que a tarefa era impossível.

Viraram na Baggot Street e ele os seguiu pelo outro lado da rua. Quando pararam, parou também. Conversaram um pouco, e então a jovem se dirigiu à entrada de uma casa. Corley ficou ali de pé, a uma pequena distância, na calçada. Alguns minutos se passaram, e então a porta do corredor foi aberta lenta e cautelosamente. Uma mulher saiu correndo pelos degraus da frente e tossiu. Corley se virou e foi na direção dela. Sua figura corpulenta escondeu a mulher de vista por alguns segundos, mas ela logo reapareceu, correndo de volta pelos degraus. A porta se fechou atrás dela e Corley começou a caminhar depressa em direção a Stephen's Green.

Lenehan saiu em disparada atrás dele. Caíam algumas gotas de chuva fraca. Ele as tomou como um aviso e, olhando para trás em direção à casa em que a jovem havia entrado para ver se não estava sendo observado, avançou, afobado, pela rua. A ansiedade e a corrida o deixaram ofegante. Soltou um berro:

— Olá, Corley!

Corley virou a cabeça para ver quem o havia chamado, e então continuou a andar. Lenehan correu atrás dele, com uma das mãos segurando a capa de chuva sobre os ombros.

— Olá, Corley! — voltou a gritar.

Conseguiu se aproximar e olhou atentamente para o rosto do amigo, sem nada depreender de sua expressão.

— E então? — indagou. — Deu certo?

Haviam chegado à esquina da Ely Place. Ainda sem responder, Corley desviou para a esquerda e subiu a rua ao lado. Sua feição denotava uma grave tranquilidade. Lenehan seguiu seu amigo, respirando com dificuldade. Estava perplexo e sua voz saiu com um leve tom de ameaça.

— Por que não me conta nada? — perguntou. — Falou com ela?

Corley parou sob a lâmpada de um poste e olhou, sisudo, adiante. Então, com um gesto grave, estendeu o braço em direção à luz e, sorrindo, sob o olhar de seu pupilo, abriu lentamente a mão. Uma pequena moeda de ouro brilhava ali.

A Pensão

A sra. Mooney era filha de um açougueiro. Era uma mulher que conseguia resolver os problemas por conta própria, determinada. Casou-se com o ajudante do pai e abriu um açougue perto de Spring Gardens. Mas, assim que o sogro morreu, o sr. Mooney começou a aprontar. Bebia, esvaziava o caixa, endividava-se até o pescoço. Não adiantava tentar fazê-lo tomar juízo, pois alguns dias depois ele voltava a causar problemas. Brigando com a esposa na presença de clientes e comprando carne de má qualidade, acabou por arruinar o negócio. Uma noite, chegou a perseguir a esposa com um cutelo, obrigando-a a dormir na casa de um vizinho.

Depois disso, passaram a viver separados. Ela procurou o padre e obteve a separação, mantendo com ela as crianças. Não deu a ele dinheiro, nem comida, nem um quarto para dormir; e então ele foi obrigado a trabalhar como ajudante do delegado. Era um bêbado desprezível, maltrapilho e encurvado, com a cara pálida, um bigode branco e sobrancelhas grisalhas, como se desenhadas a lápis acima dos olhos pequenos, vermelhos e inflamados; e passava o dia todo sentado na sala do delegado, esperando que lhe enviasse para algum trabalho. A sra. Mooney, que havia recuperado o que pôde do dinheiro do açougue e montado uma pensão na Hardwicke Street, era uma mulher forte e imponente. A casa tinha uma população flutuante composta de turistas de Liverpool e da Ilha de Man e, ocasionalmente, artistas dos teatros de revista. Sua população permanente era composta de funcionários dos escritórios da cidade. Ela governava a pensão com inteligência e pulso firme, sabia quando dar crédito, quando ser severa e quando deixar para lá. Todos os jovens residentes se referiam a ela a como *A Madame*.

Os jovens hóspedes da sra. Mooney pagavam quinze xelins por semana por alimentação e hospedagem (cerveja clara ou stout, no jantar, era à parte). Compartilhavam gostos e ocupações e, por esta razão, eram muito próximos uns dos outros. Discutiam entre si as chances dos hóspedes favoritos e dos recém-chegados. Jack Mooney, filho da Madame, que era escriturário de uma corretora na Fleet Street, tinha a reputação de ser um caso difícil. Gostava de usar o linguajar chulo de soldados: geralmente voltava para casa nas primeiras horas da manhã. Quando encontrava seus amigos, sempre tinha uma boa história para contar e tinha certeza de estar bem informado de tudo — isto é, sobre um cavalo ou um artista vencedor. Era hábil também com os punhos e cantava músicas satíricas. Nas noites de domingo, costumava ter festinhas na sala de estar da sra. Mooney. Os artistas de musical compareciam; e Sheridan tocava valsas e polcas, marcando o ritmo com os pés. Polly Mooney, a filha da Madame, também cantava, e cantou:

"Sou... uma menina travessa
Não precisas fingir
Pois bem sabes que sou."

Polly era uma garota magra de dezenove anos; seu cabelo era claro e macio, e a boca, pequena e carnuda. Seus olhos, que eram cinza-esverdeados, tinham o hábito de olhar para cima quando falava com alguém, o que a fazia parecer uma pequena e perversa madonna. A sra. Mooney enviara a filha para ser datilógrafa num atacadista de cereais, mas, como um ajudante de delegado de má reputação costumava visitar o escritório dia sim, dia não, querendo conversar com a filha, ela a trouxe de volta para casa e a colocou para fazer o trabalho doméstico. Como Polly era muito animada, a intenção era fazê-la servir os rapazes à mesa. Além disso, os hóspedes gostam de sentir que há uma jovem por perto. Polly, é claro, flertou com eles, mas a sra. Mooney, que era uma observadora perspicaz, sabia que os jovens estavam apenas se divertindo, que nenhum deles levava aquilo a sério. As coisas continuaram assim por um longo tempo e a sra. Mooney começou a pensar em mandar Polly de volta à máquina de escrever quando percebeu que estava acontecendo algo entre a filha e um dos rapazes. Ela observou a dupla, mas não falou nada.

Polly sabia que estava sendo observada, mas não conseguia desvendar o silêncio persistente da mãe. Não havia nenhuma cumplicidade entre mãe e filha, nenhuma intimidade, mas, mesmo quando as pessoas na casa começaram a falar do caso, a sra. Mooney não interveio. Polly começou a agir de maneira estranha, ao passo que o jovem andava claramente perturbado. Por fim, quando julgou que o momento certo havia chegado, a sra. Mooney interveio. Ela lidava com problemas morais como um cutelo lida com carne, e neste caso ela estava decidida.

Era uma bela manhã de domingo, com o verão começando e tempo quente, aliviado por uma brisa fresca. Todas as janelas da pensão estavam abertas e as cortinas de renda, sob as vidraças levantadas, balançavam suavemente em direção à rua. O campanário da Igreja de São Jorge emitia repiques constantes e os fiéis, sozinhos ou em grupos, atravessavam a pracinha em frente à igreja, deixando antever o que fariam, tanto pelos modos recatados quanto pelos pequenos livros que traziam nas mãos enluvadas. O desjejum havia terminado, e a mesa da sala de café da manhã da pensão estava coberta com pratos nos quais havia listras amarelas de ovos com pedaços de bacon e de toucinho. A sra. Mooney sentou-se na poltrona de palha e observou Mary, a empregada, remover os restos do café da manhã. Mandou-a recolher as cascas e pedaços de pão para usar no pudim de pão de terça-feira. Quando a mesa estava limpa, as migalhas recolhidas, o açúcar e a manteiga guardados à chave, ela começou a rememorar a conversa que tivera na noite anterior com Polly. Tudo estava como suspeitara: fora franca em suas perguntas e a filha fora franca nas respostas. Ambas, é natural, tinham ficado um pouco constrangidas. Ela ficara inibida por não querer receber as notícias de um jeito arrogante ou parecer ter sido conivente, e Polly tinha ficado acanhada não apenas porque alusões assim sempre a deixavam inibida, mas também porque não queria que pensassem que, em sua sábia inocência, havia adivinhado as intenções por trás da tolerância de sua mãe.

A sra. Mooney olhou instintivamente para o pequeno relógio dourado na lareira assim que percebeu, em meio ao seu devaneio, que os sinos da Igreja de São Jorge tinham parado de tocar. Eram onze e dezessete: teria tempo suficiente para resolver as coisas com o sr. Doran e não perder a missa na Marlborough Street. Estava certa de que teria sucesso. Para começar, contava com todo o peso da sociedade a seu favor, pois era uma mãe ultrajada. Havia permitido que vivesse sob seu teto, presumindo que era um homem honrado, e ele simplesmente abusou de sua hospitalidade. O rapaz tinha trinta e quatro ou trinta e cinco anos, de modo que a juventude não poderia ser usada como desculpa; nem a ignorância poderia ser uma desculpa, já que era um homem experiente e viajado. Ele apenas havia se aproveitado da juventude e da ingenuidade de Polly, era evidente. A questão era: que reparação seria feita?

É obrigatório que seja feita uma reparação em situações assim. Para o homem está tudo bem, pois teve seu momento de prazer e pode seguir com a vida como se nada tivesse acontecido. Mas é a garota quem arcará com o fardo. Algumas mães ficariam satisfeitas em receber algum dinheiro; ela se lembrava de alguns casos. Mas com ela, não. Para ela, apenas um tipo de reparação poderia compensar a perda da honra de sua filha: o casamento.

Ela pesou novamente seus trunfos antes de mandar Mary até o quarto de Doran para avisar que queria falar com ele. Estava segura de que venceria. Era um jovem decente, não um libertino ou barulhento como os outros. Se tivesse sido o sr. Sheridan ou o sr.

Meade, ou mesmo Bantam Lyons, sua tarefa seria muito mais difícil. Ela pensava que ele preferiria evitar a exposição pública. Todos os inquilinos da casa sabiam sobre o caso, e até detalhes tinham sido inventados. Além disso, o rapaz estava empregado há treze anos no escritório de um grande comerciante católico de vinhos, e a exposição talvez redundasse em demissão. Se ele concordasse, tudo ficaria bem. Ela sabia que ele recebia um bom salário e suspeitava que tinha alguma poupança.

Quase onze e meia! Levantou da cadeira e se olhou no espelho. A expressão firme de seu rosto grande e corado deixou-a satisfeita, e lembrou de algumas mães, que conhecia, que não conseguiam se livrar das filhas.

O sr. Doran estava muito ansioso naquela manhã de domingo. Havia tentado se barbear por duas vezes, mas sua mão tremia tanto que foi obrigado a desistir. Três dias de barba ruiva contornavam seu maxilar e a cada dois ou três minutos uma névoa se acumulava em seus óculos, de modo que era obrigado a tirá-los e limpá-los com o lenço. Era muito dolorosa a lembrança de sua confissão na noite anterior; o padre havia extraído cada mínimo detalhe do caso e, no final, havia dado tamanha dimensão ao seu pecado que ele ficara quase grato por ter recebido uma possibilidade de redenção. O mal estava feito. O que ele poderia fazer agora, a não ser se casar, ou então fugir? Não podia se mostrar insensível. O caso seria seguramente comentado, e seu patrão com certeza saberia. Dublin é uma cidade pequena; todos sabem da vida de todos. Ele sentiu seu coração palpitar, quente, na garganta, quando imaginou o velho sr. Leonard falando, com sua voz rouca:

— Mande o sr. Doran vir aqui, por favor!

Todos os seus longos anos de serviço, em vão! Toda a sua dedicação e diligência, jogadas fora! Quando jovem, ele tivera sua dose de devassidão, é claro; se gabara de seu pensamento independente e costumava negar a existência de Deus, nos bares, para seus amigos. Mas tudo isso já tinha ficado para trás... ou quase. Ele ainda comprava um exemplar do escandaloso *Reynolds's Newspaper* toda semana, mas cumpria seus deveres religiosos e, durante nove décimos do ano, vivia uma vida pacata. Tinha dinheiro suficiente para se estabelecer, mas a questão não era essa. A família a desprezaria. Em primeiro lugar, havia o desonrado pai dela e, além do mais, a pensão, que começava a ganhar má fama. Ele suspeitava que estava sendo ludibriado. Podia imaginar seus amigos falando sobre o caso e rindo. Ela era um pouco vulgar; falava "pra mim fazer" e coisas do tipo. Mas o que importaria a gramática, se ele realmente a amasse? Não conseguia decidir se gostava dela ou a desprezava pelo que havia feito. Mas é claro que ele tomara parte. Seu instinto o pedia para permanecer livre, para não se casar. Uma vez casado, você já era.

Enquanto estava sentado, desamparado, na lateral da cama, de camisa e calças, Polly bateu levemente à porta e entrou. E contou tudo, que tinha confessado para a mãe e que ela falaria com ele naquela manhã. Ela chorou, enlaçou seu pescoço e falou:

— Oh, Bob, oh, Bob! O que devo fazer? O que, afinal, devo fazer?

E disse que estava disposta a colocar um fim na própria vida.

Ele a confortou, embora sem muita ênfase, dizendo-lhe para não chorar, que tudo ficaria bem, que não tivesse medo. E pôde sentir, na camisa, as batidas do coração dela.

O que aconteceu não foi só por culpa dele. Ele se lembrava bem, com a curiosamente memória precisa dos solteiros, das primeiras carícias sutis que o vestido dela, sua respiração e seus dedos fizeram a ele. Então, tarde da noite, quando já se preparava para dormir, ela bateu, acanhada, à porta. Falou que queria reacender sua vela na dele, que uma rajada de vento a apagara. Era sua noite de banho, disse. Ela usava uma camisola aberta de flanela. Os peitos dos pés, brancos, cintilavam na abertura das sandálias felpudas, e o sangue brilhava calorosamente por baixo da pele perfumada. Das mãos e pulsos dela brotou, enquanto acendia a vela, um leve perfume.

Nas noites em que chegava tarde, era ela quem esquentava seu jantar. Ele mal notava o que estava comendo, sentindo-a ao seu lado, sozinha, à noite, na casa adormecida. E os cuidados com ele! Se a noite estivesse fria, chuvosa ou ventosa, certamente haveria um pequeno copo de ponche esperando. Talvez pudessem ser felizes juntos...

Os dois costumavam subir as escadas juntos, na ponta dos pés, cada um com uma vela, e no terceiro andar trocavam relutantes boa-noites. E se beijavam. Ele se lembrava bem dos olhos de Polly, do toque da mão dela e do delírio que o tomava...

Mas delírios passam. Ele repetiu mentalmente a frase dela, aplicando-a a si mesmo: "O que devo fazer?" O instinto dos solteiros o avisou para se livrar. Mas o pecado era real; e até mesmo seu senso de honra lhe dizia que, para um pecado assim, uma reparação precisava ser feita.

Enquanto os dois estavam sentados na beira da cama, Mary veio até a porta e informou que a patroa queria vê-lo na sala. Ele se levantou para vestir o casaco e o colete, sentindo-se mais desamparado do que nunca. Quando já estava vestido, aproximou-se para confortá-la. Que ficaria tudo bem, que não sentisse medo. Ele a deixou chorando e gemendo, baixinho na cama:

— Oh, meu Deus!

Ao descer as escadas, seus óculos ficaram tão embaçados que ele precisou tirá-los e limpá-los. Desejou subir no telhado e voar para outro país onde nunca mais ouviria falar de seu problema, mas ainda assim uma força o empurrou escada abaixo, passo a passo. Os rostos implacáveis de seu empregador e de Madame encaravam seu desconforto. No último lance de escadas, passou por Jack Mooney, que estava subindo da despensa segurando duas garrafas de cerveja

Bass. Eles se cumprimentaram friamente; e os olhos do amante pousaram por um ou dois segundos no rosto rude de buldogue e no par de braços curtos e grossos. Quando chegou ao pé da escada, olhou para cima e viu Jack observando-o da porta do quarto de despensa.

De repente veio à mente a noite em que um dos artistas de musicais, um londrino loiro e atarracado, fez uma alusão indiscreta a respeito de Polly. A festa quase terminou pela reação violenta de Jack. Todos correram para acalmá-lo. O artista, um pouco mais pálido do que o normal, continuou sorrindo e disse que não falara por mal: mas Jack continuou gritando, dizendo que se qualquer sujeito tentasse algum tipo de brincadeira com sua irmã, cravaria os dentes em sua garganta, que não duvidassem disso.

Polly ficou por algum tempo chorando, sentada na beira da cama. Em seguida secou as lágrimas e foi até o espelho. Mergulhou a ponta da toalha na jarra de água e refrescou os olhos com a água fria. Olhou para si de perfil e ajustou um grampo de cabelo acima da orelha. Então voltou para a cama e sentou-se aos pés dela. Olhou para os travesseiros por um longo tempo, e aquela visão despertou em sua mente memórias secretas e agradáveis. Apoiou a nuca contra a grade fria da cama de ferro e mergulhou num devaneio. Não havia mais qualquer sinal de perturbação em seu rosto.

Esperou com paciência, quase alegremente, sem se alarmar. Suas memórias aos poucos deram lugar a esperanças e imagens do futuro. As esperanças e as imagens eram tão intrincadas que ela já nem via mais os travesseiros brancos nos quais seu olhar estava fixo, ou mesmo se lembrava de que estava aguardando alguma coisa.

Até que, finalmente, ela ouviu a mãe chamando. Levantou-se da cama e correu para os corrimãos.

— Polly! Polly!

— Sim, mamãe?

— Desça aqui, querida! O sr. Doran deseja falar com você.

E então ela se lembrou o que estava aguardando.

Uma Pequena Nuvem

Oito anos antes havia se despedido do amigo no North Wall e lhe desejado boa sorte. Gallaher vencera na vida. Era fácil notar, graças ao seu ar cosmopolita, seu terno de tweed bem cortado e seu tom de voz confiante. Poucos companheiros tinham talentos como o dele e menos ainda conseguiam permanecer imunes a tamanho sucesso. O coração de Gallaher estava onde devia estar e ele merecia triunfar. Era muito bom ter um amigo assim.

Desde a hora do almoço Little Chandler só pensara sobre o seu encontro com Gallaher, o convite dele e a imponente cidade de Londres, onde o amigo vivia. Ele era chamado de Little Chandler porque, embora fosse apenas um pouco mais baixo que a média, passava a impressão de ser um homem franzino. As mãos eram brancas e miúdas, o corpo era frágil, a voz era suave e, seus modos, refinados. Cuidava com extremo zelo do bigode e dos cabelos loiros e sedosos, e usava, em seu lenço, um perfume discreto. As meias-luas de suas unhas eram perfeitas e, quando sorria, podia-se vislumbrar uma fileira de dentes brancos de aparência infantil.

Enquanto estava sentado em sua mesa no King's Inns, pensou nas mudanças trazidas por aqueles oito anos. O amigo que conhecera usando roupas pobres e surradas havia se tornado uma figura proeminente na imprensa londrina. Já ele, com frequência, deixava de lado sua escrita cansativa apenas para ficar olhando pela janela do escritório. O brilho de um pôr do sol tardio de outono cobria os gramados e as calçadas, lançando uma chuva de agradável poeira dourada sobre as desleixadas enfermeiras e os velhos decrépitos a cochilar nos bancos, tremeluzindo sobre todas as figuras em movimento — sobre as crianças que corriam gritando pelos caminhos de cascalho e as pessoas que transitavam pelos jardins. Enquanto contemplava, pensava na vida. E, como sempre acontecia quando pensava na vida, ficou triste. Uma leve melancolia o dominou. Sentiu o quão inútil era lutar contra o destino, dura conclusão legada a ele pela sabedoria dos anos.

Lembrou-se dos livros de poesia nas prateleiras em casa, comprados em seus dias de solteiro. Muitas noites, enquanto estava sentado na saleta ao lado do corredor, tinha sido tentado a pegar um da estante e ler um poema para sua esposa. Mas a timidez sempre o impedira, e assim os livros permaneceram nas prateleiras. Às vezes repetia versos para si, e isso não deixava de ser um consolo.

Quando soou seu horário de saída, deixou sem tardar sua mesa e se despediu dos colegas. Emergiu sob o arco feudal do King's Inns, uma figura diminuta e elegante, e caminhou rapidamente pela Henrietta Street. O pôr do sol dourado minguava e o ar começava a ficar cortante. Uma horda de crianças sujas infestava a rua. Elas ficavam paradas, ou corriam pela rua, ou subiam os degraus diante das portas escancaradas, ou então se agachavam, nas soleiras, como camundongos. Little Chandler não se preocupou com elas. Escolheu seu caminho com destreza em meio a toda aquela profusão de vermezinhos, à sombra das mansões arruinadas nas quais a antiga aristocracia de Dublin vivera seus bons tempos. Nenhuma lembrança do passado o tocava, sua mente estava tomada por alegrias presentes.

Nunca tinha ido ao Corless's, mas sabia que era um lugar sofisticado. E que as pessoas iam lá após o teatro, para saborear ostras e licores; tinha ouvido que os garçons sabiam falar francês e alemão. Caminhando depressa, à noite, já tinha visto táxis parados diante da porta e mulheres elegantes, escoltadas por cavalheiros, descerem e entrarem rapidamente. Elas usavam vestidos espalhafatosos e muitas echarpes. Tinham rostos maquiados e levantavam seus vestidos quando tocavam o chão, como Atalantas assustadas. Sempre passava sem virar a cabeça. Tinha o hábito de andar pelas ruas muito rápido, mesmo de dia, e quando se encontrava no centro, tarde da noite, se apressava em seu caminho, entre apreensivo e excitado. Às vezes, no entanto, flertava com seus medos: escolhia as ruas mais estreitas e escuras e, enquanto caminhava, com coragem, o silêncio que se espalhava sobre seus passos o incomodava, as figuras errantes e silenciosas o perturbavam, às vezes um som de risada abafado e fugidio o fazia tremer como uma folha.

Virou à direita em direção à Capel Street. Ignatius Gallaher na imprensa londrina! Quem, oito anos atrás, poderia ter imaginado? Ainda assim, agora que revisava o passado, Little Chandler conseguia se lembrar de muitos sinais, em seu amigo, do futuro sucesso. As pessoas diziam que Ignatius Gallaher era irresponsável. Claro, naquela época ele andava com uma turma de irresponsáveis, bebia sem parar e pedia dinheiro emprestado para todo mundo. No fim, acabou envolvido numa nebulosa transação financeira. Pelo menos, essa foi uma das explicações que apareceram para a fuga. Mas ninguém lhe negava o talento. Sempre havia um certo... algo em Ignatius Gallaher que impressionava as pessoas, apesar das ressalvas. Mesmo quando estava acuado, sem dinheiro e não sabendo como se safar, mantinha um ar confiante. Little Chandler se lembrou (e a lembrança trouxe um leve rubor de orgulho à sua face) de um dos ditados de Ignatius Gallaher quando se via encurralado:

— Ainda estamos no intervalo do carteado, rapazes — costumava dizer despreocupadamente. — Vamos pensar numa saída?

Aquele era Ignatius Gallaher em sua plenitude; e, puxa vida, não dava para deixar de admirá-lo.

Little Chandler apressou o passo. Pela primeira vez na vida, se sentiu superior às pessoas pelas quais passava. Pela primeira vez, sua alma se revoltou contra a monótona deselegância da Capel Street. Não havia dúvida sobre isso: se alguém quisesse ser bem-sucedido, precisava ir embora. Não se podia conquistar nada em Dublin. Ao cruzar a ponte Grattan, olhou para o rio em direção aos cais lá embaixo e sentiu pena das pobres e atrofiadas casas. Pareciam-lhe um bando de vagabundos, amontoados ao longo das margens do rio, com seus velhos casacos cobertos de poeira e fuligem, perplexos pelo panorama do pôr do sol e esperando que a primeira rajada de frio da noite os mandasse se levantar, se sacudir e ir embora. Ele se perguntou se conseguiria criar um poema para expressar esta ideia. Talvez Gallaher pudesse publicá-lo em algum jornal londrino. Conseguiria escrever algo original? Não tinha certeza de qual ideia desejava expressar, mas o pensamento de que um momento poético o havia tocado ganhou vida dentro dele como uma esperança infantil. E continuou, com bravura, a avançar pela rua.

Cada passo o levava para mais perto de Londres, para mais longe de sua vida austera e sem graça. Uma luz começou a brilhar no horizonte de sua mente. Ele não era assim tão velho — trinta e dois anos. Seu temperamento estava, pode-se dizer, no auge da maturidade. Havia muitos sentimentos e impressões que desejava expressar em versos. Podia senti-los dentro de si. Tentou sopesar sua alma para avaliar se era a alma de um poeta. Melancolia era a nota dominante de seu temperamento, pensou, mas era uma melancolia temperada por recorrências de fé, resignação e alegria singela. Se pudesse extravasar isso num livro de poemas, talvez chamasse a atenção. Nunca seria popular, sabia disso. Não conseguiria tocar as massas, mas poderia almejar um pequeno círculo de mentes sensíveis. Os críticos ingleses, por conta do tom melancólico de seus poemas, talvez viessem a reconhecê-lo como um poeta da escola celta. Além disso, faria citações. E começou a inventar frases e sentenças a partir da atenção que seu livro receberia. *O sr. Chandler tem o dom do verso fácil e elegante. Uma profunda melancolia permeia estes poemas. O tempero celta.* Era uma pena que seu nome não tivesse uma aparência mais irlandesa. Talvez fosse melhor inserir o nome de sua mãe antes do sobrenome: Thomas Malone Chandler, ou melhor ainda: T. Malone Chandler. Falaria com Gallaher a respeito disso.

E prosseguiu tão ardentemente em seu devaneio que passou reto pela rua do bar e teve de voltar. Ao se aproximar do Corless's, sua agitação anterior começou a dominá-lo, o levando a estancar, indeciso, diante da porta. Até que enfim criou coragem e entrou.

A luz e o barulho do ambiente o seguraram perto da entrada por alguns minutos. Olhou ao redor, mas sua visão era atrapalhada pelo brilho das muitas taças de vinho vermelhas e verdes. O bar parecia estar cheio de pessoas e sentiu que elas o observavam com curiosidade. Passeou os olhos rapidamente para a direita e para a esquerda (franzindo de leve a testa, para parecer sério), mas, quando sua visão clareou um pouco, notou que ninguém havia se virado para observá-lo. Ali adiante, com certeza, era Ignatius Gallaher, encostado contra o balcão, com as pernas bem separadas e os pés plantados no chão.

— Olá, Tommy, velho de guerra, aí está você! O que vai ser? O que vai tomar? Estou bebendo uísque: melhor do que aquele que pegamos do outro lado do oceano. Soda? Água mineral? Sem água? Eu também acho. Estraga o sabor… Aqui, meu bom garçom, traga-nos duas doses de uísque… Diga, como você tem passado desde a última vez que o vi? Meu bom Deus, como estamos ficando velhos! Você vê algum sinal de idade em mim… ah, o quê? O cabelo um pouco grisalho e fino no alto… o quê?

Ignatius Gallaher tirou o chapéu e exibiu uma grande cabeça com o cabelo aparado rente. Seu semblante era carregado, pálido e bem barbeado. Os olhos, azul-acinzentados, aliviavam sua palidez doentia e brilhavam acima de uma exuberante gravata laranja. Em meio a esses traços em desarmonia, os lábios pareciam muito longos, disformes e incolores. Little Chandler abaixou a cabeça e passou dois dedos, com delicadeza, no cabelo fino no alto da cabeça do amigo, e fez que não com a cabeça. Gallaher colocou novamente o chapéu.

— Acaba com a gente — falou. — A vida de jornalista. Sempre com pressa, correndo, procurando textos, por vezes não encontrando. E precisar sempre ter alguma ideia original para escrever. Que se danem as provas e os tipógrafos, pelo menos por alguns dias. Estou muito feliz, posso te dizer, em voltar para a velha terra. Um pouco de férias faz muito bem. Me sinto muito melhor desde que desembarquei de volta na querida e suja Dublin... Aqui está, Tommy. Água? Diga quando está bom.

Little Chandler deixou seu uísque ficar bastante aguado.

— Você não sabe o que é bom, meu velho — comentou Ignatius Gallaher. — O meu, bebo puro.

— Normalmente bebo muito pouco — respondeu Little Chandler acanhado. — Uma meia dose, ou algo assim, quando encontro alguém da velha turma, e é só.

— Ah, não tem problema! — disse um alegre Gallaher. — Um brinde a nós, aos velhos tempos e aos velhos amigos.

Então bateram os copos para brindar e beberam.

— Encontrei um pessoal da velha turma hoje — comentou Ignatius Gallaher — O'Hara parece estar numa pior. O que ele tem feito?

— Nada — respondeu Little Chandler. — Ele está quebrado.

— Mas Hogan está numa boa, não?

— Sim, ele está trabalhando no Departamento de Terras.

— Eu o encontrei uma noite em Londres e ele parecia estar muito bem de dinheiro... Pobre O'Hara! Muita bebida, talvez?

— Mas não só — respondeu, lacônico, Little Chandler.

Ignatius Gallaher riu.

— Tommy — disse ele — vejo que você não mudou nem um átomo. É a mesma pessoa séria que costumava me passar um sermão nas manhãs de domingo quando eu estava com dor de cabeça e a língua grossa. Você deveria explorar um pouco do mundo. Nunca esteve em lugar algum, não fez nenhuma viagenzinha?

— Estive na Ilha de Man — respondeu Little Chandler.

Ignatius Gallaher gargalhou.

— Ilha de Man! — exclamou. — Vá a Londres, ou a Paris: Paris, sim, é uma boa escolha. Isso lhe faria um bem enorme.

— Você já foi a Paris?

— Acho que posso dizer que sim! Aprontei um pouco por lá.

— E é mesmo tão bela quanto dizem? — indagou Little Chandler.

Bebeu um pouco de seu uísque enquanto Ignatius Galaher esvaziava o copo.

— Bela? — respondeu Gallaher, fazendo uma pausa na palavra e saboreando a bebida. — Não é tão bela, entende? Claro, é bela... Mas o que importa é a vida de Paris. Ah, não há cidade como Paris para se divertir, circular, se empolgar...

Little Chandler terminou seu uísque e, com algum esforço, conseguiu ser notado pelo barman. Pediu outra dose.

— Estive no Moulin Rouge — prosseguiu Ignatius Gallaher depois que o barman retirou os copos — e já fui a todos os cafés da vida boêmia. Coisa séria! Mas não para um carola como você, Tommy.

Little Chandler não disse nada até que o barman voltasse com as duas bebidas: então tocou levemente o copo do amigo, retribuindo o brinde anterior. Estava começando a se sentir um pouco desiludido. O sotaque e a maneira de se expressar de Gallaher não o agradavam. Havia algo vulgar em seu amigo que ele não havia notado antes. Mas talvez fosse apenas o resultado de viver em Londres no ambiente agitado e competitivo da imprensa. O antigo charme pessoal ainda estava lá sob esse novo estilo espalhafatoso. E, afinal, Gallaher tinha vivido, conhecera o mundo. Little Chandler olhou com inveja para o amigo.

— Tudo em Paris é muito animado — continuou Ignatius Gallaher. — Eles creem que a vida precisa ser vivida... e você não acha que estão certos? Se quiser se divertir do jeito certo, precisa ir a Paris. E, veja bem, eles têm um grande apreço pelos irlandeses. Quando souberam que eu era da Irlanda, estavam prontos para me incorporar a eles, meu amigo.

Little Chandler bebeu quatro ou cinco goles de seu copo.

— Me diga — começou — Paris é mesmo tão... imoral... quanto dizem?

Ignatius Gallaher fez o sinal da cruz.

— Todo lugar é imoral — falou. — É claro que Paris tem suas coisas. Tente ir a uma festa de estudantes, por exemplo. A animação é grande, especialmente quando as coquetes começam a se descontrair. Você sabe quem são elas, imagino?

— Já ouvi falar — respondeu Little Chandler.

Ignatius Gallaher esvaziou o copo e meneou a cabeça.

— Ah — continuou ele —, você pode falar o que quiser. Mas não há mulheres como as parisienses... em estilo, em elegância.

— Mas então é mesmo uma cidade imoral — insistiu timidamente Little Chandler —, quero dizer, se comparada a Londres ou Dublin?

— Londres! — exclamou Ignatius Gallaher. — Não é nada se comparada a Paris! Pergunte ao Hogan, meu velho. Mostrei a ele um pouco de Londres quando passou por lá. Ele abrirá seus olhos... Caramba, Tommy, não deixe seu uísque virar ponche, beba logo.

— Não, acho que...

— Ah, o que é isso, só mais um não vai te fazer mal. O quê? Mais um daqueles, certo?

— Está bem, está bem...

— *François,* mais uma rodada... Aceita um charuto, Tommy?

Ignatius Gallaher pegou a cigarreira. Os dois amigos acenderam seus charutos e os fumaram em silêncio até que suas bebidas fossem servidas.

— Vou lhe dar a minha opinião — falou Ignatius Gallaher, emergindo depois de algum tempo das nuvens de fumaça em que se refugiara —, o nosso é um mundo esquisito. Fala-se de imoralidade! Ouvi sobre casos, como posso explicar?, fiquei sabendo, sim, de casos de... imoralidade...

Ignatius Gallaher fez um ar pensativo e soltou uma baforada de seu charuto. Em seguida, no tom sereno dos historiadores, começou a esboçar para seu amigo algumas imagens da corrupção moral que abundava no estrangeiro. Resumiu os vícios de muitas capitais e pareceu inclinado a conceder o troféu a Berlim. Alguns fatos ele não podia garantir serem verdadeiros, pois ouvira de seus amigos, mas de outros tivera experiência pessoal. Não poupou cargos ou classe social. Revelou muitos dos segredos das ordens religiosas no continente, descreveu práticas que estavam na moda na alta sociedade e terminou contando, com detalhes, uma história sobre uma duquesa inglesa — uma história que ele sabia ser verídica. Little Chandler ficou pasmo.

— Ah, bem — prosseguiu Ignatius Gallaher —, aqui estamos nós na velha Dublin, onde não se sabe nada dessas coisas.

— O quão entediado você deve ficar aqui — retrucou Little Chandler — depois de todos os lugares em que já esteve!

— Bem — começou Ignatius Gallaher —, estar aqui tem um efeito relaxante, sabe? E, afinal, como dizem, esta é a velha terra, não é mesmo? Você não pode deixar de sentir alguma coisa por ela. Essa é a natureza humana... Mas me diga algo sobre você. Hogan me contou que tinha... provado as alegrias da felicidade conjugal. Já faz dois anos, não?

Little Chandler enrubesceu e sorriu.

— Sim — respondeu. — Em maio completei doze meses de casado.

— Espero que não seja tarde demais para lhe dar meus cumprimentos — disse Ignatius Gallaher. — Eu não sabia seu endereço, ou teria feito isso na época.

Ele estendeu a mão e os dois se cumprimentaram.

— Bem, Tommy — continuou ele —, desejo a você e aos seus toda a alegria dessa vida, meu velho, e montes de dinheiro, e que você nunca morra até que eu lhe acerte um tiro. E estes são os votos de um amigo sincero, um velho amigo. Você sabe disso, não?

— Sim, eu sei — respondeu Little Chandler.

— Algum rebento? — perguntou Ignatius Gallaher.

Little Chandler corou novamente.

— Temos uma criança — respondeu.

— Menino ou menina?

— Um garotinho.

Ignatius Gallaher deu um sonoro tapa nas costas do amigo.

— Bravo — disse ele. — Eu jamais duvidaria de você, Tommy.

Little Chandler sorriu, olhou um pouco constrangido para o copo e mordeu os lábios com os três dentes brancos frontais de aspecto infantil.

— Espero que você venha nos visitar uma noite dessas — emendou. — Antes que vá embora. Minha esposa ficará encantada em conhecê-lo. Podemos tocar alguma música e...

— Eu agradeço imensamente, meu chapa — respondeu Ignatius Gallaher. — Lamento que não tenhamos nos encontrado antes. Mas já parto amanhã à noite.

— Hoje à noite, quem sabe...?

— Sinto muito, meu velho. Veja só, estou aqui com um outro sujeito, um rapaz inteligente também, e combinamos de ir a um joguinho de cartas. Se não fosse por isso...

— Ah, neste caso...

— Mas, quem sabe? — prosseguiu Ignatius Gallaher, com delicadeza. — Agora que quebrei o gelo, ano que vem provavelmente voltarei aqui. Será um prazer, apenas adiado.

— Muito bem — concordou Little Chandler. — Da próxima vez que vier, passaremos uma noite juntos. Está combinado, não está?

— Sim, combinado — respondeu Ignatius Gallaher. — No ano que vem, caso eu venha, é *parole d' honneur.*

— E para sacramentar o negócio — sugeriu Little Chandler — vamos tomar mais uma.

Ignatius Gallaher tirou um grande relógio de ouro do bolso do colete e olhou as horas.

— É a última, certo? — disse ele. — Porque, você sabe, tenho um compromisso.

— Sim, com certeza — respondeu Little Chandler.

— Muito bem, então — concordou Ignatius Gallaher —, vamos tomar outra como *deoc an doruis,* a saideira, acredito que seja uma boa expressão para uma dose tão pequena de uísque.

Little Chandler pediu as bebidas. O rubor que havia subido ao seu rosto, alguns momentos antes, estava agora definitivamente instalado. Qualquer coisa o fazia corar: e agora ele se sentia aquecido e animado. Três pequenos uísques subiram à sua cabeça e o charuto forte de Gallaher confundiu sua mente, afinal ele era uma pessoa delicada e abstêmia. A aventura de encontrar Gallaher depois de oito anos, de se encontrar com ele no Corless's, envolvido pelas luzes e a agitação, de ouvir as histórias de Gallaher e de compartilhar, por um breve período, da vida errante e triunfal dele, tudo isso perturbou o equilíbrio de sua natureza sensível. Sentia um intenso contraste entre sua própria vida e a de seu amigo, e isso não lhe parecia justo. Gallaher era inferior a ele em origem familiar e formação. Estava convicto de que, se tivesse a chance, poderia alcançar coisas mais elevadas do que seu amigo, ou poderia fazer algo melhor do que mero jornalismo sensacionalista. O que o impedia? Sua desgraçada timidez! Gostaria de ter alguma forma de vingança, de afirmar sua masculinidade. Percebeu o que estava por trás da recusa de Gallaher ao seu convite. Estava apenas sendo tratado com condescendência, assim como ele estava, com sua visita, sendo condescendente com a Irlanda.

O barman trouxe as bebidas. Little Chandler empurrou um copo para o amigo e pegou o outro com firmeza.

— Quem poderá prever? — declarou enquanto erguiam seus copos. — Quando você vier no ano que vem, eu poderei ter o prazer de desejar vida longa e felicidade ao sr. e à sra. Ignatius Gallaher.

Ignatius Gallaher piscou um olho sobre a borda do copo e bebeu. Em seguida, estalou os lábios ruidosamente, pousou o copo e disse:

— Sem chance de isso acontecer, meu rapaz. Vou viver minhas aventuras e conhecer um pouco da vida e do mundo antes de enfiar a cabeça num saco... se é que um dia o farei.

— Algum dia você vai — disse Little Chandler com serenidade.

Ignatius Gallaher mexeu em sua gravata laranja e dirigiu os olhos azul-acinzentados ao amigo.

— Você acha mesmo? — perguntou ele.

— Sim, você vai enfiar a cabeça num saco — repetiu Little Chandler com firmeza — como todo mundo, caso encontre a garota certa.

Ele acentuou ligeiramente a voz e percebeu que se traíra, mas, embora a cor tivesse aumentado em suas bochechas, não desviou os olhos do amigo. Ignatius Gallaher o observou por alguns momentos e então respondeu:

— Se isso algum dia vier a acontecer, pode apostar seu último centavo que não haverá romance. Quero me casar com o dinheiro. Ela terá uma conta bem gorda no banco ou não vai me interessar.

Little Chandler meneou a cabeça.

— Você não acredita, meu caro? — continuou Ignatius Gallaher, com veemência. — Sabe do que se trata? Só preciso dizer uma palavra e amanhã eu terei a mulher e o dinheiro. Bem, eu sei. Existem centenas... o que estou dizendo?... são milhares de alemãs e judias milionárias, podres de ricas, que ficariam muito felizes... Espere lá, meu rapaz. Veja se não sei jogar minhas cartas. Quando faço algo, falo sério, pode acreditar. É só esperar e verá.

Ele levou o copo à boca, terminou a bebida e gargalhou. Em seguida olhou pensativamente adiante e falou, num tom mais calmo:

— Mas não tenho pressa. Elas podem esperar. Não tenho nenhuma vontade de me amarrar a uma mulher, você sabe.

Ele imitou o ato de provar uma comida e fez uma careta.

— No fim, acho, o gosto fica meio rançoso.

Little Chandler estava sentado na sala ao lado do corredor com uma criança no colo. Para economizar dinheiro, eles não tinham empregada, mas a irmã mais nova de Annie, Monica, vinha por uma hora ou mais, de manhã, e uma hora ou mais, à noite, para ajudar. Mas Monica já tinha ido embora há um bom tempo. Eram quinze para as nove. Little Chandler tinha chegado tarde para o chá e, além disso, tinha esquecido de trazer para Annie o pacote de café da Bewley's. É claro que ela estava de mau humor e que dava respostas secas. Disse que poderia ficar sem chá, mas quando chegou perto da hora em que a loja da esquina fechava, decidiu sair sozinha para comprar um quarto de libra de chá e duas libras de açúcar. Depositou a criança adormecida nos braços dele e disse:

— Segure. E cuidado para não acordá-lo.

Um pequeno abajur de porcelana branca estava sobre a mesa, e sua luz incidia sobre uma fotografia emoldurada em chifre retorcido. Era um retrato de Annie. Little Chandler olhou para ela, detendo-se nos lábios finos e apertados. Usava a blusa azul-claro leve que ele havia trazido, em um sábado, como presente. Custou dez xelins e onze pence, mas que agonia foi aquilo! Como havia sofrido naquele dia, esperando na porta da loja até que estivesse vazia, parado no balcão e tentando parecer à vontade enquanto a garota empilhava diante dele blusas femininas, pagando no balcão e esquecendo de pegar os centavos do troco, sendo chamado de volta pelo caixa e, finalmente, se esforçando para esconder seu rubor ao sair da loja enquanto examinava o pacote para ver se estava bem amarrado. Quando trouxe a blusa para casa, Annie o beijou e disse que era muito bonita e elegante, porém quando ela soube o preço, jogou a blusa na mesa e disse que era um verdadeiro assalto. De início ela quis devolver, mas ficou encantada quando experimentou, especialmente com o corte das mangas, deu um beijo e disse que ele tinha sido muito bom por se lembrar dela.

— Hum!...

Olhou com frieza para os olhos na fotografia, e eles olharam de volta com frieza. Certamente eram belos, assim como o rosto em si.

Mas havia ali algo de maldoso. Por que pareciam tão indiferentes? A compostura dos olhos o irritava. Eles o repeliam e o desafiavam: não havia paixão nem arrebatamento. Pensou no que Gallaher havia dito sobre judias ricas. Aqueles olhos orientais escuros, ele pensou, quão cheios são de paixão, de desejo e volúpia!... Por que havia se casado com os olhos da fotografia?

Ele se pegou questionando, e passou os olhos com nervosismo por toda a sala. Encontrou algo mesquinho na mobília bonita que havia comprado no crediário. Annie tinha escolhido pessoalmente e isso o lembrava dela. Era também afetada e pretensiosa. Um certo ressentimento com relação à sua vida despertou dentro dele. Não conseguiria escapar jamais de sua casa modesta? Seria tarde demais para tentar viver com bravura, como Gallaher? Poderia ir para Londres? Havia a mobília a ser paga. Se ele pudesse apenas escrever um livro e publicá-lo, isso talvez pudesse abrir caminhos.

Um volume de poemas de Byron estava sobre a mesa. Ele o abriu cautelosamente com a mão esquerda, para não acordar a criança, e começou a ler o primeiro poema:

"Quietos estão os ventos e
calma a escuridão da noite,
Nem um Zéfiro sopra pelo bosque.
Enquanto eu regresso para ver
o jazigo de minha Margaret
E esparramo flores pela poeira que amo."

Fez uma pausa. Sentiu o ritmo dos versos em volta dele na sala. Como eram melancólicos! Será que ele também conseguiria escrever assim, expressando em versos a melancolia de sua alma? Havia tantas coisas que queria descrever: o que sentiu algumas horas antes na ponte Grattan, por exemplo. Se pudesse trazer de volta aquele estado de espírito...

A criança acordou e começou a chorar. Virou a página e tentou fazê-la ficar quieta. Mas ela não ficaria em silêncio. Começou a balançá-la em seus braços, mas o choro lamentoso foi ficando mais agudo. Tentou balançá-la mais rápido, enquanto seus olhos começavam a ler a segunda estrofe:

"Nesta estreita cela o corpo dela repousa,
Aquele corpo que um dia..."

Era inútil. Não conseguia ler. Não conseguia fazer nada. O choro da criança perfurava os seus tímpanos. Era inútil, inútil! Seria um prisioneiro para o resto da vida. Seus braços tremiam de raiva e, de repente, curvando-se para o rosto da criança, gritou:

— Chega!

O bebê parou por um instante, teve um espasmo com o susto e voltou a berrar. Ele saltou da cadeira e passou a andar apressadamente, de um lado para o outro da sala, com a criança nos braços. Ela começou a soluçar, ficando sem fôlego por quatro ou cinco segundos, e logo explodindo outra vez. As paredes finas da sala ecoavam o som. Ele tentava acalmá-la, mas ela soluçava cada vez mais convulsivamente. Olhou para o rosto contraído e trêmulo da criança e começou a ficar alarmado. Contou sete soluços sem interrupção e, com medo, apertou a criança contra o peito. E se ela morresse...

A porta foi escancarada e uma jovem entrou correndo e ofegante.

— O que está acontecendo? O que está acontecendo? — gritou.

O bebê, ouvindo a voz da mãe, começou a soluçar.

— Não foi nada, Annie... Ele... ele começou a chorar...

Ela jogou os pacotes no chão e arrancou a criança dele.

— O que você fez com ele? — gritou ela de novo, encarando-o.

Little Chandler olhou-a de volta por um instante, mas seu coração gelou ao perceber o ódio que havia ali.

— Não foi nada, Annie... — balbuciava. — Ele... do nada... começou a chorar...

Sem lhe dar atenção, ela começou a andar de um lado para o outro da sala, apertando a criança com força nos braços e sussurrando:

— Meu pequenino! Meu pequenino! Você estava assustado, meu amor?... Pronto, amor! Pronto!... *Lambabaun!* Cordeirinho lindo da mamãe!... Quietinho agora... Pronto!

Little Chandler sentiu suas bochechas vermelhas de vergonha e se afastou da luz da lâmpada. Escutou enquanto os paroxismos dos soluços da criança pouco a pouco diminuíam; e lágrimas de remorso brotaram de seus olhos.

Contrapartida

A campainha soou com fúria e, quando a srta. Parker foi até o intercomunicador, uma voz furiosa gritou com um sotaque estridente norte-irlandês:

— Mande Farrington aqui!

A srta. Parker voltou para sua máquina e disse a um homem que estava em uma escrivaninha, escrevendo:

— O sr. Alleyne quer falar com você lá em cima.

O homem murmurou para si: "Ele que se dane!" e empurrou a cadeira para trás para se levantar. De pé, via-se que era alto e corpulento. Tinha o rosto flácido, de um tom vinho-escuro, com sobrancelhas e bigode claros, seus olhos estavam esbugalhados e turvos. Levantou o tampo do balcão e, passando pelos clientes, deixou o escritório com passos pesados.

Subiu pesadamente as escadas até o segundo andar, onde uma porta tinha uma placa de bronze com o nome "Sr. Alleyne". Ali se deteve, ofegante e irritado, e bateu. Uma voz estridente berrou:

— Entre!

O homem entrou na sala. Nesse instante, o sr. Alleyne, um sujeitinho de óculos de aro dourado e rosto bem barbeado, levantou a cabeça sobre uma pilha de documentos. A cabeça em si era tão rosa e sem pelos que parecia um grande ovo apoiado num monte de papéis. Ele não perdeu tempo:

— Farrington? O que significa isso? Por que tenho que reclamar de você sempre? Posso perguntar por que não fez uma cópia do contrato de Bodley e Kirwan? Avisei que ele precisava estar pronto às quatro.

— Mas, senhor, o sr. Shelley falou que...

— Ora, *o sr. Shelley falou*... Por gentileza, preste atenção no que eu digo e não no que ele diz. Você sempre tem alguma desculpa para se esquivar de suas responsabilidades. Deixe-me dizer que se o contrato não for copiado até o fim da tarde, eu levarei o assunto ao sr. Crosbie... Você está me ouvindo?

— Sim, senhor.

— Está me entendendo? Ah, e tem mais uma coisinha! É mais fácil falar com a parede do que com você. Entenda de uma vez por todas que você tem meia hora de almoço, e não uma hora e meia. Quantos pratos pretende comer, gostaria de saber... está me ouvindo?

— Sim, senhor.

O sr. Alleyne voltou a abaixar a cabeça sobre sua pilha de papéis. O homem olhou fixamente para o crânio polido que dirigia os negócios da Crosbie & Alleyne, avaliando sua fragilidade. Um espasmo de raiva arranhou sua garganta por alguns momentos, mas logo passou, deixando-o com muita sede. Ele sentiu que precisava de uma boa noite de bebedeira. Já haviam transposto a primeira metade do mês, e, se conseguisse terminar a cópia a tempo, o sr. Alleyne talvez autorizasse um adiantamento. Ficou parado, olhando firme para a cabeça sobre a pilha de papéis. De repente, o chefe começou a revirar tudo, procurando por algo. Então, como se não tivesse percebido a presença do sujeito até aquele momento, levantou a cabeça novamente e falou:

— E então? Vai ficar aí parado o dia todo? Palavra de honra, Farrington, você é muito sossegado!

— Eu estava esperando para saber…

— Ora, ora, você não precisa esperar para saber. Desça logo e volte ao trabalho.

O homem caminhou pesadamente em direção à porta e, ao sair da sala, ouviu o sr. Alleyne gritar atrás dele que se o contrato não fosse copiado até a noite, o sr. Crosbie seria informado.

Ele retornou à sua mesa no andar de baixo e contou as folhas que faltavam ser copiadas. Pegou a caneta e a mergulhou na tinta, mas continuou a olhar, meio aparvalhado, para as últimas palavras que havia escrito: *Em nenhuma hipótese o referido Bernard Bodley será…* A tarde estava caindo e em poucos minutos as lâmpadas a gás seriam acesas, tornando mais fácil escrever. Mas sentiu que precisava saciar a sede. Deixou a mesa e, levantando o balcão como antes, saiu do escritório. Enquanto estava indo, o encarregado o encarou, inquisitivo.

— Está tudo bem, sr. Shelley — disse o sujeito, apontando com o dedo para onde se dirigia.

O subgerente olhou para o cabideiro, mas, ao notar que todos os paletós estavam pendurados, não falou nada. Assim que chegou ao saguão, o homem tirou do bolso um boné xadrez, colocou-o na cabeça e desceu rapidamente as escadas bambas. Ao sair na rua, caminhou furtivamente até a esquina pelo lado interno da calçada e submergiu numa porta. Agora estava seguro, na penumbra do restaurante O'Neill's e, ocupando a pequena abertura que dava para o bar com seu rosto injetado cor de vinho ou carne escura, gritou:

— Ei, Pat, seja um bom camarada e me traga um copo de cerveja escura.

O barman levou a cerveja. Ele bebeu tudo num só gole e pediu uma semente de alcaravia para mascar e disfarçar o hálito de cerveja. Colocou a sua moeda no balcão e, deixando o rapaz procurá-la, retirou-se tão furtivamente quanto entrara.

A escuridão, acompanhada de uma névoa espessa, tomava conta do crepúsculo de fevereiro, e as lâmpadas da Eustace Street foram acesas. O homem passou em frente às casas até chegar à porta do escritório, imaginando se conseguiria terminar sua cópia a tempo. Nas escadas, um aroma pungente de perfume saudou suas narinas: era certo que a srta. Delacour passara por lá enquanto ele estava no O'Neill's. Devolveu o boné ao bolso e, com um ar casual, voltou à sua mesa.

— O sr. Alleyne esteve procurando por você — informou o subgerente. — Onde você se meteu?

O homem olhou para os dois clientes que estavam de pé no balcão, insinuando que a presença deles o impedia de responder. Como os clientes eram homens, o subgerente se permitiu uma risada.

— Conheço as suas artimanhas — disse ele —, mas cinco vezes num dia é um pouco de... bem, é melhor você se apressar e levar uma cópia da correspondência do caso Delacour para o sr. Alleyne.

A reprimenda, na presença de estranhos, a corrida escada acima, e a cerveja escura que ele engolira tão afobadamente embaralharam sua mente e, quando se sentou em sua mesa para pegar o que era necessário, concluiu o quão impossível seria a tarefa de terminar a cópia do contrato antes das cinco e meia. Uma noite escura e úmida se aproximava e ele ansiava por passá-la nos bares, bebendo com seus amigos em meio ao brilho das lâmpadas e o barulho dos copos. Pegou a correspondência de Delacour e saiu. Esperava que o sr. Alleyne não percebesse que as duas últimas cartas estavam faltando.

O perfume pungente estava presente por todo o caminho até a sala do chefe. A srta. Delacour era uma mulher de meia-idade de aparência judia. Dizia-se que o sr. Alleyne era um doce com ela ou com o dinheiro dela. Vinha ao escritório com frequência e sempre ficava por um bom tempo. Estava agora sentada ao lado da mesa dele, envolta em aroma de perfumes, alisando o cabo do guarda-chuva e balançando a grande pena preta em seu chapéu. O sr. Alleyne girou a cadeira para encará-la e, alegremente, apoiou o pé direito sobre o joelho esquerdo. O homem colocou a correspondência na mesa e fez uma reverência respeitosa, mas nem o sr. Alleyne nem a srta. Delacour notaram seu gesto. O sr. Alleyne bateu um dedo na correspondência e então a sacudiu em sua direção, como quem diz: "Está tudo bem, pode se retirar."

O homem retornou ao escritório e à sua mesa no andar de baixo. Olhou atentamente para a frase incompleta: *Em nenhuma hipótese o referido Bernard Bodley será*... e pensou como era curioso que nome e sobrenome começassem com a mesma letra. O gerente começou a apressar a srta. Parker, dizendo que ela nunca terminaria de datilografar as cartas a tempo para o correio. O homem ouviu os cliques da máquina de escrever por alguns minutos e então voltou ao trabalho para terminar a cópia. Mas sua mente não estava clara e começou a vagar rumo às luzes e aos sons do bar. Era uma noite para ponches quentes. Ele lutou com sua cópia, mas quando o relógio bateu cinco horas, ele ainda tinha catorze páginas para transcrever. Droga! Não conseguiria terminar a tempo. Ansiava por reclamar em voz alta, por bater o punho na mesa com força. Ficou tão irritado que escreveu Bernard Bernard em vez de Bernard Bodley e teve de recomeçar a página em uma folha em branco.

Ele se sentia forte o suficiente para limpar, sozinho, o escritório inteiro. Seu corpo ansiava por alguma atividade, para sair correndo e agir com violência. Todas as indignidades de sua vida o enfureciam... Será que poderia pedir um adiantamento ao tesoureiro? Não, o tesoureiro não era boa gente, nem um pouco, não daria um adiantamento... Sabia onde encontrar os rapazes: Leonard, O'Halloran e Nosey Flynn. O barômetro de sua natureza emocional estava enfeitiçado pela ideia de farra.

Seus devaneios o haviam levado tão longe que seu nome foi chamado duas vezes antes que respondesse. O sr. Alleyne e a srta. Delacour estavam do lado de fora do balcão e todos os funcionários se viraram na expectativa do que iria acontecer. O homem deixou sua escrivaninha. O sr. Alleyne começou uma saraivada de insultos, afirmando que estavam faltando duas cartas. O homem respondeu que não sabia nada sobre elas, que havia feito uma cópia fiel. A saraivada prosseguiu: era tão severa e violenta que o homem mal conseguia segurar seu impulso de esbofetear o homenzinho que estava diante dele:

— Não sei nada sobre outras duas cartas — replicou com ar boçal.

— Você. Não. Sabe. Nada. É óbvio que não sabe de nada — respondeu o sr. Alleyne. — Diga-me — prosseguiu, olhando de relance, em busca de aprovação, para a senhora que estava ao lado — acha que sou um idiota? Você me considera um completo idiota?

O homem alternou mais de uma vez o olhar entre o rosto da senhora e a pequena cabeça em forma de ovo e vice-versa. E, quase sem que se desse conta, sua língua encontrou uma boa saída:

— Eu não acho, senhor — começou —, que essa seja uma pergunta que caiba a mim responder.

Os demais funcionários seguraram a respiração. Estavam todos atônitos (o autor do gracejo, não menos que seus colegas) e a srta. Delacour, que era uma pessoa amável e bonachona, sorriu abertamente. O sr. Alleyne corou até ficar da cor de uma rosa-selvagem, e sua boca se contraiu com a fúria de um anão. Ele chacoalhou o punho diante da face do homem até que ela parecia vibrar como o interruptor de alguma máquina elétrica:

— Seu rufião insolente! Seu rufião insolente! Vou acabar com você num instante! Pode esperar! Você vai se desculpar comigo pela sua insolência ou vai deixar o escritório imediatamente! Vai embora daqui, estou lhe dizendo, ou vai se desculpar comigo!

Ficou encostado numa porta, do outro lado da rua, observando para ver se o tesoureiro sairia sozinho. Todos os funcionários passaram e, por fim, o tesoureiro saiu junto com o subgerente. Não adiantava tentar falar com ele naquela situação. Sabia que sua posição já era ruim o bastante. Fora obrigado a oferecer um pedido de desculpas abjeto ao sr. Alleyne por sua impertinência, mas estava ciente de que o escritório passaria a ser um verdadeiro campo minado para ele. Lembrava da maneira como o sr. Alleyne demitira o pequeno Peake apenas para dar o lugar ao sobrinho. Ele se sentia furioso e sedento por vingança, irritado consigo mesmo e com todos os outros. O chefe jamais lhe daria um minuto de descanso. Sua vida seria um inferno. Havia sido um verdadeiro idiota. Não conseguia segurar a língua dentro a boca? Ele e o sr. Alleyne nunca se deram, desde o começo, desde o dia em que o ele o ouviu imitando seu sotaque do Norte da Irlanda para divertir Higgins e a srta. Parker: aquilo foi o começo de tudo. Poderia ter pedido dinheiro a Higgins, mas ele nunca teve nada. Um homem com duas famílias para sustentar, é claro que não podia...

Sentia seu volumoso corpo mais uma vez sofrendo de desejo pelo aconchego de um pub. A névoa começou a deixá-lo com frio e ele se perguntou se conseguiria comover Pat no O'Neill's. Não, não conseguiria convencê-lo a nada mais que um xelim — e um xelim não resolvia. No entanto, precisava dar um jeito de conseguir algum dinheiro: havia gasto seu último centavo com o copo de cerveja, e logo seria tarde para conseguir dinheiro em qualquer lugar. De repente, enquanto estava mexendo na corrente do relógio, lembrou-se da loja de penhores de Terry Kelly na Fleet Street. Era a solução! Por que não pensara nisso antes?

Atravessou rapidamente o beco estreito do Temple Bar, murmurando que todos poderiam ir para o inferno, porque a noite seria boa. O funcionário de Terry Kelly disse "uma coroa!", mas o patrão reavaliou para seis xelins, e no final, foi com isso que ele ficou. Saiu feliz do escritório de penhores, fazendo uma pequena pilha com as moedas entre os dedos. Na Westmoreland Street, as calçadas estavam lotadas de rapazes e moças saindo dos trabalhos, e moleques maltrapilhos corriam por toda parte para vender as edições vespertinas dos jornais. O homem passou pela multidão, olhando para o espetáculo com orgulhosa satisfação, e observando confiante as garotas na rua. Sua cabeça estava cheia dos ruídos dos gongos dos bondes e dos carrinhos sibilantes e seu nariz já cheirava os vapores ondulantes do ponche. Enquanto caminhava, ele pensou na versão do incidente que contaria aos rapazes:

— Naquele instante, eu olhei direto para ele (um olhar bem frio, sabem?) e para ela. Então olhei para ele novamente (sem pressa, no meu tempo, sabem?), aí falei: *Eu não acho que essa seja uma pergunta que caiba a mim responder.*

Nosey Flynn estava sentado em seu canto habitual do Davy Byrne's e, quando ouviu a história, pagou meia dose a Farrington, dizendo que era a coisa mais inteligente que já ouvira. Ele retribuiu pagando a rodada seguinte. Pouco depois, O'Halloran e Paddy Leonard entraram e a história foi repetida. O'Halloran pagou uma rodada e contou a história da réplica que fizera ao seu chefe, quando trabalhava na Callan's, na Fownes's Street; mas, como o que replicou era parecido com os sermões de pastores liberais, ele teve que admitir que não era tão inteligente quanto a resposta de Farrington. Nesse ponto, Farrington disse aos rapazes para beberem o resto e pedirem outra rodada.

Enquanto estavam pedindo suas bebidas, quem é que entrou, senão Higgins? Ele logo se juntou aos outros. Os rapazes pediram que ele contasse sua versão do incidente, o que foi feito com grande vivacidade, pois a visão de cinco doses de uísque era muito estimulante. Todos caíram na gargalhada quando ele mostrou a maneira como o sr. Alleyne sacudiu o punho no rosto de Farrington. Em seguida ele imitou Farrington, dizendo:

— E foi assim, meus camaradas, tão frio quanto dava para ser — enquanto Farrington olhava para o grupo com seus olhos caídos e escuros, sorrindo e vez por outra limpando o bigode, com o lábio inferior, de gotas perdidas de bebida.

Quando terminaram a rodada, houve uma pausa. O'Halloran ainda tinha dinheiro, mas nenhum dos outros dois parecia ter algum. Então, lamentando, o grupo deixou o bar. Na esquina da Duke Street, Higgins e Nosey Flynn viraram à esquerda, enquanto os outros três voltaram para a cidade. A chuva caía nas ruas frias e, quando chegaram ao Ballast Office, Farrington sugeriu que entrassem na Scotch House. O bar estava cheio de gente, com o barulho alto de vozes e do tilintar de copos. Os três rapazes afastaram os vendedores de fósforos na porta e foram até o canto do balcão. Começaram a trocar histórias. Leonard os apresentou a um jovem chamado Weathers que estava se apresentando no Tivoli como acrobata. Farrington pagou uma rodada para todos. Weathers disse que aceitaria um pequeno uísque com soda. Farrington, que tinha noções definidas do que era o quê, perguntou aos rapazes se eles também queriam um, mas eles disseram a Tim que trouxesse o deles puro. A conversa virou uma comédia. O'Halloran pagou uma rodada, e Farrington pagou a seguinte, com Weathers declarando que a hospitalidade ali estava por demais generosa. Ele prometeu levá-los aos bastidores e apresentá-los a algumas boas garotas. O'Halloran disse que ele e Leonard iriam, mas que Farrington não iria porque ele era casado. E ele os encarou com seus olhos caídos e escuros, percebendo que brincavam com ele. Weathers pagou uma rodada e prometeu encontrá-los mais tarde no Mulligan's, na Poolbeg Street.

Quando a Scotch House fechou, eles foram para o Mulligan's. Se instalaram na sala dos fundos, e O'Halloran pediu uísque e água para todos. Estavam começando a se acalmar. Farrington aguardava por outra rodada quando Weathers voltou. Para o alívio de Farrington, dessa vez ele bebeu um copo de cerveja. Os bolsos estavam esvaziando, mas eles ainda tinham o suficiente para ficar um pouco mais. Logo depois, duas jovens com chapéus grandes e um rapaz de terno xadrez entraram e se sentaram a uma mesa próxima. Weathers os saudou e disse ao grupo que eles tinham saído do Tivoli. Farrington não conseguia tirar os olhos de uma das jovens. Havia algo intrigante nela. Um imenso cachecol de musselina azul-esverdeado estava enrolado em seu chapéu e amarrado em um grande laço sob o queixo, usava luvas amarelas e brilhantes que iam até o cotovelo. Farrington olhava admirado para o braço, roliço, que ela movia com muita frequência e graça. E quando, depois de um tempo, ela retribuiu os olhares, pôde admirar ainda mais seus grandes olhos castanho-escuros, fascinado com sua expressão enviesada. Eles trocaram olhares uma ou duas vezes e, quando o grupo estava deixando a sala, esbarrou na cadeira dele e disse "Oh, *pardon*!" com sotaque londrino. Ele a observou sair da sala na esperança de que ela olhasse de volta, mas ficou desapontado. Amaldiçoou sua falta de dinheiro e todas as rodadas que tinha pago, particularmente todos os uísques puros e com soda que tinha oferecido a Weathers. Se havia uma coisa que ele odiava era um aproveitador. Estava tão bravo que se perdeu da conversa de seus amigos.

Quando Paddy Leonard o chamou de volta, ele descobriu que estavam falando de força física. Weathers estava exibindo seus bíceps para o grupo e se gabando de tal forma que os outros dois estavam convocando Farrington para defender a honra da nação. Farrington, de acordo, arregaçou a manga e mostrou seu bíceps para os outros. Os dois braços foram comparados e foi acordado que haveria uma queda de braço. A mesa foi limpa e os dois homens apoiaram os cotovelos nela, apertando as mãos. Quando Paddy Leonard dissesse "Vão!", cada um tentaria deitar na mesa a mão do oponente. Ele estava sério e determinado.

A prova começou. Após cerca de trinta segundos, Weathers deitou lentamente a mão do oponente sobre a mesa. O rosto escuro de Farrington, cor de vinho, ficou ainda mais escuro de raiva e humilhação, por ter sido derrotado por um oponente tão jovem.

— Você não pode colocar o peso do corpo sobre o braço. Jogue limpo! — exclamou ele.

— Quem é que não está jogando limpo? — respondeu o outro.

— Vamos mais uma. Melhor de três.

O jogo recomeçou. As veias saltaram na testa de Farrington, e a palidez de Weathers mudou para rosa. Suas mãos e braços tremiam com o esforço. Depois de uma longa luta, Weathers novamente trouxe a mão de seu oponente lentamente para a mesa. Houve um murmúrio de aplausos dos espectadores. O barman, de pé ao lado da mesa, acenou com a cabeça ruiva em direção ao vencedor e falou, com estúpida familiaridade:

— Ah, esse é bom!

— Que diabos você sabe sobre isso? — disse Farrington com ferocidade, virando-se para o barman. — O que está querendo dizer com isso?

— Shh, shh! — interrompeu O'Halloran, observando a expressão raivosa no rosto do colega. — Deixem disso, rapazes! Vamos tomar a saideira.

Um homem de rosto carrancudo estava parado na esquina da ponte O'Connell, esperando o bonde Sandymount para levá-lo até sua casa. Estava tomado por raiva e desejo de vingança. Estava humilhado e infeliz, nem mesmo se sentia bêbado, e com apenas dois pence no bolso. Amaldiçoava tudo. Ele tinha se complicado no escritório, penhorado seu relógio, gastado todo seu dinheiro; e nem tinha ficado bêbado. Começou a sentir sede novamente e ansiava por estar de volta ao bar quente e fedorento. Tinha perdido a reputação de homem forte, tendo sido derrotado duas vezes por um mero garoto. Seu coração estava inchado de fúria e, quando ele pensou na mulher de chapéu grande que tinha roçado nele e falado *Pardon!*, sua fúria quase o sufocou.

O bonde o deixou na Shelbourne Road e ele levou seu grande corpo pela sombra do muro do quartel. Odiava voltar para casa. Quando entrou pela porta lateral, encontrou a cozinha vazia e o fogo quase apagado. Berrou para o andar de cima:

— Ada! Ada!

Sua esposa era uma mulher pequena de rosto afilado que intimidava o marido quando ele estava sóbrio e era intimidada por ele quando estava bêbado. Tinham cinco filhos. Um garotinho veio correndo escada abaixo.

— Quem vem lá? — perguntou o homem, tentando enxergar através da escuridão.

— Sou eu, papai.

— Você quem? Charlie?

— Não, papai. É o Tom.

— Onde está sua mãe?

— Ela foi até a igreja.

— Está bem… Ela deixou algum jantar para mim?

— Sim, papai. Eu…

— Acenda a luz. Qual o sentido de deixar a casa inteira no escuro? As outras crianças já estão na cama?

O homem se sentou pesadamente numa das cadeiras enquanto o menino acendia a lâmpada. Ele começou a imitar o sotaque monótono do filho, dizendo meio para si:

— Na igreja. Na igreja, faça-me o favor.

Quando a lâmpada foi acesa, bateu com a mão na mesa, gritando:

— O que tem para o meu jantar?

— Eu vou... vou esquentar, papai — respondeu o garotinho.

O homem se levantou furioso e apontou para o fogo.

— Naquele fogo? Que você deixou apagar! Por Deus, vou ensiná-lo como é que se faz isso!

Deu um salto em direção à porta e pegou a bengala que estava atrás dela.

— Eu vou te ensinar como se apaga o fogo! — berrou, arregaçando a manga da camisa para deixar o braço livre.

— Ai, papai! — gritou o garotinho, e correu chorando em torno da mesa, mas o homem o alcançou e o agarrou pelo casaco. O pequeno olhou em volta, nervoso, e, sem ter como escapar, caiu de joelhos.

— Quero ver você deixar o fogo apagar da próxima vez! — berrou o homem, batendo na criança, com força, com a bengala. — Tome, seu pirralho!

O garoto soltou um grito de dor quando a bengala cortou sua coxa. Ele juntou as mãos no ar e sua voz tremeu com o pavor que sentia.

— Oh, papai — implorou ele. —Não me bata, papai! E eu vou... vou rezar uma Ave Maria para o senhor... eu vou rezar uma Ave Maria para o senhor, papai, se não me bater... vou rezar, vou rezar uma Ave Maria...

Argila

A chefe autorizara Maria a sair assim que as mulheres terminassem o chá, e ela estava ansiosa por sua noite de folga. Deixara a cozinha impecável: a cozinheira até falou que era possível ver a própria imagem refletida nas grandes caldeiras de cobre. O fogo crepitava forte, e em uma das mesas laterais havia quatro grandes bolos de frutas cristalizadas. Eles pareciam estar intactos; mas, ao se aproximar, via-se que eles tinham sido cortados em fatias longas, grossas e uniformes, e que estavam prontos para serem servidos na hora do chá. Foi Maria que os havia fatiado.

Maria era muito, muito pequena, mas tinha um nariz longo e um queixo ainda mais longo. Falava de forma um pouco anasalada, mas invariavelmente com delicadeza: "Sim, minha querida" e "Não, minha querida". Sempre era chamada quando as mulheres brigavam pelas bacias de lavar roupa e, invariavelmente, restituía a paz. Um dia, a chefe disse-lhe:

— Maria, você é uma verdadeira apaziguadora!

A subchefe e duas das senhoras do Comitê ouviram o elogio. Ginger Mooney estava sempre dizendo o que ela não faria com a idiota encarregada de passar as roupas se não fosse por Maria. Todas gostavam muito dela.

As mulheres tomariam o chá às seis horas e ela conseguiria sair antes das sete. De Ballsbridge até Pillar, a Coluna do Almirante Nelson, vinte minutos; da Coluna até Drumcondra, vinte minutos; e mais vinte minutos para as compras. Chegaria antes das oito. Tirou sua bolsa com fechos de prata e leu novamente as palavras *Uma Lembrança de Belfast.*

Gostava muito daquela bolsa porque Joe a trouxera para ela cinco anos antes, quando ele e Alphy viajaram a Belfast numa segunda-feira de Pentecostes. Na bolsa havia duas meias coroas e algumas moedas de cobre. Ainda teria cinco xelins depois de pagar a passagem do bonde. Que noite agradável seria, com todas as crianças cantando! Esperava apenas que Joe não chegasse bêbado. Ele ficava bastante alterado quando bebia.

Joe com frequência sugeria que ela fosse morar com eles, mas ela se sentiria atrapalhando (embora a esposa de Joe fosse muito gentil) e se acostumara à vida da lavanderia. Joe era um bom sujeito. Ela havia sido a babá dele, e também de Alphy. Joe costumava dizer:

— Mamãe é mamãe, mas Maria é a minha mãe de verdade.

Depois que aquele lar se desfez, os meninos conseguiram para ela um emprego, que ela gostou, na lavanderia de regeneração de mulheres *Dublin by Lamplight*. Maria não gostava dos protestantes, mas agora passara a ter uma visão mais favorável, eram gente séria, de poucas palavras, mas ainda assim boas pessoas com quem conviver. Mantinha plantas na estufa e gostava de cuidar delas. Era dona de belas samambaias e trepadeiras e, sempre que alguém vinha visitá-la, dava de presente uma ou duas mudas. Havia uma coisa de que ela não gostava, os textos religiosos pendurados nas paredes, mas a chefe era uma pessoa tão generosa e delicada.

Quando a cozinheira lhe disse que tudo estava pronto, Maria foi até a sala e tocou o sino. Em poucos minutos, as mulheres, em grupos, começaram a entrar, enxugando as mãos fumegantes em suas anáguas e abaixando as mangas das blusas sobre os braços vermelhos e quentes. Elas se acomodaram diante de suas canecas, que a cozinheira e a ajudante abobada enchiam com chá previamente misturado com leite e açúcar. Maria supervisionou a distribuição do bolo e garantiu que cada uma recebesse suas quatro fatias. Todas brincaram e riram bastante. Lizzie Fleming disse que Maria certamente ganharia o anel e, embora Fleming tivesse dito isso em tantas vésperas do dia de Todos os Santos, Maria sorriu e falou que não queria nenhum anel e nem homem. E, quando ela riu, seus olhos verde-acinzentados brilharam com tímida decepção, e a ponta de seu nariz quase encostou na extremidade do queixo. Enquanto as mulheres batiam suas canecas na mesa, Ginger Mooney, lamentando não ter cerveja preta para beber, levantou a caneca e brindou à saúde de Maria. Ela riu outra vez, e a ponta de seu nariz novamente quase encostou na extremidade do queixo, e seu pequeno corpo se sacudiu até quase se desfazer. Ela sabia que Mooney tinha boas intenções, apesar da simplicidade das mulheres do povo.

E como Maria ficou feliz quando as mulheres terminaram o chá e a cozinheira e a abobada foram ajeitar as coisas. Ela foi para seu quartinho e, lembrando que a manhã seguinte seria uma manhã de missa, ajustou o alarme das sete para seis. Então tirou sua roupa e seus sapatos de trabalho e colocou sua melhor saia sobre o colchão, com suas minúsculas botas junto ao pé da cama. Trocou a blusa e, enquanto estava diante do espelho, pensou em como, quando era jovem, costumava se vestir para a missa nas manhãs de domingo. Olhou com estranha afeição para o corpo diminuto que tantas vezes adornara. Apesar da idade, concluiu que ainda tinha um corpinho bonito e bem-cuidado.

Quando saiu, as ruas brilhavam com a água da chuva e ela estava feliz em seu velho sobretudo marrom. O bonde estava cheio e ela teve que se sentar no banquinho no final do vagão, de frente para todas as pessoas, com os dedos dos pés mal tocando o chão. Organizou mentalmente tudo o que iria fazer e pensou no quanto era bom ser independente e ter o próprio dinheiro. Esperava que tivessem uma noite agradável. Tinha certeza de que teriam, mas não conseguia deixar de pensar que era triste que Alphy e Joe não estivessem se falando. Ultimamente os dois brigavam muito, mas, quando eram meninos, eram os melhores amigos um do outro, mas a vida é assim mesmo.

Maria desceu do bonde na Coluna do Almirante Nelson e abriu caminho depressa entre a multidão. Entrou na confeitaria Downes's, mas o lugar estava tão cheio que demorou muito até que fosse atendida. Comprou uma dúzia de bolinhos sortidos e saiu, carregando uma grande sacola. Pensou então no que mais poderia levar: desejava algo que fosse especial. De certo haveria muitas maçãs e nozes. Era difícil decidir, e tudo o que conseguia pensar era em bolos. Resolveu comprar um bolo de ameixa, mas o da Downes's não tinha muita cobertura de amêndoa, então ela foi até uma outra doceria na Henry Street. Como demorasse muito para escolher, a elegante jovem atrás do balcão, visivelmente impaciente, perguntou se ela iria comprar um bolo de casamento. Maria corou e sorriu para a jovem, mas a moça levava tudo muito a sério, até que por fim cortou uma grossa fatia de bolo de ameixa, dizendo, ao embrulhar:

— Dois xelins e quatro pence, por favor.

Parecia que seria obrigada a viajar de pé no bonde seguinte, o Drumcondra, uma vez que nenhum dos jovens ali parecia disposto a ceder-lhe o assento, mas um cavalheiro acabou por fazê-lo. Era um senhor corpulento com um chapéu coco marrom, de rosto vermelho, quadrado e bigode grisalho. Maria achou-o com a aparência de um coronel do exército, e pensou no quanto era mais educado do que os rapazes que nada mais faziam do que olhar fixo para eles. O cavalheiro começou uma conversa sobre o feriado de Todos os Santos e o tempo chuvoso. Ele supôs que a sacola estava cheia de guloseimas para as crianças, comentando que era justo que os jovens se divertissem enquanto podiam. Maria assentiu com movimentos de cabeça. Ele foi muito gentil, e quando desembarcou, na Canal Bridge, agradeceu com uma reverência, que ele retribuiu sorrindo e tirando o chapéu. E, enquanto subia a rampa, abaixando sua pequena cabeça sob a chuva, pensou em como era fácil reconhecer um cavalheiro, mesmo que um pouco embriagado.

— Vejam, Maria está aqui! — exclamaram, assim que ela chegou.

Joe estava lá, já de volta do trabalho, e todas as crianças usavam suas roupas de domingo. Elas brincavam, e estavam lá também duas meninas maiores da vizinhança. Maria entregou a Alphy, o mais velho, a sacola com os bolos, enquanto a sra. Donnelly ressaltava a gentileza, da parte dela, em trazer tantos bolos, e obrigou as crianças a agradecê-la:

— Obrigado, Maria.

Maria falou que tinha trazido algo especial para o papai e a mamãe, algo que eles apreciariam, e passou a procurar o bolo de ameixa. Começou pela sacola da Downes's, em seguida pelos bolsos de seu sobretudo e por fim no cabideiro, mas não conseguiu encontrá-lo em lugar nenhum. Então ela perguntou a todas as crianças se alguma delas tinha comido — por engano, é claro —, mas todas responderam que não, não parecendo gostar de bolos se fossem acusadas de roubo. Cada um tinha a sua própria explicação para o mistério, e a sra. Donnelly sugeriu que Maria o havia deixado no bonde. Lembrando-se de como o cavalheiro de bigode grisalho a deixara confusa, corou de vergonha, aborrecimento e decepção. E quase caiu no choro ao pensar no fracasso de sua pequena surpresa e nos dois xelins e quatro pence que havia rasgado.

Mas Joe disse que não tinha importância, levando-a a sentar-se junto à lareira. Foi muito delicado com ela, contando tudo o que acontecia em seu escritório e repetindo uma resposta inteligente que tinha dado ao gerente. Maria não entendeu por que Joe riu tanto da resposta que tinha dado, mas falou que o gerente devia ser uma pessoa muito autoritária. Joe respondeu que não era assim tão ruim, desde que se soubesse como lidar com ele, que, desde que não fosse provocado, era um bom sujeito. A sra. Donnelly tocou piano e as crianças dançaram e cantaram. Em seguida, as duas meninas vizinhas distribuíram as nozes, mas ninguém conseguia encontrar os quebra-nozes. Joe estava perto de ficar bravo, e perguntou como esperavam que Maria quebrasse as nozes sem um quebra-nozes. Mas Maria disse que não gostava de nozes e que ninguém deveria se incomodar com isso. Então Joe perguntou se ela aceitaria uma cerveja preta, e a sra. Donnelly ofereceu vinho do Porto, caso ela preferisse. Apesar da insistência de Joe, Maria respondeu que preferia não tomar nada.

Maria deixou que tudo prosseguisse como Joe desejava, eles ficaram junto ao fogo conversando sobre os velhos tempos, e ela pensou em elogiar Alphy. Mas Joe a interrompeu, dizendo que Deus poderia até matá-lo, mas que jamais voltaria a falar com o irmão. Maria lamentou ter mencionado o assunto. A sra. Donnelly disse ao marido que era uma vergonha falar daquele jeito de seu próprio sangue, e Joe respondeu que Alphy não era um irmão, e o casal esteve perto de brigar. Mas Joe disse que não perderia a paciência naquela noite tão agradável, e pediu à esposa que abrisse outra cerveja preta. As duas garotas vizinhas organizaram jogos e as coisas logo se alegraram novamente. Maria ficou encantada em ver as crianças felizes e Joe e sua esposa bem-humorados. As garotas da vizinhança puseram alguns pires sobre a mesa e levaram para lá as crianças com os olhos vendados. Uma pegou o breviário e as outras três pegaram a água. Quando uma das meninas vizinhas ganhou o anel, a sra. Donnelly balançou o dedo para a garota, corada, querendo dizer que sabia tudo sobre aquilo. Elas então insistiram em vendar Maria e levá-la até a mesa para ver o que ela ganharia. E, enquanto colocavam a venda, ela riu bastante, tanto que a ponta do nariz quase encostou na extremidade do queixo.

Em meio a risadas e brincadeiras, Maria foi levada até a mesa e, instruída pelas crianças, estendeu a mão. Ela moveu a mão para um lado, para o outro, até que a pousou sobre um dos pires. Sentiu uma substância macia e úmida nos dedos e se surpreendeu que ninguém falasse algo ou retirasse sua venda. Houve uma pausa de alguns segundos, e então as pessoas começaram a murmurar e brigar. Alguém falou sobre o jardim, e a sra. Donnelly interferiu, brava, mandando uma das meninas vizinhas jogar aquilo fora, que não tinha a menor graça. Maria entendeu que a brincadeira não estava correta e precisou fazer tudo de novo, e desta vez pegou o breviário.

Depois disso, a sra. Donnelly tocou a dança *Miss McCloud* para as crianças e Joe convenceu Maria a aceitar uma taça de vinho. Logo todos ficaram novamente felizes e a sra. Donnelly disse que Maria entraria para um convento antes do fim do ano porque tinha conseguido pegar o breviário. Maria nunca tinha visto Joe tão gentil com ela como naquela noite, tão cheio de conversas agradáveis e reminiscências. E disse que todos foram muito bons com ela.

Até que, por fim, as crianças, exaustas, ficaram com sono, e Joe pediu a Maria para cantar uma música antes de ir embora, uma das antigas canções. A sra. Donnelly reforçou:

— Cante, Maria, por favor!

Então Maria teve que se levantar e ficar em pé ao lado do piano. A sra. Donnelly pediu que as crianças ficassem quietas e ouvissem Maria. Ela tocou a introdução e, no ponto certo, mandou que Maria começasse, que, muito enrubescida, obedeceu, no início com uma voz fraca e trêmula, a cantar *I Dreamt that I Dwelt,* e quando chegou na segunda estrofe, repetiu:

Sonhei que morava num palácio de mármore
Com vassalos e servos a me servir
E para todos reunidos dentro daqueles muros
Eu era a esperança e o orgulho.
Minhas riquezas eram grandes demais para contar
De ilustres ancestrais eu podia me orgulhar,

Mas também sonhei, foi o que mais me agradou,
Que você me amava como sempre amou.

Mas ninguém tentou mostrar que ela havia errado. E, quando terminou a canção, Joe estava emocionado. Falou que não havia tempo tão bom quanto o passado, e nenhum compositor, para ele, tão bom quanto o pobre e velho Michael William Balfe, não importa o que dissessem, seus olhos ficaram tão molhados com as lágrimas que não conseguia encontrar o que procurava, até que foi obrigado a perguntar à esposa onde estava o saca-rolhas.

Um Caso Doloroso

O sr. James Duffy morava em Chapelizod porque desejava viver o mais longe possível de sua cidade natal e porque achava todos os outros bairros afastados de Dublin vulgares, modernos e pretensiosos. Vivia em uma casa velha e sombria e de suas janelas podia olhar para a destilaria abandonada ou, acima, para o percurso do rio raso em cujas margens Dublin foi erguida. As paredes altas de seu quarto sem tapetes estavam livres, também, de quadros. Ele próprio comprara todos os móveis do quarto: uma cama escura e um lavatório, ambos de ferro, quatro cadeiras de vime, um cabideiro, um balde de carvão, uma grade para lareira com seus apetrechos e uma escrivaninha de tampo duplo. Uma estante de livros com prateleiras de madeira branca havia sido montada em uma alcova. A cama tinha lençóis brancos e uma manta preta e escarlate cobria os pés. Um pequeno espelho de mão pendia acima do lavatório, e, durante o dia, uma luminária de cúpula branca era o único ornamento da lareira. Os livros nas prateleiras de madeira branca estavam dispostos de baixo para cima, de acordo com as dimensões. Uma edição completa de Wordsworth ficava em uma ponta mais baixa e uma cópia do *Catecismo de Maynooth*, costurada na capa de um caderno, ficava numa das extremidades superior. Materiais de escrita estavam sempre sobre a mesa. Lá estava uma tradução manuscrita da peça teatral *Michael Kramer*, de Hauptmann, cujas instruções de palco eram escritas em tinta roxa, e um pequeno maço de papéis presos por um alfinete de cobre. Nessas folhas, uma frase era inscrita de vez em quando e, em um momento irônico, a manchete de um anúncio das pílulas laxativas Bile Beans havia sido colada na primeira folha. Ao levantar o tampo da mesa, uma leve fragrância escapou — a fragrância de novos lápis de cedro ou de uma garrafa de goma de mascar ou de uma maçã madura demais que poderia ter sido esquecida ali.

O sr. Duffy abominava qualquer coisa que sugerisse transtorno físico ou mental. Um médico medieval o teria classificado como saturnino. O rosto, que carregava toda a história de seus anos, era da tonalidade marrom das ruas de Dublin. Em sua cabeça longa e volumosa cresciam cabelos pretos e secos e um bigode castanho não dava conta de cobrir completamente a boca desagradável. As maçãs do rosto denotavam um caráter severo, mas não havia aspereza nos olhos que, observando o mundo por baixo das sobrancelhas castanhas, davam a impressão de um homem sempre alerta para celebrar aspectos positivos nas pessoas, embora quase sempre se desapontava. Vivia a pouca distância de seu corpo e avaliava os próprios atos com olhar desconfiado. Tinha um hábito estranho e autobiográfico, que o levava vez por outra, a criar mentalmente uma frase curta sobre si, na terceira pessoa, com um predicado no passado. Nunca dava esmolas a mendigos e caminhava com firmeza, levando consigo uma sólida bengala.

Duffy foi por muitos anos caixa de um banco na Baggot Street. Pegava o bonde de Chapelizod todas as manhãs. Ao meio-dia ia ao Dan Burke's e almoçava — uma garrafa de cerveja e uma porção de biscoitos de araruta. Às quatro horas já estava livre. Jantava em um restaurante na George Street, onde se sentia a salvo da juventude dourada de Dublin e o cardápio era simples e honesto. Suas noites eram passadas ao piano de sua senhoria ou vagando pelos arredores da cidade. Seu gosto por Mozart o levava, às vezes, a uma ópera ou a um concerto. Essas eram suas únicas diversões.

Não tinha colegas nem amigos, não frequentava igrejas e não tinha crenças. Vivia sua vida espiritual sem nenhuma comunhão com os outros, visitando seus parentes no Natal e acompanhando-os ao cemitério quando morriam. Realizava esses dois deveres sociais em nome da velha dignidade, mas não concedia nada além disso às convenções que regulam a vida em sociedade. Se permitia pensar que, sob certas circunstâncias, roubaria o banco onde trabalhava, mas, como essas circunstâncias nunca surgiam, sua vida se desenrolava sem sobressaltos — um conto sem aventuras.

Uma noite, ele se viu sentado ao lado de duas mulheres na sala de concertos da Rotunda. O lugar, silencioso e escassamente ocupado, profetizava um fracasso. A senhora que estava sentada ao lado dele olhou em volta, uma ou duas vezes, para a sala deserta, e falou:

— Que pena o auditório estar tão deserto esta noite! É muito difícil ter que cantar para cadeiras vazias.

Ele entendeu a observação como um convite para conversar. Ficou surpreso que a dama se mostrasse tão pouco reservada. Enquanto conversavam, tentou fixá-la permanentemente em sua memória. Quando soube que a jovem com ela era a filha, julgou que fosse cerca de um ano mais nova que ele. Seu rosto, que devia ter sido bonito, conservava uma aura de inteligência. Era oval, com feições fortemente marcadas. Os olhos eram muito azuis, escuros e resolutos. Seu olhar começou desafiador, mas foi amenizado pelo que pareceu uma mudança na pupila, revelando um temperamento de grande sensibilidade. As pupilas logo retornaram ao estado normal e, reforçadas pelo casaco de astracã, moldando um busto generoso, levaram o olhar dela a exibir, novamente, um ar desafiador.

Voltou a encontrá-la algumas semanas depois em um concerto no Earlsfort Terrace e aproveitou os momentos em que a filha estava distraída para se aproximar. Ela aludiu uma ou duas vezes ao marido, mas seu tom não era do tipo que parecesse um aviso. O nome dela era sra. Sinico. O tataravô do marido tinha vindo de Livorno, na Itália. Ele era capitão de um navio mercante que fazia a rota entre Dublin e a Holanda, e o casal tivera uma única filha.

Ao vê-la, por acaso, pela terceira vez, ele buscou coragem para marcar um encontro. Ela compareceu. Este foi o primeiro de muitos. Eles se encontravam sempre à noite e escolhiam os lugares mais tranquilos para suas caminhadas. Duffy, no entanto, tinha aversão a dissimulações e, percebendo que eram obrigados a se encontrar furtivamente, forçou-a a convidá-lo a ir até sua casa. O capitão Sinico encorajou suas visitas, pensando que era a mão de sua filha que estava em questão. Ele havia tão sinceramente dispensado sua esposa de sua galeria de prazeres que não suspeitava que alguém no mundo se interessaria por ela. Como o marido estava sempre no mar e a filha dando aulas de música, o sr. Duffy teve muitas oportunidades de aproveitar a companhia da senhora. Nenhum dos dois vivera semelhante aventura antes, e não viam naquilo qualquer inconveniência. Pouco a pouco os pensamentos dele se mesclaram com os dela. Ele emprestou livros, compartilhou ideias, dividiu com ela sua vida intelectual. Ela prestava atenção em tudo.

Às vezes, em retribuição às teorias que ouvia, ela revelava algum fato de sua própria vida. Com solicitude quase maternal, o incitou a deixar fluir com sinceridade a sua natureza, e se tornou sua confessora. Ele contou que por algum tempo havia assistido às reuniões do Partido Socialista Irlandês, onde se sentiu um peixe fora d'água em meio a um punhado de operários circunspectos num mal iluminado sótão. Quando o partido se dividiu em três seções, cada uma sob seu próprio líder e em seu próprio sótão, deixou de frequentá-las. Os debates dos trabalhadores, contou, eram pouco instigantes. O único interesse era a questão salarial. Percebeu que eram realistas toscos aos quais fazia falta o estudo teórico. O mais provável, ele disse, era que nenhuma revolução eclodisse em Dublin nos próximos séculos.

Ela perguntou por que ele não escrevia suas reflexões. Para quê?, ele devolveu a pergunta, com estudado desprezo. Para competir com pessoas de discurso fácil, incapazes de pensar coerentemente por mais de um minuto? Para se submeter às críticas de uma classe média obtusa que confiava sua moralidade a policiais e suas belas artes a empresários?

Ele ia com frequência ao chalé que ela possuía nos arredores de Dublin, muitas vezes passavam lá as noites, só os dois. Pouco a pouco, conforme os pensamentos deles se enredavam, passaram a falar de assuntos menos triviais. A companhia dela era como o solo fértil para uma planta exótica. Muitas vezes, abstendo-se de acender a lâmpada, ela deixava com que a escuridão caísse sobre os dois. A sala escura e discreta, o isolamento, a música que ainda vibrava em seus ouvidos, tudo isso os unia. Era uma comunhão que o animava, polindo as arestas ásperas de seu caráter e levando emoção ao espírito. Às vezes se pegava ouvindo o som da própria voz. Pensava que, aos olhos dela, ascenderia a uma estatura angelical. E, quanto mais se apegava à companhia dela, mais ouvia uma estranha e impessoal voz, que reconhecia como sua, insistindo em que a solidão da alma era incurável. É impossível nos dar a alguém, dizia a voz: pertencemos a nós mesmos. O fim aconteceu numa noite em que, tendo exibido todos os sinais de excitação, a sra. Sinico pegou a mão dele, com paixão, e a pressionou contra o próprio rosto.

Duffy ficou bastante surpreso. A interpretação que ela fez de suas palavras o desiludiu. Ficou sem vê-la por uma semana, e então escreveu sugerindo um encontro. Como não desejasse que a última conversa fosse perturbada pelo local da arruinada intimidade, marcaram em uma pequena confeitaria perto do portão do parque. Era um dia frio de outono, mas, apesar do clima, os dois caminharam para cima e para baixo, por quase três horas, pelas alamedas do parque. Concordaram em interromper a relação: todo vínculo, ele falou, é um vínculo com a tristeza. Quando saíram do parque, caminharam em silêncio em direção ao bonde. Porém, nessa altura ela começou a tremer tão violentamente que, temendo que a sra. Sinico sofresse um colapso, ele se despediu rapidamente e a deixou. Poucos dias depois, recebeu um pacote com seus livros e suas partituras.

Quatro anos se passaram. Duffy retornou à sua vida de sempre. Seu quarto continuava a confirmar a organização de sua mente. Algumas novas partituras entulhavam o suporte de música na sala inferior e em suas prateleiras estavam dois volumes de Nietzsche: *Assim Falou Zaratustra* e *A Gaia Ciência*. Raramente escrevia no maço de papéis que ficava em sua mesa. Uma de suas frases, escrita dois meses após seu último encontro com a sra. Sinico, dizia: O amor entre homem e homem é impossível porque não deve haver relação sexual, e a amizade entre homem e mulher é impossível porque deve haver relação sexual. Para evitar encontrá-la, deixou de frequentar os concertos. O pai dele morreu e o sócio mais novo do banco se aposentou. E todas as manhãs ele continuava a ir para a cidade de bonde e todas as noites voltava a pé depois de ter jantado moderadamente no restaurante da George Street e de ter lido, como sobremesa, a edição vespertina do jornal.

Certa noite, quando estava prestes a colocar na boca um pedaço de carne enlatada com repolho, sua mão subitamente parou. Os olhos se fixaram num parágrafo do jornal que havia apoiado na garrafa de água. Devolveu o pedaço de comida ao prato e leu, atentamente, o que estava escrito. Bebeu um copo de água, empurrou seu prato para o lado, dobrou o jornal diante de si, entre os cotovelos, e releu o parágrafo várias vezes. Uma gordura branca e fria, saindo do repolho, começou a se espalhar pelo prato. A garçonete veio até ele e perguntou se o jantar não estava bem cozido. Ele respondeu que estava muito bom e, com dificuldade, comeu mais um pouco. E então pagou a conta e saiu.

Caminhou depressa pelo crepúsculo de novembro, com a robusta bengala batendo regularmente no chão, a borda do jornal amarelo-claro espreitando de um bolso lateral de seu sobretudo apertado. Quando se aproximou da rua deserta entre o portão do parque e Chapelizod, diminuiu o passo. A bengala batia no chão com menos força, e sua respiração, irregular, um quase suspiro, condensava-se no ar invernal. Ao chegar em casa, subiu logo para o quarto e, tirando o *Mail* do bolso, sob a luz fraca da janela, leu mais uma vez o parágrafo. Não o fez em voz alta, mas movendo os lábios como um padre faz quando lê as preces de um breviário. O que estava escrito era:

MORTE DE UMA SENHORA NA ESTAÇÃO SYDNEY

UM CASO DOLOROSO

Hoje, no Hospital Municipal de Dublin, o legista-adjunto (na ausência do sr. Leverett) realizou um exame no corpo da sra. Emily Sinico, de quarenta e três anos, que morreu na Estação Sydney na noite de ontem. As evidências mostraram que a falecida senhora, ao tentar atravessar a linha, foi atropelada pela locomotiva das dez horas de Kingstown, sofrendo ferimentos na cabeça e no lado direito do corpo, que acabaram por levá-la à morte.

O maquinista da locomotiva, sr. James Lennon, declarou que trabalha na empresa ferroviária há quinze anos. Ao ouvir o apito do guarda, colocou o trem em movimento, fazendo-o parar, ao ouvir gritos, um ou dois segundos depois. O trem estava em velocidade reduzida.

P. Dunne, um carregador, declarou que quando o trem estava prestes a partir, observou que uma mulher tentou cruzar os trilhos. Afirmou que correu em direção a ela e gritou, mas, antes que chegasse perto, ela foi pega pelo limpa-trilhos da locomotiva e lançada ao chão.

Um jurado: o senhor viu a mulher cair?

A testemunha: Sim.

O Sargento da polícia Croly afirmou em seu depoimento que, quando chegou, encontrou a falecida caída na plataforma, aparentemente morta. E que mandou que levassem o corpo para a sala de espera, para aguardar a chegada da ambulância.

O policial 57E corroborou esta declaração.

O dr. Halpin, cirurgião assistente do Hospital Municipal de Dublin, declarou que a falecida teve duas costelas inferiores fraturadas e sofreu contusões graves no ombro direito. O lado direito da cabeça foi ferido na queda. Os ferimentos não seriam suficientes para causar o falecimento de uma pessoa saudável. A morte, em sua opinião, foi provavelmente causada por uma parada cardíaca derivada do trauma.

O sr. H. B. Patterson Finlay, em nome da empresa ferroviária, expressou seu profundo pesar pelo acidente. A empresa sempre tomou todas as precauções para evitar que as pessoas cruzassem as linhas fora das passarelas, tanto colocando avisos em todas as estações quanto com a presença de cancelas de mola em passagens de nível. A falecida tinha o hábito de cruzar as linhas, de plataforma para plataforma, tarde da noite e, em vista das circunstâncias do caso, não considerava que os funcionários da ferrovia devessem ser responsabilizados.

O capitão Sinico, de Leoville, na Estação Sydney, esposo da falecida, também prestou depoimento. Afirmou que a falecida era sua esposa. Que não estava em Dublin no momento do acidente, pois chegara apenas naquela manhã de Roterdã. Eles estavam casados há vinte e dois anos e viveram felizes até cerca de dois anos atrás, quando sua esposa começou a desenvolver comportamentos estranhos.

A srta. Mary Sinico disse que, ultimamente, sua mãe adquirira o hábito de sair à noite para comprar bebidas alcoólicas. Ela testemunhou que, com frequência, tentava argumentar com a mãe e a induziu a se juntar a uma Liga Antialcoólica. Ela só chegou em casa uma hora após o acidente.

O júri retornou com um veredito a partir das evidências médicas e isentou o maquinista Lennon de qualquer culpa.

Segundo o legista-adjunto se tratava de um caso muito doloroso e expressou condolências para o capitão Sinico e sua filha. Pediu à empresa ferroviária que tomasse novas medidas para prevenir a possibilidade de acidentes semelhantes no futuro. Ninguém foi responsabilizado.

Duffy levantou os olhos do jornal e, através da janela, contemplou a melancólica paisagem noturna. O rio estava quieto ao lado da velha destilaria, e de vez em quando, uma luz se acendia em alguma casa da Lucan Road. Que fim! Toda a narrativa daquela morte o revoltava, e ainda mais pensar que havia compartilhado com ela tudo o que, para ele, era sagrado. As frases surradas, as expressões insanas de simpatia, as palavras cautelosas de um repórter convencido a esconder os detalhes de uma morte vulgar e comum reviraram seu estômago. Ela não apenas aviltou a si própria, ela o aviltou. Ele vislumbrou a sórdida evolução do vício degradante e fétido no álcool. Sua alma gêmea! Lembrou dos miseráveis manquitolando que tinha visto carregando latas e garrafas para serem enchidas por um garçom. Por Deus, que fim! Era evidente que ela não estava preparada para viver, não tinha qualquer propósito que a movesse, uma presa fácil para os vícios, um dos destroços sobre os quais foi erguida a civilização. Mas que ela mergulhasse tão fundo! Seria possível que tivesse se enganado tão completamente a respeito dela? Recordou a explosão que ela tivera naquela noite e a interpretou de um modo mais severo do que antes. Já não sentia o menor remorso pela decisão que havia tomado.

Quando a luz do dia se extinguiu por completo e sua memória começou a vagar, lembrou que as mãos deles haviam se tocado. O choque, que inicialmente atingiu seu estômago, agora atacava seus nervos. Ele vestiu o sobretudo, colocou o chapéu e saiu. O ar frio o encontrou na soleira, levando-o a esconder as mãos sob as mangas do casaco. Quando chegou ao bar na ponte Chapelizod, entrou e pediu um ponche.

O proprietário o serviu obsequiosamente, mas não se aventurou a começar uma conversa. Havia cinco ou seis operários, no bar, discutindo o valor da propriedade de um cavalheiro no condado de Kildare. Eles bebiam cerveja em grandes canecas e fumavam, cuspindo direto no chão e, por vezes cobrindo de serragem, com as pontas de suas botas, as cusparadas. Duffy sentou-se em seu banco e olhou vagamente para eles, sem, no entanto, prestar atenção no que diziam. Depois de um tempo eles saíram e Duffy pediu outro ponche. Ficou ali sentado, sem beber, por um bom tempo. O bar estava em silêncio. O proprietário, bocejando, se debruçou no balcão para ler o *Herald*. De vez em quando, um bonde era ouvido zunindo pela rua deserta.

Enquanto estava sentado ali, revivendo sua vida com a mulher e evocando alternadamente as duas imagens nas quais agora a concebia, se deu conta de que ela estava morta, que havia deixado de existir, que havia se tornado uma lembrança. Começou a se sentir desconfortável. Perguntou a si mesmo o que mais poderia ter feito. Não poderia ter continuado com uma comédia de mentiras, e não poderia ter vivido abertamente com ela. Fizera o que lhe pareceu ser o melhor. Como poderia se sentir culpado? Agora que ela se fora, entendia o quão solitária a vida dela devia ser, sentada, noite após noite, sozinha, na sala daquela casa. A vida dele também seria solitária, até que também morresse, deixasse de existir e se tornasse uma lembrança — se é que alguém se lembraria dele.

Passava das nove horas quando saiu do bar. A noite estava escura e fria. Entrou no parque pelo primeiro portão e prosseguiu sob as árvores desfolhadas. Caminhou pelos becos sombrios onde os dois haviam passeado juntos quatro anos antes. Sob a escuridão, ela até parecia estar ao lado dele. Em alguns momentos ele até sentia a voz dela tocando seus ouvidos, a mão dela tocando a dele. Ficou parado para poder ouvir. Por que havia negado a ela a vida? Por que a havia sentenciado à morte? Sentia o desmoronar da sua fortaleza moral.

Quando chegou ao topo da colina Magazine, parou e olhou, seguindo o curso do rio, em direção a Dublin, cujas luzes, na noite fria, brilhavam, róseas e acolhedoras. Olhou para baixo da encosta e, na base, na sombra do muro do parque, viu algumas pessoas deitadas. A visão daqueles amores venais e furtivos o encheram de desespero. Ficou exasperado com a retidão com que se comportara, sentiu que abrira mão do banquete da vida. Um ser humano o amara e ele lhe negara a vida e a felicidade, condenando-a à ignomínia, a uma morte sob vergonha. Sabia que as criaturas prostradas perto do muro o observavam e desejavam que fosse embora. Ninguém o queria, tinha sido expulso da celebração da vida. Voltou os olhos para o rio acinzentado e cintilante a serpentear em direção a Dublin. Além do rio, viu um trem de carga saindo da estação de Kingsbridge, como uma centopeia com uma cabeça de fogo a avançar pela escuridão, obstinada e laboriosamente. Desapareceu moroso de vista, mas ainda ouvia o resfolegar da locomotiva repetindo as sílabas do nome dela.

Ele deu a volta e regressou pelo caminho que tinha vindo, com o som ritmado da locomotiva ainda a martelar em seus ouvidos. Começou a duvidar do que a memória lhe dizia. Parou sob uma árvore e esperou o som da locomotiva desaparecer. Agora, na escuridão, não mais conseguia senti-la junto a ele, nem sua voz tocar seus ouvidos. Esperou por alguns minutos, ainda tentando escutar. Mas não conseguia ouvir nada: a noite estava em completo silêncio. Esperou um pouco e insistiu na tentativa de ouvir: estava tudo em silêncio. Sentia que estava só.

Dia de Hera na Lapela na Sala do Comitê

O velho Jack juntou as cinzas com um pedaço de papelão e as espalhou criteriosamente sobre a pilha esbranquiçada de brasas. Quando tudo ficou coberto, seu rosto caiu na escuridão, mas, no momento em que atiçou novamente o fogo, sua sombra agachada subiu pela parede oposta e seu rosto iluminado ressurgiu aos poucos. Era o rosto de um velho, ossudo e barbudo. Os olhos azuis úmidos piscavam para o fogo e a boca molhada se abria às vezes, mastigando uma ou duas vezes mecanicamente quando se fechava. Quando o fogo pegou, ele apoiou o pedaço de papelão na parede, suspirou e falou:

— Agora melhorou, sr. O'Connor.

O'Connor era um jovem de cabelos grisalhos e rosto desfigurado por muitas manchas e espinhas. Tinha acabado de colocar cuidadosamente o tabaco em um bem torneado papel de cigarro quando falaram com ele, obrigando-o a desfazer o que tinha feito e recomeçar. Quando terminou de enrolar pela segunda vez, lambeu o papel para fechar o cigarro.

— Tierney disse quando voltaria? —perguntou, com voz esganiçada.

— Ele não falou nada.

O'Connor colocou o cigarro na boca e começou a vasculhar os bolsos, de onde tirou um maço de cartões.

— Vou te arrumar uns fósforos — disse o velho.

— Não se preocupe, isso serve — respondeu O'Connor.

Ele escolheu um dos cartões e leu o que estava impresso:

ELEIÇÕES MUNICIPAIS

Distrito Eleitoral Real

O sr. Richard J. Tierney, P.L.G, respeitosamente
solicita o favor do seu voto, e de seu apoio, nas
próximas eleições municipais

O'Connor tinha sido contratado pelo agente de Tierney para fazer campanha em uma área do distrito, mas, como o tempo estava muito ruim e suas botas deixavam entrar a umidade, acabou passando grande parte do dia sentado junto ao fogo na Sala do Comitê, na Wicklow Street, com Jack, o velho zelador. Estavam ali sentados desde que o curto dia escureceu. Era seis de outubro, e do lado de fora estava um clima sombrio e frio.

O'Connor rasgou uma tira do cartão e, quando este pegou fogo, acendeu o cigarro. Ao fazê-lo, a chama iluminou a folha de hera escura e brilhante na lapela de seu casaco. O velho o observou atentamente e então, pegando o pedaço de papelão de novo, começou a atiçar com morosidade o fogo enquanto seu companheiro fumava.

— Ah, sim — prosseguiu —, é difícil saber como criar os filhos. Agora, quem imaginaria que o rapaz se tornaria alguém assim? Eu o enviei para estudar no colégio Christian Brothers, e fiz o que pude por ele, e ele me sai esse inútil. Tentei de tudo para fazer dele uma pessoa decente.

Com um gesto cansado, guardou novamente o papelão.

— Se eu não estivesse velho, acabaria com essa folga dele. Daria uma surra de pau nas costas e o espancaria até me cansar, como já fiz muitas vezes. A mãe, você sabe, fica sempre mimando...

— É isso que estraga as crianças — comentou O'Connor.

— Não tenho a menor dúvida — replicou o velho. — E nem gratidão você recebe, mas apenas insolência. Ele me trata mal sempre que tomo um trago. Onde é que o mundo vai parar quando os filhos falam desse jeito com os pais?

— Qual a idade dele? — perguntou O'Connor.

— Dezenove — respondeu o velho.

— Por que você não o coloca para trabalhar?

— Não dei mais nada pra esse beberrão desde que saiu da escola. "Não vou te sustentar", eu digo. "Você precisa arrumar um emprego." Mas, no fim, é pior quando ele arruma um emprego, porque gasta tudo o que ganha com bebida.

O'Connor assentiu com a cabeça, e o velho ficou em silêncio, olhando para o fogo. Alguém abriu a porta da sala e gritou:

— Olá! Isso aqui é uma reunião da maçonaria?

— Quem está aí? — perguntou o velho.

— O que vocês estão fazendo aí no escuro? — quis saber a voz.

— É você, Hynes? — indagou O'Connor.

— Sim, sou eu. O que vocês estão fazendo no escuro? — insistiu Hynes, avançando em direção ao fogo.

Ele era um jovem alto e esbelto, com um bigode castanho-claro. Pequenas gotas de chuva pendiam da aba do chapéu e a gola do casaco estava levantada.

— E então, Mat — perguntou a O'Connor —, como estão as coisas?

O'Connor balançou a cabeça. O velho deixou a lareira e, após tatear pela sala, voltou com dois castiçais, os quais acendeu um após o outro, no fogo, e levou para a mesa. O que se viu foi uma sala despojada, e o fogo da lareira perdeu toda a sua cor vivaz. As paredes estavam nuas, exceto por uma cópia de um discurso eleitoral. No meio da sala havia uma mesinha sobre a qual papéis estavam empilhados.

Hynes se apoiou na lareira e perguntou:

— Ele já te pagou?

— Ainda não — respondeu O'Connor. — Só peço a Deus que ele não nos deixe na mão hoje à noite.

Hynes riu.

— Ah, ele vai te pagar! Não duvide disso — respondeu.

— Espero que ele não vacile, se quer mesmo jogar o jogo — disse O'Connor.

— O que você acha, Jack? — perguntou Hynes, em tom de gozação, ao velho.

Ele voltou para seu assento junto ao fogo, e comentou:

— Dinheiro, pelo menos, sei que ele tem. Não é como aquele caixeiro-viajante.

— Que caixeiro-viajante? — quis saber Hynes.

— Colgan — respondeu o velho, com desdém.

— É por Colgan ser um operário que você diz isso? Qual é a diferença entre um bom e honesto pedreiro e um dono de bar, hein? O trabalhador não tem o mesmo direito do que qualquer outra pessoa de estar no Conselho Municipal? Ah, e um direito maior do que aqueles metidos a inglesinhos que estão sempre de chapéu na mão diante de qualquer sujeito com um título de nobreza? Não é assim, Mat? — disse Hynes, dirigindo-se a O'Connor.

— Acho que você tem razão — concordou O'Connor.

— Um deles é um homem honesto, sem a menor sombra de suspeita sobre ele. E vai representar a classe trabalhadora. Já esse sujeito para quem você está trabalhando só está querendo arranjar um emprego.

— É claro que a classe trabalhadora precisa ser representada — disse o velho.

— O trabalhador — continuou Hynes — só recebe migalhas e pontapés. Mas é o trabalho dele que produz tudo. O trabalhador não está atrás de empregos gordos para seus filhos, sobrinhos e primos. O trabalhador não vai jogar a honra de Dublin na lama só para agradar a um rei inglês de origem alemã.

— Como assim? — perguntou o velho.

— Você não sabe que eles planejam fazer um discurso de boas--vindas ao rei Eduardo se ele vier a Dublin no ano que vem? O que temos a ganhar nos curvando a um rei estrangeiro?

— O nosso homem não votará a favor do discurso — O'Connor disse. — Ele está na chapa dos nacionalistas.

— Será que não, mesmo? — retrucou Hynes. — Vamos esperar para ver se ele vai ou não. Eu o conheço. Ele não é o velho "Tierney Malandrão"?

— Por Deus! Talvez você tenha razão, Joe — exclamou O'Connor. — De qualquer forma, espero que ele apareça logo com a grana.

Os três ficaram em silêncio. O velho começou a juntar mais cinzas. Hynes tirou o chapéu, sacudiu-o e então abaixou a gola do casaco, exibindo uma folha de hera na lapela.

— Se este homem, Charles Parnell, estivesse vivo — disse ele, apontando para a folha de hera —, não estaríamos aqui falando de um discurso de boas-vindas.

— Isso é verdade — comentou O'Connor.

— De fato! E que Deus nos proteja! — exclamou o velho. — Naquele tempo havia alguma esperança.

A sala ficou novamente em silêncio. E então um homenzinho agitado, com o nariz fungando e as orelhas geladas, empurrou a porta e entrou. Andou rapidamente até a lareira, esfregando as mãos como se pretendesse arrancar deles alguma faísca.

— Nada de dinheiro hoje, rapazes — declarou.

— Sente-se aqui, sr. Henchy — disse o velho, oferecendo-lhe sua cadeira.

— Ah, não se levante, Jack, não saia daí — respondeu Henchy.

Ele acenou de modo brusco para Hynes e sentou-se na cadeira que o velho desocupara.

— Você cobriu a Aungier Street? — Henchy perguntou a O'Connor.

— Sim — respondeu O'Connor, vasculhando os bolsos em busca das anotações.

— Falou com Grimes?

— Sim.

— E então? Como foi?

— Ele não prometeu nada. Disse que não vai revelar a ninguém o seu voto. Mas acho que, no fim das contas, vai ficar com a gente.

— Por quê?

— Ele me perguntou quem eram os candidatos, e eu os relacionei para ele. Mencionei o nome do padre Burke. Acho que está conosco.

Henchy começou a fungar e a esfregar as mãos, no calor do fogo, de maneira bastante acelerada. Então disse:

— Pelo amor de Deus, Jack, traga um pouco de carvão. Deve ter sobrado algum.

O velho saiu da sala.

— Não vai dar certo — criticou Henchy, balançando a cabeça. — Eu perguntei ao sapateiro, e ele respondeu: "Ah, muito bem, sr. Henchy, desde que o trabalho esteja indo bem, não me esquecerei de você, pode ficar tranquilo." Remendão ordinário! Mas, de fato, como poderia ser diferente?

— Não foi que eu te disse, Mat? — disse Hynes. — Tierney Malandrão.

— Ah, ele é tão traiçoeiro quanto dizem — emendou Henchy. — Não tem esses olhinhos de porco à toa. Maldito seja! Será que não poderia pagar como um homem decente, em vez de vir com: "Ah, veja bem, sr. Henchy, preciso falar com o sr. Fanning... gastei muito dinheiro..." Sujeitinho miserável dos infernos! Acho que se esquece do tempo em que seu velho pai vivia de um brechó na Mary Lane.

— É verdade, isso? — perguntou O'Connor.

— Por Deus, eu juro — respondeu Henchy. — Você nunca ouviu falar dessa história? Os homens costumavam ir até lá, no domingo de manhã, antes dos pubs abrirem, por assim dizer, para comprar um colete ou uma calça. Mas o velho pai do Malandrão sempre tinha para vender, escondida, uma bebidinha ilegal. Entende o que eu digo? É isso. Foi lá que ele viu a luz.

O velho voltou com um pouco mais de carvão, e espalhou os pedaços pelo fogo.

— Ele é muito falastrão para o meu gosto — comentou O'Connor. — Como espera que a gente trabalhe se ele não paga?

— Não posso fazer nada — disse Henchy. — Acho que vou encontrar os cobradores me esperando na porta quando chegar em casa.

Hynes riu e, afastando-se da lareira, se preparou para ir embora.

— Vai ficar tudo bem quando o rei Eduardinho chegar — comentou, irônico. — Muito bem, rapazes, estou de saída. Vejo vocês mais tarde. Até logo.

Hynes deixou lentamente a sala. Nem Henchy e nem o velho disseram nada, mas, assim que a porta estava se fechando, O'Connor, que olhava com melancolia para o fogo, falou, de repente:

— Até logo, Joe!

Henchy esperou alguns instantes, e então acenou com a cabeça na direção da porta.

— Diga-me — disse, olhando para fogo — o que traz nosso amigo até aqui? O que ele está querendo?

— De fato, pobre Joe! — exclamou O'Connor, jogando a ponta do cigarro no fogo. — Ele está sem dinheiro, como todos nós.

Henchy fungou com força, soltando em seguida uma cusparada tão intensa que quase apagou o fogo, que protestou com um chiado.

— Para lhe dar a minha opinião pessoal e sincera — disse —, acho que ele é um agente do lado de lá. Um espião do Colgan, é o que é. "Saia por aí e tente descobrir como estão se saindo. Eles não vão suspeitar." Entende?

— Ah, o pobre Joe é boa gente! — contestou O'Connor.

— O pai dele era um homem decente e respeitável — admitiu Henchy. — Coitado do velho Larry Hynes! Em sua época, fez muita coisa boa! Mas temo que nosso amigo não tenha os quilates do pai. Diabos, eu consigo entender um sujeito que está passando por necessidade, o que não consigo entender é um aproveitador. Ele não poderia agir como homem?

— De mim ele não vai ganhar uma recepção calorosa quando aparecer por aqui — disse o velho. — Ele que faça o que quiser do lado de lá e não venha aqui espionar.

— Não sei não — retrucou O'Connor, em dúvida, enquanto pegava tabaco e papel. — Acredito que Joe Hynes seja um homem honesto. É inteligente. E bom com a caneta. Você se lembra daquilo que ele escreveu...?

— Alguns desses nacionalistas revolucionários, se querem saber, me parecem espertos demais — expressou Henchy. — Vocês sabem qual é minha opinião sincera sobre alguns desses baderneiros? Acredito que metade deles está a serviço dos ingleses.

— Não tem como saber — contestou o velho.

— Ah, mas isso eu sei com certeza — retrucou Henchy. — São informantes da polícia... Não digo o Hynes... Não, diacho, eu acho que ele não chega a tanto... Mas há um certo aristocratazinho com um olho torto... você sabe quem é o patriota a que me refiro?

O'Connor anuiu com a cabeça.

— Aí está um descendente direto do Major Sirr, o repressor do fim do século XVIII! Ó, o sangue do coração de um patriota! Esse é um sujeito que venderia seu país por quatro pence, e se ajoelharia e agradeceria ao Todo-Poderoso Cristo por ter um país para vender.

Ouviu-se uma batida na porta.

— Entre! — gritou Henchy.

Um homem que lembrava um sacerdote ou um ator muito pobre surgiu na porta. Suas roupas, pretas, estavam firmemente abotoadas em seu corpo compacto, e era impossível dizer se usava um colarinho de clérigo ou de leigo, porque o colarinho de seu casaco surrado, cujos botões descobertos refletiam a luz das velas, estava virado para cima em volta do pescoço. Usava um chapéu redondo de feltro preto duro. O rosto, brilhando com gotas de chuva, tinha a aparência de queijo amarelo úmido, exceto onde duas manchas rosadas sugeriam as maçãs do rosto. Abriu a boca, muito grande, denotando desapontamento, enquanto arregalava os olhos azuis muito brilhantes, denotando prazer e surpresa.

— Oh, é o padre Keon! — exclamou Henchy, pulando da cadeira. — É você? Entre logo!

— Oh, não, não, não! — respondeu padre Keon, apertando os lábios como se estivesse se dirigindo a uma criança.

— Por que não entra logo e se senta?

— Não, não, não! — respondeu o padre, falando com uma voz suave, indulgente e aveludada. — Não quero incomodá-los! Estou apenas procurando pelo sr. Fanning...

— Ele está no Black Eagle — esclareceu Henchy. — Mas não quer entrar e sentar um minuto?

— Não, não, muito obrigado. É só um pequeno assunto de trabalho — replicou o padre Keon. — Mas obrigado, de verdade.

Ele se afastou da soleira e Henchy, pegando um dos castiçais, foi até a porta para iluminar o caminho até o andar de baixo.

— Ora, não precisa se incomodar, eu imploro!

— Não é incômodo algum, e a escada está muito escura.

— Não é preciso, eu consigo enxergar, mas, de qualquer maneira, muito obrigado.

— Tudo bem agora?

— Tudo bem, sim, obrigado, obrigado...

Henchy retornou com o castiçal e o colocou sobre a mesa. Sentou-se novamente perto do fogo. Ficaram em silêncio por algum tempo.

— Diga-me uma coisa, John — falou O'Connor, acendendo seu cigarro com um novo cartão.

— Sim?

— O que, exatamente, ele é?

— Me pergunte uma mais fácil — respondeu Henchy.

— Fanning e ele me parecem ser muito próximos. Estão sempre juntos no Kavanagh's. Ele é um padre de verdade?

— Humm, sim, acredito que sim... acho que ele é o que chamamos de uma ovelha negra. Não há muitas delas, graças a Deus! Mas há algumas... Ele é, de algum modo, um desafortunado...

— E ele vive do quê? — continuou O'Connor.

— Aí está outro mistério.

— Pertence a alguma paróquia, ou ordem, ou instituição?

— Não — respondeu Henchy. — Acho que trabalha por conta própria... Deus me perdoe — acrescentou —, mas quando ele apareceu, pensei que fosse a entrega das cervejas.

— Alguma chance de bebermos alguma coisa? — O'Connor perguntou.

— Eu também estou seco aqui — emendou o velho.

— Pedi três vezes àquele puxa-saquinho — falou Henchy — que me mandasse uma dúzia de cervejas. Insisti novamente agora há pouco, mas ele estava encostado no balcão, em mangas de camisa, tendo uma conversa séria com o vereador Cowley.

— E por que você não o lembrou? — questionou O'Connor.

— Bem, eu não podia interromper enquanto ele estava falando com o vereador Cowley. Apenas esperei até que pudesse chamar a atenção dele, e disse: "Sobre aquele pequeno assunto que eu falei com você antes..." "Não se preocupe, está tudo certo, sr. H", foi o que me respondeu. Dane-se, com certeza aquele gnomo já se esqueceu.

— Existe alguma jogada sendo armada por lá — disse, pensativamente, O'Connor. — Eu vi três deles confabulando, ontem, na esquina da Suffolk Street.

— Acho que sei qual é o joguinho deles — retrucou Henchy. — Você precisa estar devendo dinheiro aos conselheiros municipais se quiser ser nomeado prefeito. Se for assim, eles farão de você o prefeito. Por Deus! Estou pensando seriamente em me tornar um conselheiro municipal. O que acham? Eu levo jeito para o cargo?

O'Connor riu.

— No que diz respeito a dívidas...

— Eu, saindo de automóvel do Palácio Municipal, com todos os meus asseclas, e o nosso Jack indo atrás de mim com uma peruca empoada, já pensaram?

— E eu serei seu assessor especial, John.

— Sim, e farei do padre Keon meu capelão particular. Ficará tudo em família.

— Tenha fé, sr. Henchy — disse o velho. — O senhor seria mais elegante do que muitos deles. Eu estava falando outro dia com o velho Keegan, o porteiro. Perguntei a ele: "Pat, você está gostando do novo patrão? Não me parece que você esteja ganhando bem." "Que nada", ele respondeu. "Ele vive de vento." E você sabe o que ele me disse? Eu juro por Deus que não acreditei nele.

— O quê? — perguntou O'Connor.

— Ele me falou: "O que você acha de um prefeito de Dublin pedindo uma porçãozinha de costeletas para o jantar? Parece uma vida de luxo?" Caramba! Caramba! "Uma porção de costeletas", ele disse, "sendo entregue no Palácio Municipal." Caramba, que tipo de gente está nos governando hoje em dia?

Nesse momento, alguém bateu na porta e um menino enfiou a cabeça para dentro.

— Quem é? — perguntou o velho.

— É do Black Eagle — respondeu o menino, caminhando junto à parede e depositando, no chão, uma sacola com barulho de garrafas.

O velho ajudou o menino a transferir as garrafas da sacola para a mesa, e contou quanto havia ali. Em seguida, o menino pegou de volta a sacola e perguntou:

— Não tem vasilhames?

— Que vasilhames? — retrucou o velho.

— Não podemos bebê-las antes? — completou Henchy.

— Me mandaram pedir os vasilhames — respondeu o menino.

— Venha buscar amanhã — pediu o velho.

— Ei, garoto! — disse Henchy — Corra até o O'Farrell e peça a ele para nos emprestar um saca-rolhas. Diga que é para o sr. Henchy, e que não vamos nos demorar com ele nem um minuto. E pode deixar a sacola por lá.

O menino saiu e Henchy, alegre, esfregou as mãos, dizendo:

— Ah, bem, no fim das contas, até que ele não é tão assim ruim. Pelo menos manteve a palavra.

— Não temos copos — falou o velho.

— Ora, não se incomode com isso, Jack — respondeu Henchy. — Muita gente boa já bebeu direto da garrafa.

— Sem dúvida, na garrafa é melhor do que nada — completou O'Connor.

— Ele não é de todo mal — disse Henchy. — O problema é que Fanning o influencia um bocado. Ele até que tem boas intenções, ainda que do seu jeito um pouco mesquinho.

O garoto voltou com o saca-rolhas. O velho abriu três garrafas e já estava devolvendo o saca-rolhas quando Henchy disse ao menino:

— Você aceita um trago, garoto?

— Se o senhor oferecer — respondeu ele.

O velho, relutante, abriu mais uma garrafa e a entregou ao menino, perguntando a idade dele.

— Dezessete, senhor.

Como o velho não falou mais nada, o garoto pegou a garrafa e disse:

— Aqui estão meus melhores agradecimentos ao senhor, sr. Henchy. — Bebeu tudo de uma vez, devolveu a garrafa à mesa e limpou a boca com a manga da camisa. Em seguida, pegou o saca-rolhas e saiu pela porta de lado, murmurando alguma saudação inaudível.

— É assim que começa — comentou o velho.

— E depois só vai piorando — completou Henchy.

O velho distribuiu as garrafas que havia aberto e os três beberam ao mesmo tempo. Depois de beberem, colocaram as garrafas na lareira, ao alcance da mão, e suspiraram satisfeitos.

— Bem, hoje eu tive um dia produtivo— disse Henchy, após uma pausa.

— De verdade, John?

— Sim. Consegui um ou dois votos garantidos para ele na Dawson Street, Crofton e eu conseguimos. Mas, aqui entre nós, vocês sabem,

Crofton, que, claro, é um sujeito decente, não vale muita coisa como ativista. Ele não tem jeito para convencer nem um cachorro. Ele fica ali parado, olhando para as pessoas, enquanto eu falo.

Então dois homens entraram na sala. Um deles era um sujeito muito gordo, cujas roupas de sarja azul pareciam estar prestes a cair de seu corpo arqueado. Tinha um rosto grande que lembrava, em expressão, o de um garrote, com olhos azuis e um bigode grisalho. O outro, que era muito mais jovem e delicado, tinha um rosto fino e bem barbeado. Usava uma gola dupla muito alta e um chapéu coco de abas largas.

— Olá, Crofton! — cumprimentou Henchy ao sujeito gordo. — E por falar no diabo…

— De onde veio toda esta cerveja? Alguma vaca pariu um bezerro? — perguntou o mais jovem.

— Ah, mas é claro que a primeira coisa em que o Lyons repara é na bebida — exclamou O'Connor, rindo.

— Então é assim que vocês fazem campanha? — disse Lyons. — Enquanto Crofton e eu ficamos lá, na chuva e no frio, angariando votos?

— Ah, vá se danar — respondeu Henchy. — Eu consigo mais votos em cinco minutos do que vocês dois em uma semana.

— Abra duas garrafas de cerveja preta, Jack — pediu O'Connor.

— Mas como vou fazer isso? — respondeu o velho. — Se não temos abridor?

— Calma, calma! — declarou Henchy, se levantando rápido. — Vocês conhecem esse truque?

Ele pegou as duas garrafas na mesa, levou-as até a lareira e as colocou na grelha. Então se sentou novamente perto do fogo e tomou outro gole. Lyons sentou-se na beirada da mesa, empurrou o chapéu para trás e começou a balançar as pernas.

— Qual das garrafas é a minha? — perguntou.

— Esta, meu jovem — respondeu Henchy.

Crofton sentou-se em uma caixa e olhou fixamente para a outra garrafa na lareira. Ficou em silêncio, e isso por dois motivos. O primeiro, por si só suficiente, era que não tinha nada a dizer; o segundo era que considerava seus companheiros inferiores a ele. Crofton havia sido um ativista de Wilkins, o conservador, mas quando os Conservadores retiraram a candidatura própria e, escolhendo o mal menor, decidiram apoiar o candidato Nacionalista, ele foi contratado para trabalhar para Tierney.

Em poucos minutos, ouviu-se um apologético "poc!" quando a rolha voou para fora da primeira garrafa. Lyons deu um pulo, foi até a lareira, pegou sua garrafa e a levou de volta para a mesa.

— Estava justamente contando a eles, Crofton — disse Henchy —, que conseguimos arranjar alguns bons votos hoje.

— E quem você conseguiu? — perguntou Lyons.

— Bem, em primeiro lugar, convenci Parkes, em segundo, Atkinson, além de Ward, da Dawson Street. É um bom sujeito... um velho rico e conservador! "Mas seu candidato não é um nacionalista?", disse ele. "Mas é um homem respeitável", repliquei. "Ele é a favor de tudo o que fará bem a este país. É um grande pagador de impostos", insisti. "Ele tem muitos imóveis residenciais, além de três comerciais, na cidade, e será que não interessa a ele manter os impostos baixos? É um cidadão proeminente e respeitado", disse eu, e concluí: "É um defensor da Lei dos Pobres, que não pertence a nenhum partido, nem bom, nem mau, nem indiferente." É assim que se deve falar com as pessoas.

— E o discurso de boas-vindas ao rei? — perguntou Lyons, depois de beber e estalar os lábios.

— Escutem o que eu digo — suplicou Henchy. — O que queremos neste país, como eu disse ao velho Ward, é capital. A vinda do rei significará um influxo de dinheiro para cá. Os cidadãos de Dublin se beneficiarão disso. Olhe para todas as fábricas ociosas lá embaixo, perto do cais! Olhe para todo o dinheiro que brotaria neste país se simplesmente recuperássemos as velhas indústrias, usinas, estaleiros e fábricas. É capital o que queremos.

— Mas veja bem, John — disse O'Connor. — Por que deveríamos dar as boas-vindas ao rei da Inglaterra? Não foi o próprio Parnell que...

— Parnell — respondeu Henchy — está morto. É assim que vejo as coisas. Aqui está esse sujeito que chegou ao trono depois que sua velha mãe Vitória o manteve esperando até ficar grisalho. É um homem do mundo, e quer o nosso bem. É um bom sujeito, decente e, se você me perguntar, não há nada de ruim que pese sobre ele. Apenas diz a si: "A velha nunca foi visitar aqueles irlandeses selvagens. Por Cristo, eu mesmo irei e verei como é que eles são." E nós vamos insultar o homem justamente quando ele aparece por aqui para uma visita de cortesia? Hein? Não é mesmo, Crofton?

Crofton fez um movimento de cabeça, concordando.

— Por outro lado, pensando bem — argumentou Lyons —, a vida pessoal pregressa do rei Eduardo, você sabe, não foi lá muito...

— O que passou, passou — respondeu Henchy. — Eu admiro o homem enquanto pessoa. Ele é apenas um idiota comum como você e eu. Gosta de seu copinho e é um pouco libertino, talvez, e é um bom atleta. Droga, será que nós, irlandeses, não podemos ser justos?

— Muito bem, então — disse Lyons. — Mas vejamos o caso de Parnell...

— Por Deus! — interrompeu Henchy. — O que é que uma coisa tem a ver com a outra?

— O que quero dizer — respondeu Lyons — é que temos nossos ideais. Por que, agora, daríamos as boas-vindas a um homem como esse? Você acha que agora, depois do que fez, o libertino Parnell era o homem certo para nos liderar? E por que, então, relevaríamos Eduardo VII?

— Hoje é aniversário da morte de Parnell — interveio O'Connor —, e não devemos dar vazão a ressentimentos. Agora que ele morreu, e se foi por todos nós, incluindo os conservadores, temos respeito por ele — acrescentou, dirigindo-se a Crofton.

Poc! A rolha atrasada voou para fora da garrafa de Crofton, que se levantou de seu caixote e foi até a lareira. Ao retornar com sua captura, disse em tom solene:

— Nosso partido o respeita, ele era um cavalheiro.

— Você está certo, Crofton! — disse Henchy, enfático. — Ele era o único homem que conseguia colocar ordem naquele saco de gatos. "Sentem-se, seus cães! Deitem-se, seus vira-latas!" Era assim que ele os tratava. Entre, Joe! Entre! — gritou, ao ver que Hynes estava na porta.

Hynes caminhou lentamente para dentro.

— Abra outra garrafa de cerveja, Jack — ordenou Henchy. — Oh, me esqueci que não temos saca-rolhas! Dê aqui, me passe uma que eu ponho no fogo.

O velho lhe entregou a garrafa e ele a colocou na lareira.

— Sente-se, Joe — disse O'Connor —, estamos apenas falando do chefe.

— Sim, sim! — completou Henchy.

Hynes sentou-se junto à lateral da mesa, perto de Lyons, mas não se manifestou.

— Existe uma pessoa, de qualquer forma — começou Henchy —, que não o renegou. Por Deus, eu falo por você, Joe! Não, por Deus, você permaneceu firme como homem, fiel a ele!

— Oh, Joe — disse O'Connor, do nada. — Mostre-nos aquele poema que você escreveu. Lembra? Está aí com você?

— Oh, isso mesmo! — reforçou Henchy. — Mostre para nós. Você já ouviu, Crofton? Pois ouça agora: que coisa esplêndida.

— Vá em frente, Joe — disse O'Connor. — Declama logo!

Hynes não parecia se lembrar de imediato do poema ao qual estavam se referindo, mas, depois de refletir um pouco, declarou:

— Ah, sim, agora me lembrei… Claro, mas já ficou velho…

— Desembucha, homem! — reforçou O'Connor.

— Psiu, psiu — disse Henchy. — Agora, Joe!

Hynes hesitou por algum tempo. Então, em meio ao silêncio geral, tirou o chapéu, colocou-o sobre a mesa e se levantou. Parecia estar ensaiando o poema em sua mente. Depois de uma longa pausa, anunciou:

A MORTE DE PARNELL

6 de outubro de 1891

Hynes soltou um ou dois pigarros para limpar a garganta, e em seguida começou a declamar:

Ele está morto. Nosso Rei Não Coroado está morto.
  Ó, Irlanda, chore com aflição e pesar

Pois jaz morto, aquele a quem a gangue cruel
    Dos hipócritas modernos fez tombar.

Jaz morto pelos cães covardes
    Ele que se levantou do lodo para a glória;
E as esperanças da Irlanda e os sonhos da Irlanda
    Pereceram na pira de seu monarca.

No palácio, no chalé ou no berço,
    O coração irlandês, onde quer que esteja
Está arqueado de tristeza — pois ele se foi,
    Ele, quem teria forjado o nosso destino.

Teria tornado famosa a sua Irlanda,
    A bandeira verde gloriosamente desfraldada,
Seus estadistas, bardos e guerreiros, orgulhosos
    Diante das Nações do Mundo.

Ele sonhou (ah, que pena, foi só um sonho!)
    Com a Liberdade: mas enquanto se esforçava
Para alcançar aquele ideal, a traição
    O separou daquilo que mais amava.

Que vergonha, as mãos covardes e gananciosas
    Que feriram seu Senhor ou, com um beijo,
Traíram-no para uma horda
    De padres bajuladores — nenhum que fosse seu amigo.

Que a vergonha eterna consuma
    A memória daqueles que tentaram

Manchar e difamar o exaltado nome
De alguém que em seu orgulho os rejeitou;

Caiu como caem os poderosos.
Nobremente destemido até o fim,
E a morte agora o irmanou
Aos antigos heróis da Irlanda.

Nenhum som de luta perturbará seu sono!
Calmamente, ele repousa: nenhuma dor humana
Ou elevada ambição poderá agora estimulá-lo
Aos píncaros da glória atingir.

Eles tiveram o que pretendiam: derrubaram-no.
Mas Irlanda, ouça, o espírito dele pode
Se levantar, como a Fênix renascida das chamas,
Quando romper da madrugada a aurora,

Do dia que nos trará o reino da Liberdade.
E naquele dia em que a Irlanda finalmente poderá
Brindar com a taça erguida à Felicidade
Uma tristeza restará — a memória de Parnell.

Hynes sentou-se novamente à mesa. Quando terminou de declamar, houve um silêncio e então se ouviu uma explosão de aplausos: até mesmo Lyons bateu palmas. Os aplausos continuaram por algum tempo. Depois que cessaram, todos beberam de suas garrafas em silêncio.

Poc! A rolha voou da garrafa de Hynes, mas ele permaneceu sentado, corado e com a cabeça descoberta. Não pareceu ter ouvido o chamado.

— Muito bem, Joe! — falou O'Connor, pegando o papel de cigarro e a caixa de tabaco para tentar disfarçar a emoção.

— O que você achou desse poema, Crofton? — perguntou Henchy. — Não é maravilhoso? Não é?

Crofton respondeu que era uma belíssima composição.

Mãe

O sr. Holohan, secretário-assistente da Eire Abu Society, a Sociedade para a Vitória da Irlanda, andava para cima e para baixo em Dublin por quase um mês, com as mãos e os bolsos cheios de pedaços de papel amarfanhados, organizando uma série de concertos. Ele tinha uma perna postiça e por isso seus amigos o chamavam de Hoppy Holohan, o Saltitante Holohan. Andava sem cessar de um lado a outro, ficava de pé nas esquinas discutindo detalhes e fazia anotações; mas no fim das contas, foi a sra. Kearney quem organizou tudo.

A srta. Devlin se tornou a sra. Kearney por despeito. Ela foi educada em um colégio de freiras de prestígio, onde aprendeu francês e música. Como era naturalmente pálida e de personalidade rígida, fez poucos amigos na escola. Quando chegou à idade de se casar, foi enviada para muitas casas, onde seu estilo ao piano e modos refinados eram bastante admirados. Acabou por se acomodar em seus méritos, esperando por algum pretendente que a cativasse e lhe oferecesse uma vida cintilante. Mas os jovens que conheceu eram simplórios e ela não os encorajou, tentando consolar seus desejos românticos comendo, em segredo, uma grande quantidade de balas de goma. No entanto, quando chegou perto da idade limite e as pessoas passaram a fazer comentários, ela os silenciou casando-se com o sr. Kearney, um sapateiro no cais Ormond.

Ele era bem mais velho. Seus comentários, sempre graves, jorravam intermitentemente pela sua espessa barba marrom. Após o primeiro ano de vida de casada, a sra. Kearney se deu conta que tal homem servia a ela melhor do que uma pessoa romântica, mas jamais abandonou seus ideais românticos. Ele era sóbrio, econômico e devoto, comungava toda primeira sexta-feira do mês, às vezes com ela, mas quase sempre sozinho. Mas ela nunca fraquejou em sua religiosidade e foi uma boa esposa para ele. Em qualquer evento a que fossem, bastava que subisse ligeiramente a sobrancelha para que ele se levantasse de imediato e se despedisse. Quando alguma tosse o incomodava, ela aquecia os pés dele com uma colcha e preparava um forte ponche com rum. Era um pai modelo. Ao pagar uma pequena quantia toda semana para uma associação, assegurou que cada uma de suas duas filhas tivessem um dote de cem libras quando completassem vinte e quatro anos. Enviou a filha mais velha, Kathleen, para um bom colégio de freiras, onde ela aprendeu francês e música, e depois pagou suas mensalidades no Conservatório. Todos os anos, no mês de julho, a sra. Kearney encontrava ocasião para dizer a alguma amiga:

— Meu bom marido está nos enviando para passar algumas semanas em Skerries.

Se não fosse em Skerries, seria em Howth ou em Greystones.

Quando o Renascimento Irlandês começou a se tornar um movimento cultural importante, a sra. Kearney decidiu tirar vantagem do nome mítico da filha e contratou para ela uma professora de gaélico, a língua nacional irlandesa. Kathleen e sua irmã enviavam cartões postais escritos em gaélico para seus amigos, e esses amigos enviavam de volta cartões postais também escritos no idioma. Em certos domingos, quando o sr. Kearney ia com sua família para a igreja Matriz, uma pequena multidão se reunia na esquina próxima após a missa. Eles eram todos amigos dos Kearney — amigos musicais ou amigos nacionalistas. E, depois de trocarem todas as fofocas do dia, apertavam as mãos uns dos outros, rindo por haver tantas mãos juntas, e se despediam uns dos outros em gaélico. Logo o nome da srta. Kathleen Kearney começou a ser repetido pelas pessoas, que gostavam dela e a consideravam muito boa em música. Além disso, valorizavam a dedicação dela no esforço de retomada da língua gaélica. A sra. Kearney ficava muito contente com aquilo. Portanto, não se surpreendeu quando, um dia, o sr. Holohan veio propor que sua filha fosse a acompanhante em uma série de quatro grandes concertos que sua Sociedade levaria nos auditórios do Antient Concert Rooms. Ela o conduziu até a sala de estar, o convidou a se sentar e trouxe a jarra de bebida e o pote de prata de biscoitos. E entrou de corpo e alma nos detalhes do empreendimento, ora aconselhando, ora dissuadindo: no fim, foi elaborado um contrato, pelo qual Kathleen receberia oito guinéus por seus serviços musicais nos quatro grandes concertos.

Já que Holohan era inexperiente em questões complexas como prestação de contas e redação dos programas musicais, a sra. Kearney o ajudou. Ela tinha jeito para a coisa. Sabia quais artistas deveriam aparecer em letras maiúsculas e quais entrariam em minúsculas. Sabia que o primeiro tenor não gostaria de atuar após a apresentação cômica do sr. Meade. Para manter o público sempre entretido, inseria os trechos duvidosos entre os notoriamente favoritos. Holohan a procurava todos os dias para pedir conselhos sobre uma questão ou outra. E ela se comportava invariavelmente de maneira amigável e generosa — fazendo, na verdade, com que ele se sentisse em casa. Ela moveu a jarra em direção a ele, dizendo:

— Sirva-se à vontade, sr. Holohan!

E, enquanto ele se servia, disse:

— Não se preocupe! Não se preocupe com nada disso!

E tudo correu bem. A sra. Kearney comprou uma linda fita de seda azul e rosa, na loja Brown Thomas, para decorar a frente do vestido de Kathleen. Custou um bom dinheiro, mas há ocasiões em que uma pequena despesa é justificável. Separou uma dúzia de ingressos de dois xelins para o concerto final e os enviou para aqueles amigos que, sabia, não iriam se tivessem que pagar. Não se esqueceu de nada e, graças a ela, tudo o que era necessário foi feito.

Os concertos foram marcados para quarta, quinta, sexta e sábado. Quando a sra. Kearney chegou com sua filha ao Antient Concert Rooms na quarta-feira à noite, não gostou do que viu. Os jovens atendentes, com distintivos azuis em seus casacos, estavam parados na entrada. Nenhum deles usava traje a rigor. Ela entrou com a filha e uma rápida olhada pela porta aberta do salão mostrou a causa da ociosidade dos rapazes. A princípio, ela se perguntou se havia se enganado quanto ao horário. Não, eram vinte para as oito.

No camarim, atrás do palco, ela foi apresentada ao secretário da Sociedade, o sr. Fitzpatrick. Ela sorriu e apertou a mão dele. Era um homem baixo, com um rosto branco e inexpressivo. Ela notou que ele usava um chapéu marrom mal encaixado na cabeça e que falava com sotaque tedioso. Trazia um programa na mão e, enquanto falava com ela, mastigava uma ponta do papel até que se transformasse numa polpa encharcada. Fitzpatrick parecia suportar as decepções com leveza. Holohan entrava e saía do camarim o tempo todo, trazendo os relatórios da bilheteria. Os artistas conversavam nervosamente entre si, olhavam de vez em quando para o espelho e enrolavam e desenrolavam suas partituras. Quando eram quase oito e meia, as poucas pessoas no salão começaram a expressar seu desejo de assistir ao espetáculo. O sr. Fitzpatrick subiu ao palco e, com um sorriso neutro, anunciou:

— Muito bem, senhoras e senhores. Está na hora de darmos início ao baile!

A sra. Kearney reagiu ao final do muito enfadonho anúncio com um rápido olhar de desprezo, então se dirigiu à filha em um tom encorajador:

— Você está pronta, querida?

Tão logo a oportunidade surgiu, ela chamou Holohan de lado e pediu que explicasse o significado daquilo. Ele não sabia o que dizer.

Falou que o comitê havia errado ao organizar quatro concertos em sequência: era muita coisa.

— E temos os cantores! — disse a sra. Kearney. — É claro que estão fazendo o melhor que podem, mas, de fato, não são grande coisa.

Holohan admitiu que os cantores não eram muito bons, mas o comitê, falou, decidiu não priorizar os três primeiros concertos, reservando os principais talentos para a noite de sábado. A sra. Kearney não falou nada, mas, conforme as apresentações medíocres iam se sucedendo no palco, e as já poucas pessoas no auditório não paravam de escassear, começou a se arrepender de ter se esforçado tanto para viabilizar aqueles concertos. Não estava gostando da maneira como tudo se desenrolava, e o sorriso vazio do sr. Fitzpatrick a irritava profundamente. No entanto, não disse nada e esperou para ver como aquilo terminaria. O concerto acabou pouco antes das dez, e todos foram embora depressa.

O concerto na quinta-feira à noite contou com um pouco mais de público, mas a sra. Kearney percebeu logo que a maior parte das pessoas entrara sem pagar nada. O público se comportou indecorosamente, como se o concerto fosse um mero ensaio. O sr. Fitzpatrick parecia estar se divertindo, sem perceber que a sra. Kearney prestava atenção, indignada, em sua conduta. Ele ficou perto da cortina, de vez em quando esticando a cabeça e trocando risadas com dois amigos no balcão superior. No decorrer da noite, a sra. Kearney soube que o concerto de sexta-feira seria cancelado e que o comitê moveria o céu e a terra para garantir um grande sucesso na noite de sábado. Quando ouviu aquilo, saiu em busca de Holohan, abordando-o no momento em que ele saía, saltitante, levando um copo de limonada para uma jovem, e perguntou se era verdade. Sim, era.

— Mas, é claro, isso não altera o contrato de minha filha — argumentou ela. — O contrato prevê quatro concertos.

Holohan parecia estar com pressa, e a aconselhou a falar com o sr. Fitzpatrick. A sra. Kearney estava começando a ficar alarmada. Chamou o sr. Fitzpatrick para uma conversa longe da cortina, e disse a ele que sua filha havia assinado um contrato para quatro concertos e que, naturalmente, de acordo com os termos, deveria receber a quantia estipulada no início, independentemente da sociedade apresentar os quatro concertos ou não. O sr. Fitzpatrick, que não entendeu de imediato a questão, pareceu incapaz de resolver o assunto e disse que a levaria ao comitê. A raiva da sra. Kearney começou a se manifestar em sua face, e ela fez o que pôde para não perguntar *que diabos era, afinal, o comitê*. E, sabendo que não seria adequado para uma dama manifestar aquela dúvida, preferiu ficar quieta.

Na sexta-feira de manhã, garotos foram enviados para as principais ruas de Dublin com maços de panfletos. Anúncios especiais apareceram em todos os jornais vespertinos, lembrando ao público amante da música a surpresa que os aguardava na noite seguinte. A sra. Kearney ficou um pouco mais tranquila, mas achou melhor compartilhar suas suspeitas com o marido. Ele ouviu atentamente, e disse que talvez fosse melhor se estivesse junto com elas no sábado à noite. Ela concordou, pois respeitava o marido da mesma forma que respeitava os Correios, como algo grande, seguro e sólido. Embora reconhecesse a escassez de seus talentos, apreciava seu valor abstrato como homem. Ficou feliz que ele tivesse sugerido ir com elas ao concerto. E refletiu sobre seus planos.

Chegou a noite do grande concerto. A sra. Kearney, com o marido e a filha, entrou no Antient Concert Rooms quarenta e cinco minutos antes do horário da abertura. Por azar, era uma noite chuvosa. A sra. Kearney deixou as roupas e a música de sua filha a cargo de seu marido e percorreu o prédio inteiro em busca de Holohan ou do sr. Fitzpatrick, mas não conseguiu encontrar nenhum dos dois. Perguntou aos recepcionistas se havia algum membro do comitê por ali e, depois de muito trabalho, um deles a levou até uma pequena mulher chamada srta. Beirne, a quem ela explicou que queria ver um dos secretários. A srta. Beirne respondeu que eles estavam para chegar e perguntou se poderia ajudar de alguma maneira. A sra. Kearney olhou atentamente para aquele rosto envelhecido, que trazia uma expressão de confiança e entusiasmo, e respondeu:

— Não, obrigada.

A pequena mulher esperava que tivessem a casa cheia. Olhou para a chuva, até que a melancolia da rua molhada acabou por apagar toda a confiança e entusiasmo de suas feições distorcidas. Então soltou um pequeno suspiro e disse:

— Bem, você sabe, nós fizemos o possível.

A sra. Kearney precisava retornar ao camarim.

Os cantores estavam chegando. O baixo e o segundo tenor já estavam lá. O baixo, Duggan, era um jovem esguio com um grande bigode preto. Era filho do porteiro de um escritório no centro da cidade e, quando menino, cantava notas graves e prolongadas que ressoavam no salão do prédio. Desse humilde ponto de partida, evoluiu até se tornar um cantor lírico de primeira linha, e conseguiu participar de uma ópera importante. Uma noite, quando um cantor caiu doente, ele assumiu o papel do rei na ópera *Maritana*, no Queen's Theatre. Cantou sua parte com grande sentimento e vigor, sendo calorosamente aplaudido pelo público. Porém, infelizmente, estragou a boa impressão inicial ao limpar o nariz, uma ou duas vezes, com suas luvas. Era modesto e falava pouco. Pronunciava "você" com tanta delicadeza que passava despercebido e nunca, para o bem de sua voz, bebia nada além de leite. Bell, o segundo tenor, era um homenzinho loiro que competia todos os anos por prêmios no tradicional festival de música irlandesa Feis Ceoil. E ganhou a medalha de bronze em sua quarta tentativa. Estava extremamente nervoso e sentia muito ciúmes dos outros tenores, sentimento que disfarçava exibindo uma simpatia efervescente. Gostava que as pessoas soubessem o quão difícil um concerto era para ele. Portanto, quando viu Duggan, foi até ele e perguntou:

— Você também está no espetáculo?

— Sim — respondeu Duggan.

Bell riu de seu colega de sofrimento e estendeu a mão para cumprimentá-lo, desejando boa sorte.

A sra. Kearney passou pelos dois jovens e foi até a beira do palco para espiar a plateia. Os assentos estavam sendo rapidamente preenchidos e um barulho agradável circulava no auditório. Ela voltou e falou, em particular, com o marido. A conversa foi, evidentemente, sobre Kathleen, pois ambos olhavam para ela com frequência enquanto a menina conversava com uma de suas amigas nacionalistas, a srta. Healy, a contralto. Uma mulher desconhecida e solitária com o rosto pálido caminhou pela sala. As mulheres seguiram com olhos penetrantes o vestido azul desbotado que estava esticado sobre um corpo magro. Alguém falou que se tratava de Madame Glynn, a soprano.

— Fico me perguntando onde é que a desenterraram — comentou Kathleen à srta. Healy — Tenho certeza de que nunca ouvi falar dela.

A srta. Healy não conseguiu conter o riso. Holohan entrou naquele instante no camarim, mancando, e as duas jovens perguntaram a ele quem era aquela mulher desconhecida. Ele respondeu que era Madame Glynn, de Londres. Madame Glynn estava em um canto da sala, segurando, com força, a partitura, e de tempos em tempos mudava a direção de seu olhar assustado. A sombra disfarçou seu vestido desbotado, mas pôs à mostra uma reentrância na clavícula. O barulho da plateia ia ficando mais forte. O primeiro tenor e o barítono chegaram juntos. Ambos estavam bem-vestidos e confiantes, trazendo um sopro de opulência ao grupo.

A sra. Kearney levou a filha até eles e deu início a uma conversa amigável. Ela queria ficar em bons termos com ambos, mas, enquanto se esforçava para ser educada, seus olhos seguiam Holohan em seus passos mancos e tortuosos. Assim que pôde, pediu desculpas e foi atrás dele.

— Sr. Holohan, preciso falar-lhe por um minuto — disse ela.

Os dois desceram até uma parte mais reservada do corredor. A sra. Kearney perguntou a ele quando sua filha seria paga. Holohan disse que o sr. Fitzpatrick estava encarregado disso. Ela respondeu que não sabia nada sobre o sr. Fitzpatrick. Sua filha havia assinado um contrato de oito guinéus e deveria ser paga. Holohan respondeu que o assunto não era da conta dele.

— Como assim, não é da sua conta? — perguntou a sra. Kearney. — Pois não foi você em pessoa que levou o contrato para ela? De qualquer forma, se não é da sua conta, é da minha, e vou cuidar disso.

— É melhor mesmo que a senhora converse com o sr. Fitzpatrick — respondeu Holohan.

— Não tenho nenhuma questão com o sr. Fitzpatrick — insistiu. — O que tenho é um contrato, e pretendo vê-lo honrado.

Quando ela voltou ao camarim, suas bochechas estavam levemente coradas. O ambiente ali estava animado. Dois homens em trajes de passeio se plantaram diante da lareira e conversavam de maneira relaxada com a srta. Healy e o barítono. Um era o repórter do *Freeman's Journal* e o outro, o jornalista O'Madden Burke. O repórter tinha entrado para explicar que não poderia esperar pelo concerto, pois precisava cobrir a palestra que um sacerdote americano estava dando na sede do governo. Explicou que deveriam deixar o relato para ele na redação da *Freeman's* e que ele daria um jeito de publicar. Era um homem de cabelos grisalhos, voz agradável e bons modos. Segurava um charuto apagado na mão, mas o aroma da fumaça continuava a flutuar em volta dele. Não pretendia se demorar, porque concertos e artistas o entediavam, mas permaneceu recostado na lareira. A srta. Healy estava diante dele, conversando e rindo. Ele era velho o bastante para suspeitar das intenções da moça, mas jovem o suficiente para aproveitar o momento. O calor, a fragrância e a cor do corpo dela despertavam seus sentidos. Ele estava agradavelmente consciente de que os seios que via subir e descer vagarosos diante dele faziam-no pensar que o riso, a fragrância e os olhares obstinados eram um tributo a ele. Quando, enfim, foi obrigado a ir embora, despediu-se dela com pesar.

— O'Madden Burke escreverá a matéria — explicou a Holohan —, e eu a publicarei.

— Muito obrigado, sr. Hendrick — respondeu Holohan. — Você cuidará para que seja publicada, tenho certeza. Mas e agora, não quer beber alguma coisa antes de sair?

— Não seria nada mal — respondeu Hendrick.

Os dois avançaram por algumas passagens tortuosas, subiram uma escada escura e chegaram a uma sala isolada onde um mordomo abria garrafas para alguns cavalheiros. Um deles era O'Madden Burke, que havia, por instinto, descoberto a sala. Ele era um idoso gentil que apoiava seu corpo volumoso sobre um grande guarda-chuva de seda. Seu nome pomposo, de estilo ocidental, era o guarda-chuva moral sobre o qual ele equilibrava o delicado problema de suas finanças. Era bastante respeitado.

Enquanto Holohan entretinha o repórter do *Freeman's Journal*, a sra. Kearney falava tão excitada com o marido que ele foi obrigado a pedir que ela abaixasse a voz. As conversas, nos bastidores, estavam tensas. Bell, que faria o primeiro número, estava com sua partitura, pronto, mas a pianista não se movia. Era evidente que algo estava errado. O sr. Kearney olhava adiante, coifando a barba, enquanto a mulher sussurrava no ouvido de Kathleen. Da plateia vinham sons de incentivo, palmas e batidas de pés. O primeiro tenor, o barítono e a srta. Healy estavam juntos, esperando tranquilamente, mas Bell estava nervoso, pois temia que o público pensasse que ele é quem se atrasara.

Holohan e O'Madden Burke entraram na sala. Holohan percebeu de imediato o silêncio que reinava ali. Ele foi até a sra. Kearney e falou sério com ela. Enquanto conversavam, o barulho na plateia ficava cada vez mais alto. Holohan estava nervoso, com a face enrubescida. Falava sem parar, enquanto a sra. Kearney respondia, seca, de tempos em tempos:

— Ela não vai se apresentar. Antes disso, precisa receber os oito guinéus.

Holohan apontava desesperado para a plateia, onde o público batia palmas e os pés. Apelou para o sr. Kearney e para Kathleen. Mas o sr. Kearney continuou a coifar sua barba e Kathleen olhou para baixo, movendo a ponta de seu sapato novo: não era culpa dela. A sra. Kearney repetiu:

— Sem o dinheiro ela não vai.

Após um rápido duelo verbal, Holohan saiu às pressas, mancando. O lugar estava em silêncio. Quando a tensão no ar ficou insuportável, a srta. Healy falou ao barítono:

— Teve notícias da srta. Pat Campbell esta semana?

O barítono não a tinha visto, mas disseram a ele que estava tudo bem. A conversa não prosseguiu. O primeiro tenor abaixou a cabeça e começou a contar os elos da corrente de ouro que estava estendida em sua cintura, sorrindo e cantarolando notas aleatórias para observar o efeito na cavidade frontal. Vez por outra, todos olhavam para a sra. Kearney.

Os ruídos no auditório já haviam se transformado em clamor quando Fitzpatrick irrompeu na sala, seguido por um ofegante Holohan. As palmas e os passos no salão foram acrescidos por assobios. Fitzpatrick levava algum dinheiro. Ele depositou quatro notas na mão da sra. Kearney e disse que ela receberia a outra metade no intervalo. Ela contestou:

— Estão faltando quatro xelins.

Mas Kathleen ajeitou o vestido e disse para o tenor, que tremia como um galho de árvore: "Vamos, sr. Bell". O cantor e a acompanhante entraram juntos. O barulho no auditório cessou. Houve uma pausa de alguns segundos, e então o piano foi ouvido.

A primeira parte do concerto foi muito bem-sucedida, exceto pela parte de Madame Glynn. A pobre senhora cantou *Killarney* com uma voz ofegante e sem intensidade, com todos os antiquados maneirismos de entonação e pronúncia que, acreditava, emprestavam elegância ao canto. Ela parecia ter sido ressuscitada de um velho guarda-roupas de palco, e as pessoas nos lugares mais baratos da plateia zombavam de suas notas agudas e lamentosas. O primeiro tenor e o contralto, no entanto, fizeram estremecer a audiência. Kathleen tocou uma seleção de canções irlandesas que foi generosamente aplaudida. A primeira parte fechou com uma recitação patriota emocionante feita por uma jovem que organizava peças teatrais amadoras. Foi intensa e merecidamente aplaudida; e, quando terminou, as pessoas saíram felizes para o intervalo.

Durante todo esse tempo, os bastidores, excitados, pareciam uma colmeia. Em um canto estavam Holohan, Fitzpatrick, a srta. Beirne, dois comissários, o barítono, o baixo e O'Madden Burke. Este último comentou que foi a exibição mais escandalosa que já vira. Depois daquela noite, a carreira musical da srta. Kathleen Kearney em Dublin havia terminado. O barítono foi questionado sobre o que ele achava da conduta da sra. Kearney. Mas ele não quis comentar. Havia recebido seu dinheiro e preferia ficar bem com todos. No entanto, falou que a sra. Kearney deveria ter tido mais consideração pelos cantores. Os comissários e os secretários debateram acaloradamente sobre o que deveria ser feito quando chegasse o intervalo.

— Concordo com a srta. Beirne — completou O'Madden Burke. — Não paguem mais nada.

Num outro canto da sala estavam a sra. Kearney e seu marido, Bell, a srta. Healy e a jovem que recitara a peça patriota. A sra. Kearney disse que o Comitê a havia tratado de maneira escandalosa. Que ela não havia poupado nem trabalho e nem despesas para aquilo, e era assim que estava sendo recompensada.

Pensaram que lidavam apenas com uma garota inexperiente e que, portanto, poderiam passar por cima. Mas ela mostraria o quanto estavam enganados. Não teriam ousado tratá-la daquele jeito se fosse um homem. Mas faria com que sua filha recebesse pelo que era seu direito. Não seria enganada. Se não pagassem até o último centavo, ela faria Dublin tremer. Claro que lamentava pelos cantores. Mas o que mais poderia ter feito? Ela apelou para o segundo tenor, que comentou que ela não havia sido bem tratada. Então apelou para a srta. Healy. Ela gostaria de se juntar ao outro grupo, mas não fez isso, porque era amiga de Kathleen, e também porque os Kearney a recebiam frequentemente em casa.

Assim que a primeira parte terminou, Holohan e o sr. Fitzpatrick se aproximaram da sra. Kearney e disseram a ela que os quatro guinéus restantes seriam pagos após a reunião do comitê, na terça-feira seguinte, e que, caso sua filha não tocasse na segunda parte, o comitê consideraria o contrato rompido e não pagaria mais nada.

— Não sei de nenhum comitê — retrucou a sra. Kearney, enraivecida. — Minha filha tem um contrato. Ela receberá os quatro guinéus que faltam ou não voltará a pôr os pés naquele palco.

— Estou surpreso com sua atitude, sra. Kearney — Holohan declarou. — Jamais imaginei que a senhora nos trataria desta maneira.

— E como os senhores me trataram? — replicou a sra. Kearney.

Seu rosto estava inundado pelas cores do ódio, e ela parecia estar prestes a atacar alguém com as próprias mãos.

— Só estou exigindo os meus direitos.

— A senhora poderia ter um mínimo de decência — reprovou Holohan.

— Poderia, mesmo?... Mas, quando perguntei quando minha filha iria receber, não consegui uma única resposta decente.

Ela negou com a cabeça e falou, com voz altiva:

— O senhor precisa falar com o secretário. Isso não é problema meu. Sou uma ótima pessoa, o resto é blá-blá-blá.

— Pensei que a senhora fosse uma dama — disse Holohan, afastando-se abruptamente.

Depois disso, a conduta da sra. Kearney foi condenada por todos, que aprovaram o que o comitê havia decidido. Ela ficou na porta, tomada pela raiva, discutindo e gesticulando com o marido e a filha. Aguardou até a hora da segunda parte começar, na esperança de que algum secretário se aproximasse dela. Mas a srta. Healy, com gentileza, consentiu em tocar um ou dois acompanhamentos. A sra. Kearney teve que se afastar para permitir que o barítono e seu acompanhante entrassem no palco. Ficou imóvel por alguns instantes, como uma pedra furiosa e, quando as primeiras notas da música atingiram seu ouvido, pegou o capote da filha e ordenou ao marido:

— Chame um táxi!

Ele saiu no mesmo instante. A sra. Kearney cobriu a filha com a capa e foi atrás dele. Ao passar pela porta, parou e olhou fixamente para o rosto de Holohan.

— Ainda temos contas a ajustar — disse ela.

— Não temos mais nada a conversar — respondeu Holohan.

Kathleen, obediente, seguiu os passos da mãe. Holohan começou a andar de um lado para o outro na sala, tentando se acalmar, com a face em chamas.

— Aquela é uma grande dama! — exclamou. — Ah, que grande dama!

— Você fez a coisa certa, Holohan — disse O'Madden Burke, apoiado em seu guarda-chuva num sinal de aprovação.

Graça

Dois sujeitos que estavam no banheiro naquele momento tentaram levantá-lo: mas ele estava completamente desacordado. Encontrava-se deitado ao pé da escada da qual havia despencado. Conseguiram virá-lo de barriga para cima. Seu chapéu rolara para longe e suas roupas estavam manchadas com a sujeira do chão em que ele havia caído de bruços. Os olhos estavam fechados e ele mais grunhia do que respirava. Um fino fio de sangue escorria do canto da boca.

Os dois homens e um dos garçons o carregaram escada acima e o deitaram novamente no chão do bar. Em dois minutos já estava rodeado por outras pessoas. O gerente do bar perguntou a todos quem era e quem estava com ele. Ninguém sabia quem era, mas um dos garçons disse ter servido uma dose de rum ao cavalheiro.

— Ele estava sozinho? — perguntou o gerente.

— Não, senhor. Havia mais dois com ele.

— E onde estão?

Ninguém sabia. Alguém falou:

— Deixem-no respirar algum ar, ele está desmaiado.

O círculo de curiosos, como um elástico, se abriu depois voltou a se fechar. Uma medalha de sangue escura se formou no ladrilho do chão perto da cabeça do homem. O gerente, assustado com a palidez acinzentada do sujeito, mandou chamar a polícia.

Desabotoaram-lhe o colarinho e afrouxaram o nó da gravata. Ele abriu os olhos por um instante, suspirou e os fechou novamente. Um dos sujeitos que o carregara escada acima segurava um chapéu amassado na mão. O gerente perguntou repetidamente se ninguém sabia quem era o sujeito ou onde estavam seus amigos. A porta do bar se abriu e um policial enorme entrou. A multidão que o seguira pela viela se reuniu do lado de fora, tentando enxergar a cena pelo vidro.

O gerente imediatamente começou a contar o que sabia. O policial, um jovem com feições grosseiras e inexpressivas, apenas ouvia. Ele moveu a cabeça devagar para a direita e para a esquerda, do gerente para a pessoa no chão, como se temesse ser vítima de alguma ilusão. Então tirou a luva, pegou a caderneta que estava na cintura, lambeu a ponta do lápis e se preparou para escrever, perguntando com um desconfiado sotaque provinciano:

— Quem é o sujeito? Como se chama, onde ele mora?

Um jovem em trajes de ciclismo abriu caminho por entre o círculo de espectadores. Ele se ajoelhou ao lado do homem desacordado e pediu água. O policial também se ajoelhou para ajudar. O jovem lavou o sangue da boca do ferido e pediu um pouco de conhaque. O policial repetiu a ordem com uma voz autoritária até que um garçom veio correndo com o copo. O conhaque foi forçado garganta abaixo. Em poucos segundos ele abriu as pálpebras e olhou ao redor. Viu o círculo de rostos e então, parecendo entender o que estava acontecendo, se esforçou para se levantar.

— Você está se sentindo melhor agora? — perguntou o jovem com trajes de ciclismo.

— Sim, estou, não foi nada — respondeu o sujeito, tentando ficar de pé.

Ajudaram-no a se levantar. O gerente falou algo sobre um hospital e algumas das pessoas em volta deram conselhos. O chapéu surrado foi devolvido à cabeça do homem. O policial perguntou:

— Onde você mora?

O sujeito, sem responder, começou a enrolar a ponta do bigode, fazendo pouco-caso do acidente. “Não foi nada”, disse, com voz enrolada: “foi só um acidente, nada sério.”

— Onde é que você mora? — repetiu o policial.

O sujeito pediu que chamassem um táxi. Enquanto debatiam a questão, um homem alto e ágil, de pele clara, usando um longo sobretudo amarelo, veio do outro lado do bar. Vendo a cena, exclamou:

— Olá, Tom, meu velho, o que está acontecendo aqui?

— Ah, nada demais — respondeu o sujeito.

O recém-chegado deu uma boa olhada na figura deplorável diante dele e se voltou para o policial, dizendo:

— Está tudo certo, meu caro. Eu vou levá-lo para casa.

O policial fez sinal de continência e respondeu:

— Está bem, sr. Power!

— Venha comigo, Tom — falou Power, segurando o braço do amigo. — Nenhum osso quebrado, certo? O quê? Você consegue andar?

O jovem em trajes de ciclismo segurou o outro braço do sujeito e a multidão abriu passagem para eles.

— Como é que você foi se meter nessa confusão, Tom? — perguntou Power.

— Ele despencou escada abaixo. — contou o jovem.

— To’mui... to gradeci... do a v’cê, meu a... migo. — disse o acidentado.

— Não por isso.

— V’amos to... mar uma?

— Agora não. Agora não.

Os três saíram do bar e a multidão se dissipou, passando pelas portas em direção ao beco. O gerente levou o policial até as escadas para inspecionar a cena do acidente. Eles concordaram que o cavalheiro provavelmente se desequilibrara. Os clientes retornaram ao balcão e um garçom começou a limpar os restos de sangue do chão.

Quando chegaram à Grafton Street, Power assobiou para uma charrete usada como táxi. O sujeito acidentado falou, novamente, da melhor maneira que pôde:

— T'muit... agradeci... d'ao senhor. Esp'ro encontr... alo bre... ve meu nom... Ker... nan.

A queda e a dor já estavam reduzindo os efeitos da embriaguez.

— Não falemos disso agora — retrucou o jovem.

Despediram-se com aperto de mãos. Kernan foi arrastado para dentro da charrete e, enquanto Power dava instruções ao cocheiro, agradeceu ao jovem e lamentou que não pudessem tomar um drinque juntos.

— Um dia desses — respondeu o jovem.

A charrete partiu em direção à Westmoreland Street. Ao passar pelo prédio da administração portuária, o relógio marcava nove e meia. Foram atingidos por um forte vento leste, que soprava da foz do rio. Kernan estava encolhido de frio. Seu amigo pediu que ele descrevesse o acidente.

— 'Ão con...sigo, 'ão con... sigo, 'inha lín... gua dói.

— Deixe-me ver.

O outro se inclinou e espiou a boca de Kernan, mas não dava para ver nada. Acendeu um fósforo e, abrigando-o na concha da mão, espiou outra vez a boca que Kernan, obedientemente, abriu. O movimento oscilante da charrete levou o fósforo para dentro e para fora da boca aberta. Os dentes inferiores e as gengivas estavam cobertos de sangue coagulado e um pequeno pedaço da língua parecia ter sido arrancado. O fósforo apagou.

— O negócio está feio — disse Power.

— Nah, 'ão foi nada — respondeu Kernan, fechando a boca e puxando para o pescoço a gola do casaco imundo.

Kernan era um representante comercial antiquado que acreditava na dignidade de sua profissão. Nunca tinha sido visto na cidade sem seu chapéu minimamente decente e um bom par de polainas. Pela graça desses dois artigos de vestuário, dizia, um homem sempre poderia ser aprovado num teste. Ele continuou a tradição de seu próprio Napoleão, o famoso vendedor Blackwhite, cuja memória evocava às vezes, por lenda e imitação. Os métodos comerciais modernos o pouparam apenas até o ponto de usar um pequeno escritório na Crowe Street, em cuja janela estavam escritos o nome e o endereço de sua empresa — *London, E.C.* Na lareira do escritório, um pequeno batalhão de latas de chumbo estava enfileirado e havia, na mesa diante da janela, quatro ou cinco tigelas de porcelana com um líquido preto. Dessas tigelas, Kernan provou o chá. Tomou um gole, encheu a boca, fez um gargarejo e cuspiu-o na grelha. E então parou para julgar.

Power, bem mais jovem, trabalhava na força policial irlandesa, no Castelo de Dublin. O arco de sua ascensão social se cruzou com o arco do declínio de seu amigo, mas a decadência de Kernan era mitigada pelo fato de que alguns daqueles amigos que o conheceram no auge ainda estimavam a sua figura. Power era um deles. Suas inexplicáveis dívidas eram assunto frequente em seu círculo de amizades, e ele era um jovem muito amável.

A charrete parou diante de uma pequena casa na Glasnevin Street, e Kernan foi ajudado a entrar na residência. Sua esposa o colocou na cama enquanto Power sentou-se no andar de baixo, na cozinha, perguntando às crianças onde elas estudavam e que livro estavam lendo. As crianças — duas meninas e um menino, cientes do estado do pai e da ausência da mãe, começaram a brincar com ele. Ele ficou surpreso com os modos e sotaques das crianças, e fez um ar intrigado. Depois de algum tempo, a sra. Kernan entrou na cozinha, exclamando:

— Ah, que cena! Desse jeito ele vai acabar se matando. Está bebendo desde sexta-feira.

Power teve o cuidado de explicar a ela que não tivera responsabilidade, que presenciara o fato por mero acaso. A sra. Kernan, lembrando-se dos bons ofícios prestados por Power durante brigas domésticas, bem como muitos empréstimos, pequenos, mas oportunos, disse:

— Ah, nem precisaria me dizer isso, sr. Power. Sei que o senhor é um bom amigo dele, não como alguns dos outros com quem ele tem andado. Gostam dele, desde que esteja com dinheiro no bolso para poder mantê-lo longe da esposa e da família. Que bons amigos! Com quem ele estava esta noite, isso sim eu gostaria de saber?

Power assentiu com a cabeça, mas não falou nada.

— Sinto muito — prosseguiu ela —, mas não tenho nada em casa para oferecer ao senhor. Mas, se me der um minuto, trarei alguma coisa do Fogarty's, logo ali na esquina.

Power se levantou da cadeira.

— Estava esperando que ele chegasse em casa com o dinheiro. Ele parece nunca se lembrar que tem um lar.

— Ah, sra. Kernan — disse Power —, nós conseguiremos fazê-lo virar essa página. Falarei com Martin. Ele é o cara. Nós viremos aqui uma noite dessas e resolveremos isso.

Ela o acompanhou até a porta. O cocheiro, tentando se aquecer, andava de um lado para outro na calçada, sacudindo os braços.

— Foi muito gentil de sua parte trazê-lo para casa — agradeceu.

— Ora, isso não foi nada — respondeu Power.

Ele subiu na charrete. Enquanto se afastava, levantou alegremente o chapéu para ela, e gritou.

— Vamos fazer dele um novo homem! Boa noite, sra. Kernan!

O olhar intrigado da sra. Kernan observou a charrete até sumir de vista. E então ela entrou em casa e esvaziou os bolsos do marido.

A sra. Kernan era uma mulher de meia-idade, pragmática e ativa. Pouco tempo antes, havia celebrado as bodas de prata e renovado os laços com o marido, dançando uma valsa tocada por Power. Em seus dias de namoro, Kernan se mostrara uma figura elegante: e ela ainda corria para a porta da capela sempre que havia um casamento. Ao observar um casal, lembrava-se com vívido prazer de quão feliz havia saído da Igreja Estrela do Mar, em Sandymount, apoiada no braço de um homem jovial e educado, muito bem-vestido com um sobretudo e calças lilases, um chapéu de seda graciosamente equilibrado no outro braço. Depois de três semanas, começou a achar a vida de casada entediante e, algum tempo depois, quando estava começando a considerá-la insuportável, virou mãe. O novo papel não apresentava grandes dificuldades e, por vinte e cinco anos, ela cuidou muito bem da casa. Os dois filhos mais velhos estavam encaminhados. Um trabalhava em uma loja de tecidos em Glasgow e o outro era balconista de um comércio de chá em Belfast. Eram bons rapazes, escreviam regularmente e às vezes mandavam algum dinheiro para casa. As outras crianças ainda estavam na escola.

No dia seguinte, Kernan enviou uma carta para o escritório e permaneceu em repouso, na cama. Ela preparou para ele um caldo de carne, servido com uma bela bronca. A esposa aceitava as intemperanças dele como se fossem parte do clima, tratava-o diligentemente sempre que adoecia e todos os dias fazia com que tomasse um bom café da manhã. Havia maridos piores. Nunca tinha sido um pai violento, e ela sabia que ele iria até onde fosse preciso para poder satisfazer o menor desejo dela.

Dois dias depois, à noite, seus amigos vieram vê-lo. Ela os levou até o quarto, cujo ar estava impregnado de um odor próprio, e distribuiu as cadeiras em volta da lareira. A língua do sr. Kernan, cuja dor aguda, mas intermitente, o deixava profundamente irritado durante o dia, ficou, então, mais comportada. Ele se sentou na cama, apoiado em travesseiros, e a pouca cor em suas bochechas inchadas as deixava parecidas com cinzas na brasa. Pediu desculpas aos seus amigos pela desordem do quarto, mas ao mesmo tempo olhou para eles com um pouco de empáfia, com o orgulho dos veteranos.

Ele não tinha a menor ideia de que era vítima de uma conspiração que seus amigos Cunningham, M'Coy e Power haviam revelado à sra. Kernan na sala de estar. A ideia era de Power, mas a elaboração havia sido confiada a Cunningham. Kernan tinha origem protestante e, embora tivesse se convertido à fé católica na época do casamento, não frequentava a Igreja havia uns vinte anos. Ele gostava, além disso, de fazer piadas com o catolicismo.

Cunningham, um colega mais velho de Power, era a pessoa certa para a tarefa. Sua própria vida doméstica não era das mais felizes. As pessoas tinham grande simpatia por ele, pois sabia-se que havia se casado com uma mulher pouco recomendável, na realidade uma bêbada incurável. Ele havia montado a casa para ela seis vezes. E, em todas, ela havia penhorado os móveis.

Todo mundo respeitava o pobre Martin Cunningham. Era um homem sensato, influente e inteligente. Sua profundidade no conhecimento humano, a astúcia natural, aperfeiçoada pela longa trajetória dos casos policiais, havia sido temperada por breves imersões nas águas da filosofia. Era bem-informado. Seus amigos se curvavam às suas opiniões e achavam que ele era uma espécie de Shakespeare.

Quando o plano foi compartilhado com a sra. Kernan, ela disse:

— De minha parte, deixo tudo em suas mãos, sr. Cunningham.

Depois de vinte e cinco anos de casada, restavam-lhe poucas ilusões. A religião era pouco mais que um hábito, e ela suspeitava que um homem da idade de seu marido já não mudaria muito. Estava tentada a ver algo positivo no acidente e, se não pretendesse parecer uma pessoa sanguinária, teria dito àqueles cavalheiros que a língua do sr. Kernan não sofreria por ficar mais curta. No entanto, Cunningham era um homem capaz, e religião era religião. O esquema poderia ser bom e, no mínimo, não faria mal. As crenças dela não eram extravagantes. Acreditava firmemente no Sagrado Coração como a mais útil de todas as devoções católicas e aprovava os sacramentos. Sua fé era delimitada por sua cozinha, mas, em caso de necessidade, bem que poderia crer também em fadas da morte e no Espírito Santo.

Os amigos começaram a conversar sobre o acidente. Cunningham disse que soubera, no passado, de um caso semelhante. Um homem de setenta anos arrancou um pedaço da própria língua durante um ataque epilético, mas que a língua acabou se regenerando, de modo que ninguém conseguia identificar o menor vestígio da mordida.

— Não tenho setenta anos — comentou o enfermo.

— Deus me livre — emendou Cunningham.

— E agora, não está doendo? — perguntou M'Coy.

M'Coy já fora um tenor de algum prestígio. Sua esposa, uma soprano, ainda dava aulas de piano para crianças. Sua existência era instável, e em mais de uma ocasião sobrevivera de expedientes. Já havia sido escriturário na Midland Railway, vendedor de anúncios dos jornais *The Irish Times* e do *Freeman's*, caixeiro-viajante de uma empresa de carvão, detetive particular, escrevente do escritório do sub-xerife e, mais recentemente, passara a trabalhar como secretário do legista municipal. Seu novo trabalho o tornou interessado, de um ponto de vista profissional, no caso de Kernan.

— Doendo? Não muito — respondeu Kernan. — Mas a sensação é péssima. Me sinto como se estivesse prestes a vomitar.

— É ressaca, por causa da bebida — disse Cunningham, convicto.

— Não — respondeu Kernan. — Acho que peguei um resfriado na charrete. Tem alguma coisa presa na minha garganta, deve ser catarro ou...

— Muco — emendou M'Coy.

— Não para de subir da minha garganta, é uma coisa nojenta.

— Sim, claro — disse M'Coy —, é do tórax.

Com um ar de desafio, olhou ao mesmo tempo para Cunningham e Power. Cunningham assentiu rapidamente e Power falou:

— Tudo está bem quando acaba bem.

— Serei eternamente grato a você, meu velho! — disse o enfermo.

Power minimizou o comentário com um gesto de mão.

— Já quanto àqueles dois sujeitos que estavam comigo...

— E quem eram eles? — perguntou Cunningham.

— Um conhecido. Eu não me lembro o nome dele. Droga, qual é o nome? Um baixinho com cabelo cor de areia.

— E o outro?

— Harford.

— Hum — murmurou Cunningham.

Depois do murmúrio de Cunningham, todos ficaram em silêncio. Sabia-se que ele tinha acesso a informações privilegiadas. Nesse caso, o monossílabo tinha um significado moral. Harford às vezes se juntava a um pequeno batalhão que deixava a cidade aos domingos, logo após o meio-dia, com o propósito de chegar o mais rápido possível a algum pub nos arredores, onde seus membros se definiam como viajantes *bona fide*, ou seja, autorizados, pela lei, a beber aos domingos. Mas seus companheiros de passeio jamais ignoraram suas origens. Harford começara a vida como um obscuro e pequeno agiota. Mais tarde, se tornou sócio de um cavalheiro muito gordo e baixo, o sr. Goldberg, no Liffey Loan Bank. Embora ele nunca tivesse abraçado mais do que o código ético judaico, seus companheiros católicos, sempre que sofriam pessoalmente ou por procuração sob sua ganância, falavam dele com amargura como um analfabeto judeu irlandês, e enxergavam o castigo divino da usura na pessoa de seu filho deficiente. Em outras ocasiões, contudo, ressaltavam suas qualidades.

— Fico imaginando onde ele se enfiou — disse Kernan.

Ele preferia que os detalhes do incidente permanecessem vagos, que seus amigos pensassem que houve algum engano, que Harford e ele não haviam se encontrado. Seus amigos, que conheciam muito bem a maneira como Harford costumava beber, ficaram em silêncio. Power voltou a falar:

— Tudo está bem quando acaba bem.

Kernan, então, mudou de assunto.

— Era um bom rapaz, aquele jovem médico — disse Kernan. — Graças a ele…

— Sim, graças a ele — emendou Power —, pois era caso para uma semana de cadeia, sem direito a fiança.

— Sim, condenação certa — falou Kernan, forçando a memória. — Eu me lembro agora que um policial esteve lá. Parecia ser um camarada decente. Como foi que tudo aconteceu?

— O que aconteceu é que você estava de porre, Tom — respondeu Cunningham, sério.

— É fato — disse Kernan, igualmente sério.

— Creio que você tenha conseguido ajeitar as coisas com o guarda, Jack — falou M'Coy.

Power não gostava que o chamassem pelo seu primeiro nome. Não era conservador, mas não conseguia esquecer que M'Coy havia feito recentemente uma cruzada em busca de malas e maletas para que supostamente a sra. M'Coy viajasse pelo país, mas o que obteve com aquilo foi dinheiro. Mais do que chateado por ter sido vítima, ele se ressentia de um jogo tão baixo. Assim, respondeu à pergunta como se Kernan a tivesse feito.

A história deixou Kernan indignado. Ele tinha profunda ciência de seu status de cidadão, desejava viver em termos honrosos em sua cidade e se ressentia de qualquer afronta imposta a ele por aqueles a quem considerava caipiras.

— É para isso que pagamos impostos? — perguntou. — Para alimentar e vestir esses bandidos... e eles não são ninguém.

Cunningham riu. Era funcionário do governo apenas durante o horário de expediente.

— Como poderiam ser qualquer outra coisa, Tom? — comentou.

Ele adotou um sotaque pesado, interiorano, e falou, com voz de comando:

— 65, pegue seu repolho!

Todos riram. M'Coy, que queria dar um jeito de entrar na conversa, fingiu que nunca tinha ouvido a história. Cunningham falou:

— Acredita-se (é o que dizem, pelo menos) que o caso se passou num quartel para onde eles levam esses grandalhões idiotas da roça, vocês sabem, para adestrar. O sargento os faz ficar segurando seus pratos em uma fileira contra a parede.

Ele ia ilustrando a história com gestos exagerados.

— Na hora do jantar, claro. O sargento está com uma bacia enorme de repolhos diante dele, na mesa, e uma colher tão grande como uma pá. Ele coloca um maço de repolho na colher e o joga do outro lado da sala, e os pobres diabos têm que tentar pegá-lo com seus pratos: *65, pegue seu repolho.*

Todos riram novamente. Mas Kernan continuava indignado, e falou em escrever uma carta para os jornais.

— Esses mentecaptos vêm para cá — começou — e acham que podem mandar no povo. Não preciso dizer a você, Martin, que tipo de gente eles são.

Cunningham assentiu gravemente.

— É como tudo neste mundo — comentou. — Sempre existem os bons e os maus.

— Ah, sim, é verdade, admito que também existem os bons — falou Kernan, satisfeito.

— É melhor não arrumar problema com eles — disse M'Coy. — Esta, pelo menos, é a minha opinião!

A sra. Kernan entrou na sala e, ao colocar uma bandeja sobre a mesa, falou:

— Sirvam-se, cavalheiros.

Power ficou de pé, oferecendo a ela sua cadeira. A sra. Kernan recusou, dizendo que estava passando roupa lá embaixo e, depois de ter trocado um aceno com Cunningham pelas costas de Power, preparou-se para sair da sala. O marido se dirigiu a ela:

— E para mim, docinho, não tem nada?

— Ora, para você! Uma boa palmada, é o que tenho! — respondeu, azeda, a sra. Kernan.

O marido ainda insistiu enquanto ela saía:

— E nada mesmo para o pobre maridinho?

Ele falou aquilo com expressão e voz tão cômicos que a distribuição das garrafas de cerveja preta entre os amigos ocorreu em meio à alegria geral.

Os amigos beberam de seus copos, devolveram-nos à mesa e pararam. Então Cunningham se virou para Power e disse, em tom casual:

— Quinta-feira à noite, é isso mesmo, Jack?

— Quinta, isso mesmo — respondeu Power.

— Fechado! — exclamou Cunningham no mesmo instante.

— Podemos nos encontrar no M'Auley's — emendou M'Coy. — É o lugar mais conveniente.

— Mas não podemos nos atrasar — disse Power, sério. — Estará tão lotado que vai ter gente do lado de fora.

— Podemos nos encontrar às sete e meia — sugeriu M'Coy.

— Fechado! — disse Cunningham.

— Marcado então às sete e meia no M'Auley's!

Houve um breve silêncio. Kernan esperou para ver se seria incluído na conversa de seus amigos. Finalmente perguntou:

— Do que vocês estão falando?

— Ah, não é nada demais — respondeu Cunningham. — É só um pequeno negócio que estamos organizando para quinta-feira.

— É a ópera, não é? — perguntou Kernan.

— Não, nada disso — respondeu Cunningham, evasivo. — É apenas uma pequena... uma pequena questão espiritual.

— Ah — respondeu Kernan.

Ficaram novamente em silêncio. E então Power falou, sem rodeios:

— Pra falar a verdade, Tom, nós vamos fazer um retiro.

— Sim, é isso - disse Cunningham. — Jack, eu e o nosso M'Coy aqui... nós três vamos lavar nossas almas. Confessar os pecados.

Ele usou a metáfora de confessar os pecados com uma energia confortadora, e, encorajado pelo som da própria voz, prosseguiu:

— Veja bem, podemos admitir sem hesitação que formamos um belo bando de canalhas, cada um de nós e em grupo. Eu repito, cada um e em grupo — acrescentou, com áspera benevolência e, se voltando para Power, concluiu: — Confesse, agora!

— Eu confesso — declarou Power.

— E eu também — disse M'Coy.

— E assim, nós três vamos, juntos, lavar nossas almas — completou Cunningham.

Um pensamento pareceu atingi-lo. Virou-se repentinamente para o enfermo e falou:

— Quer saber, Tom, o que acaba de me ocorrer? Você bem poderia se juntar a nós, e teríamos uma dança de quatro parceiros.

— Uma boa ideia — comentou Power. — Nós quatro, juntos!

Kernan ficou em silêncio. A proposta trazia muito pouco significado à sua mente, mas, entendendo que algumas instâncias espirituais estavam querendo agir em seu nome, pensou que devia à sua dignidade mostrar alguma dureza. Por um longo tempo ele não participou da conversa, mas ouviu, com ar de calma inimizade, seus amigos falarem dos jesuítas.

— Não tenho uma opinião muito ruim sobre os jesuítas — afirmou ele finalmente. — Formam uma ordem culta. E acredito que sejam bem-intencionados.

— Eles formam a ordem mais importante da Igreja, Tom — explicou Cunningham, entusiasmado. — O Superior dos Jesuítas está sempre ao lado do Papa.

— Não há o que questionar a respeito disso — disse M'Coy. — Se quer fazer algo bem-feito e sem moscas voando ao redor, procure um jesuíta. Eles são os sujeitos com poder de realização. Vou lhes contar uma história...

— Os jesuítas formam uma primorosa associação de homens — interrompeu Power.

— Tem uma coisa curiosa — começou Cunningham — sobre a Companhia de Jesus. Todas as outras ordens da Igreja tiveram que ser reformadas em um momento ou outro, mas os Jesuítas jamais foram reformados. Eles nunca decaíram.

— É verdade? — perguntou M'Coy.

— É um fato — respondeu Cunningham. — Faz parte da história.

— Deem uma olhada nas igrejas jesuítas — emendou Power. — Vejam a congregação que eles mantêm.

— O rebanho dos jesuítas pertence às elites — disse M'Coy.

— Sem nenhuma dúvida — complementou Power.

— Sim — disse Kernan. — É por isso que os respeito. O problema é alguns dos padres diocesanos, ignorantes, presunçosos e...

— São todos homens decentes — interrompeu Cunningham —, cada um à sua maneira. Os sacerdotes irlandeses são respeitados no mundo todo.

— Ah, sim — disse Power.

— Bem diferentes de muitos dos sacerdotes do continente — emendou M'Coy —, que não são dignos da batina.

— Talvez vocês tenham razão — disse Kernan, contemporizando.

— É claro que tenho razão — disse Cunningham. — Não estive neste mundo por todo esse tempo, analisando as coisas sob todos os ângulos, sem poder emitir um bom julgamento.

Os amigos beberam novamente, um após o outro. Kernan parecia estar sopesando algo em sua mente. Estava impressionado. Ele tinha Cunningham em alta conta como alguém capaz de interpretar fisionomias e julgar o caráter das pessoas. Pediu detalhes.

— Ah, é só um retiro, entende? — respondeu Cunningham. — O responsável será o padre Purdon. É só para empresários, homens de negócio...

— Ele não vai pegar muito pesado com a gente, Tom — disse Power, tentando ser persuasivo.

— Padre Purdon? Padre Purdon? — perguntou o enfermo.

— Ah, você precisa conhecê-lo, Tom. — sugeriu Cunningham, firme. — Sujeito fino, excepcional. É uma pessoa do mundo, como todos nós aqui.

— Ah, sim. Creio que já o vi. Alto, de rosto muito vermelho.

— O próprio.

— E me diga, Martin... Ele é um bom pregador?

— Não é por aí... Não será bem um sermão, entende? Vai ser mais um tipo de conversa amigável, um negócio mais informal.

Kernan ficou refletindo. M'Coy emendou:

— Padre Tom Burke, ele sim era grande!

— O padre Tom Burke — disse Cunningham — era um orador nato. Você chegou a ouvi-lo, Tom?

— Se já o ouvi? — respondeu o enfermo, irritado. — Ora! Eu o ouvi...

— E ainda há quem diga que não era um grande teólogo — interrompeu Cunningham.

— É sério isso? — perguntou M'Coy.

— Oh, claro, mas nada realmente sério, entende? É que às vezes, dizem, ele fazia pregações pouco ortodoxas.

— Ah! Era um homem esplêndido — disse M'Coy.

— Eu o ouvi uma vez — continuou Kernan. — Não me recordo agora do tema do sermão dele. Crofton e eu estávamos lá no fundo do... fosso, sabem... da...

— Da nave — corrigiu Cunningham.

— Sim, na nave, no fundo, perto da entrada. Esqueci agora o que... Ah, sim, era sobre o Papa, o falecido Papa. Lembrei agora. Palavra de honra, era magnífico, a oratória, o estilo. E que voz! Deus! Que voz era aquela! Ele se referiu ao Papa como *Um Prisioneiro do Vaticano.* Lembro-me de Crofton me falando, ao sairmos...

— Mas Crofton é um protestante pró-Inglaterra, não é? — perguntou Power.

— Claro que é — respondeu Kernan —, mas é um protestante muito decente. Fomos ao Butler's na Moore Street. Acreditem, fiquei genuinamente comovido, digo a verdade de Deus. Lembro-me bem das palavras dele. *Kernan*, ele disse, *nós rezamos para altares diferentes, mas nossa fé é a mesma*. Aquilo me atingiu em cheio, foi muito bem colocado.

— Há muita verdade nisso — concordou Power. — Sempre havia montes de protestantes na igreja quando o padre Tom pregava.

— Não existem assim tantas diferenças entre nós — emendou M'Coy. — Nós todos cremos em…

Ele hesitou por alguns instantes.

— …no Redentor. Eles apenas não acreditam no Papa e em Nossa Senhora.

— Mas, com certeza — interveio Cunningham, falando baixo, mas com firmeza —, a nossa religião é a verdadeira religião, a fé antiga e original.

— Nenhuma dúvida a respeito disso — respondeu Kernan, num tom apaziguador.

A sra. Kernan apareceu na porta do quarto e anunciou:

— Você tem uma nova visita.

— Quem é?

— Fogarty.

— Ora, entre logo! Entre logo!

Um rosto pálido e oval entrou no quarto. O arco de seu bigode castanho e ralo repetia-se nas sobrancelhas igualmente castanhas arqueadas sobre os olhos agradavelmente atônitos. Fogarty era o dono de uma mercearia modesta. Seu negócio de bebidas, no centro, havia fracassado porque sua condição financeira o havia obrigado a comprar cervejas e destilados de má qualidade. Agora abrira um pequeno comércio na Glasnevin Street, onde, segundo se gabava, suas maneiras cativavam as donas de casa do bairro. Sabia se portar com certa graça, elogiava as crianças e falava num tom elegante. Fogarty não era desprovido de cultura.

Fogarty trouxe, como presente, meio litro de um bom uísque. Perguntou educadamente a respeito da saúde de Kernan, colocou o uísque na mesa e se sentou, junto ao grupo, como se fosse um deles. Kernan apreciou ainda mais o presente, pois sabia que estava devendo a Fogarty uma pequena quantia por mantimentos. E disse:

— Eu jamais duvidaria de você, meu velho! Jack, você poderia abrir a garrafa, por favor?

Power fez novamente as honras. Copos foram enxaguados e cinco pequenas doses de uísque foram servidas. Isso reanimou a conversa. Fogarty, sentado na ponta da cadeira, parecia bem interessado.

— O Papa Leão XIII — disse Cunningham — foi uma das grandes luzes de seu tempo. Seu grande plano, vocês sabem, era unir as igrejas romana e ortodoxa grega. Foi o seu propósito de vida.

— Sempre ouvi falar que ele foi um dos maiores intelectuais da Europa — completou Power. — Quero dizer, além de ter sido papa.

— E foi mesmo — afirmou Cunningham —, se não *o* maior. Sua divisa, enquanto papa, era *Lux sobre Lux*, ou *Luz sobre Luz*.

— Não, não — interveio Fogarty, ansioso. — Creio que você está errado. Era *Lux in Tenebris*, penso eu, *Luz nas Trevas*.

— Ah, sim, *Tenebrae* — corrigiu M'Coy.

— Permitam-me — interrompeu Cunningham, enfático. — Era *Lux sobre Lux*. E a divisa de Pio IX, seu predecessor, era *Crux sobre Crux*, isto é, *Cruz sobre Cruz*; o que mostra claramente a diferença entre os dois pontificados.

A interrupção foi aceita, e Cunningham prosseguiu.

— O Papa Leão, vocês sabem, foi um grande acadêmico, e era também poeta.

— Ele tinha um olhar forte — disse Kernan.

— Sim — continuou Cunningham. — E escrevia poemas em latim.

— Verdade? — perguntou Fogarty.

M'Coy experimentou, satisfeito, o uísque. Em seguida balançou a cabeça com um ar ambíguo e falou:

— É a mais pura verdade, não tenha dúvida.

— Não nos ensinaram isso, Tom — disse Power, acompanhando M'Coy no uísque —, na escola pública.

— Muita gente boa estudou em escola pública e levava lenha para ajudar a aquecer as salas — disse Kernan, sentenciosamente. — O sistema tradicional era o melhor: educação simples e honesta. Nada dessas bobagens modernas.

— Exatamente — concordou Power.

— Nada que fosse supérfluo — emendou Fogarty. Assim que se pronunciou, fez uma expressão grave e bebeu.

— Eu me recordo de ler — disse Cunningham — que um dos poemas do Papa Leão tratava da invenção da fotografia... em latim, naturalmente.

— Sobre fotografia! — exclamou Kernan

— Sim — respondeu Cunningham, também tomando um gole de seu copo.

— De fato, vejam — ponderou M'Coy —, se você pensar bem, a fotografia não é algo realmente maravilhoso?

— Ah, é claro — disse Power —, os cérebros brilhantes veem além.

— Como disse o poeta: *Os cérebros brilhantes beiram a loucura* — disse Fogarty.

Kernan parecia estar levemente perturbado. Se esforçava para rememorar pontos espinhosos da teologia protestante, e por fim se dirigiu a Cunningham:

— Diga-me, Martin, alguns dos papas, claro que não o atual, nem o que o precedeu, mas alguns dos papas do passado, não eram exatamente... bem, você me entende... pessoas à altura do cargo?

Fez-se um breve silêncio, e então Cunningham respondeu:

— Ah, é claro, houve alguns casos ruins... Mas o mais espantoso é o seguinte: nenhum deles, nem o mais bêbado, nem o mais descaradamente... rufião, nenhum deles jamais pregou, *ex cathedra*, uma única palavra de falsa doutrina. Me digam, isso não é, de fato, espantoso?

— De fato — respondeu Kernan.

— Sim, porque quando o papa se manifesta *ex cathedra*, ele é infalível.

— Verdade — concluiu Cunningham.

— Sim, estou informado a respeito da infalibilidade papal. Me lembro que era bem novo na época... ou então foi...

Fogarty o interrompeu; pegou a garrafa e serviu um pouco mais para cada um. M'Coy, percebendo que não haveria o bastante para todos, alegou que não havia terminado sua primeira dose. Os demais, sob protesto, aceitaram. A delicada música do uísque caindo nos copos levou a um agradável interlúdio.

— O que você estava dizendo, Tom? — perguntou M'Coy.

— A infalibilidade papal — lembrou Cunningham — foi o mais grandioso dos eventos em toda a história da Igreja.

— Como assim, Martin? — perguntou Power.

Cunningham levantou dois de seus dedos grossos.

— No Colégio Cardinalício, vocês sabem, que congrega os cardeais, arcebispos e bispos, havia dois votos que se opunham a isso, enquanto os outros eram todos a favor. Todo o conclave, exceto esses dois, era unânime. Não! Não aceitariam!

— Ah! — exclamou M'Coy.

— Eram eles um cardeal alemão, seu nome era Dolling... ou Dowling... ou...

— Com esse nome, Dowling não havia de ser alemão, e essa aposta eu ganho — interrompeu Power, rindo.

— Bem, esse grande cardeal alemão, seja lá como se chamava, era um deles. E o outro era John MacHale.

— O que? — exclamou Kernan. — Era John, o arcebispo de Tuam?

— Você tem certeza? — perguntou Fogarty, em dúvida. — Eu achava que seria algum italiano ou americano.

— John de Tuan — repetiu Cunningham. — O próprio.

Ele bebeu e os demais o acompanharam. Em seguida, prosseguiu:

— Lá estavam eles, todos os cardeais, bispos e arcebispos de todos os confins da terra e esses dois cães endemoniados brigando até que, por fim, o próprio Papa se levantou e declarou a infalibilidade como dogma da Igreja. No exato momento, John MacHale, que vinha argumentando e argumentando contra ela, ficou de pé e gritou, com a voz de um leão: *Credo!*

— *Eu creio!* — reforçou Fogarty.

— *Credo!* — disse sr. Cunningham. — Aquilo evidenciou a fé que ele tinha. Ele se submeteu no preciso momento que o papa falou.

— E quanto a Dowling? — perguntou M'Coy.

— O cardeal alemão não se submeteu. Acabou por deixar a Igreja.

As palavras de Cunningham foram capazes de desenhar uma ampla imagem da Igreja Católica nas mentes de seus ouvintes. Sua voz profunda e rouca os emocionou ao proferir as palavras de fé e submissão. Quando a sra. Kernan entrou no quarto, secando as mãos, encontrou um ambiente solene. Ela não perturbou o silêncio, mas se inclinou sobre a grade ao pé da cama.

— Eu vi John MacHale uma vez — disse Kernan — e, enquanto viver, jamais me esquecerei.

Virando-se para a esposa em busca de confirmação, perguntou:

— Já não te contei muitas vezes essa história?

A sra. Kernan assentiu.

— Foi na inauguração da estátua do patriota protestante Sir John Gray. O filho dele, Edmund Dwyer Gray estava discursando, tagarelando, e ali estava ele, aquele velho camarada, um velho carrancudo e rabugento, olhando para Edmund sob suas espessas sobrancelhas.

Kernan franziu as sobrancelhas e, abaixando a cabeça como um touro bravo, olhou para a esposa.

— Por Deus! — exclamou, retomando sua expressão natural. — Nunca vi olhos assim na cabeça de alguém. Era o mesmo que dizer: *Eu te peguei, meu rapaz*. Ele tinha olhos de falcão.

— Nenhum dos Gray valia porcaria nenhuma — declarou Power.

Houve uma nova pausa. Power se voltou para a sra. Kernan e falou, com inesperada jovialidade:

— Muito bem, sra. Kernan, nós faremos de seu marido um católico bom, piedoso e temente a Deus.

Power então abriu os braços, de modo a incluir todos os presentes, e continuou:

— Nós todos vamos fazer um retiro, juntos, para confessar nossos pecados. E só Deus sabe o quanto precisamos disso.

— Por mim, tudo bem — disse Kernan, exibindo um sorriso nervoso.

A sra. Kernan, achando que seria mais sábio disfarçar sua satisfação, comentou:

— Tenho pena do coitado do padre que será obrigado a ouvir seus pecados.

A expressão no rosto de Kernan mudou, e disse, sem fazer rodeios:

— Se não gostar, ele pode... ir fazer aquela outra coisa. Vou apenas contar a minha triste história de infortúnios. Afinal, não sou um sujeito assim tão mau...

Cunningham interveio prontamente:

— Todos nós renegaremos o demônio. Juntos, sem nos esquecermos de suas obras e artimanhas.

— Afaste-se de mim, Satanás! — disse Fogarty, rindo e olhando para os demais.

Power não falou nada. Tinha uma sensação de tontura. Mas uma expressão de satisfação brilhava em seu rosto.

— Tudo o que precisaremos fazer — comentou Cunningham — é ficarmos de pé com as velas acesas nas mãos e renovar nossos votos batismais.

— Ah, não se esqueça da vela, Tom — disse M'Coy —, não importa o que aconteça.

— O quê? — perguntou Kernan. — Vou precisar de uma vela?

— Ah, sim — respondeu Cunningham.

— Não, que se dane — rebateu Kernan, nervoso. — Essa linha eu não ultrapasso. Farei direito tudo o que precisar ser feito. Vou fazer o negócio do retiro e da confissão, e... tudo isso que vocês estão falando. Mas... nada de velas! Não, droga, eu não aceito as velas!

Quando terminou de falar, meneou a cabeça com gravidade forçada.

— Escutem só o que ele fala — emendou a esposa.

— Não aceito as velas — insistiu Kernan, ciente de ter criado um bom efeito em sua audiência, enquanto continuava a agitar sua cabeça. — Eu veto esse negócio das lanternas mágicas.

Todos riram solto.

— Que beleza de católico é você! — exclamou a esposa.

— Nada de velas! — repetiu Kernan, obstinado. — E assunto encerrado!

O transepto da Igreja Jesuíta na Gardiner Street estava praticamente lotado. E, ainda assim, os homens continuavam a entrar pela porta lateral. Orientados pelo porteiro, andavam na ponta dos pés, pelos corredores, até encontrarem assentos disponíveis. Estavam todos bem-vestidos e agiam respeitosamente. A luz dos candelabros descia sobre uma multidão de roupas pretas e colarinhos brancos, aliviados aqui e ali por paletós de tweed, sobre pilares escurecidos de mármore verde e telas lúgubres. Os fiéis sentavam-se nos bancos, tendo puxado as calças ligeiramente acima dos joelhos e deixado os chapéus em lugar seguro. Sentavam-se bem para trás e olhavam, formais, para o distante ponto de luz vermelha que pendia, suspenso, diante do altar-mor.

Em um dos bancos, perto do púlpito, estavam sentados Kernan e Cunningham. No banco de trás estava M'Coy, sozinho. E, mais uma fileira depois, estavam Power e Fogarty. M'Coy tentou, sem sucesso, encontrar um lugar no banco com os outros e, quando o grupo se acomodou na forma de um quincunce, ele tentou, mas não conseguiu, fazer comentários cômicos. Como o que falou não foi bem recebido, desistiu. Até mesmo ele foi envolvido pela atmosfera de decoro e começou a responder ao estímulo religioso. Num sussurro, Cunningham chamou a atenção de Kernan para Harford, o agiota, que estava sentado a alguma distância, e para Fanning, o influente agente de registros, que estava sentado bem embaixo do púlpito, ao lado de um dos conselheiros recém-eleitos. À direita estava o velho Michael Grimes, dono de três casas de penhores, e o sobrinho de Dan Hogan, candidato a um emprego na prefeitura. Mais à frente estava Hendrick, o chefe de reportagem do *The Freeman's Journal*, e o pobre O'Carroll, um velho amigo de Kernan, no passado um importante comerciante. Gradualmente, conforme ele reconhecia rostos familiares, Kernan começou a se sentir mais em casa. Seu chapéu, que havia sido recuperado pela esposa, descansava sobre os joelhos. Uma ou duas vezes ele puxou os punhos para baixo com uma mão enquanto segurava a aba do chapéu levemente, mas com firmeza, com a outra.

Uma figura imponente, coberta com uma sobrepeliz branca, foi vista lutando para subir ao púlpito. Naquele momento, a audiência se movimentou, lenços apareceram e as pessoas se ajoelharam sobre eles. Kernan as imitou. O padre, agora, já estava de pé no púlpito, coroado pelo enorme rosto vermelho que surgia acima da balaustrada.

O padre Purdon ajoelhou-se, virou-se para o ponto vermelho de luz e, cobrindo o rosto com as mãos, rezou. Após um breve intervalo, descobriu o rosto e se levantou. A audiência se levantou também e se acomodou novamente nos bancos. Kernan devolveu o chapéu à posição original em seu joelho e fez uma expressão de quem estava atento ao pregador. O padre virou cada manga larga de sua sobrepeliz com um grande e elaborado gesto e examinou detidamente a multidão de rostos. Então falou:

> — *Porque vós, filhos deste mundo, são mais sábios, na luta pelos próprios interesses, do que os filhos da luz. Portanto, fazei amizade com o dinheiro da iniquidade, para que, quando morrerdes, eles possam receberdes nas moradas eternas.*

Padre Purdon desenvolveu o sermão com ressonante segurança. Aquele era, disse, um dos mais difíceis de interpretar em todas as Escrituras. Poderia até parecer em desacordo, para um observador casual, com a elevada moral pregada por Jesus Cristo em outras situações. Mas, falou ele, o texto lhe pareceu especialmente apropriado para a orientação daqueles cujo destino era levar a vida do mundo, mas que, ainda assim, desejavam que não fosse à maneira das pessoas mundanas. Era um texto para homens de negócios e profissionais. Jesus Cristo, com Sua divina compreensão de cada recanto de nossa natureza humana, entendeu que nem todos os homens eram chamados para a vida religiosa, que a grande maioria era levada a viver no mundo e, até certo ponto, para o mundo. E, neste versículo Ele pretendia dar-lhes uma palavra de orientação, colocando diante deles os adoradores de Mamom, a cobiça, os quais, de todos os homens, eram os menos atentos às obrigações religiosas.

E disse aos seus ouvintes que estava lá, naquela noite, sem qualquer propósito aterrorizante ou extravagante, mas como um homem do mundo falando aos seus semelhantes. Viera para se comunicar com homens de negócios e falaria com eles de maneira profissional.

Se pudesse usar uma metáfora, poderia dizer que era o contador espiritual deles. E desejava que cada um de seus ouvintes abrisse seus livros-caixa, os livros de suas vidas espirituais, e vissem se eles estavam de acordo com a consciência de cada um.

Jesus Cristo não era um capataz cruel. Ele compreendia nossas pequenas falhas, entendia a fraqueza de nossa pobre natureza decaída, as tentações desta vida. Poderíamos ter tido, e todos nós tivemos, de tempos em tempos, nossas tentações: poderíamos ter, todos nós tivemos, nossas falhas. Mas uma coisa apenas, ele disse, pediria a seus ouvintes. E isso era: ser honesto e direto com Deus. Que suas contabilidades fossem corretas a ponto de se poder afirmar:

— Muito bem, conferi o livro-caixa e minhas contas estão corretas.

Mas se, como bem poderia acontecer, fossem encontradas discrepâncias, dever-se-ia admitir a verdade, ser franco e afirmar, como um homem:

— Muito bem, eu conferi a contabilidade em meu livro-caixa. Encontrei alguns erros aqui e ali. Mas, com a graça de Deus, haverei de retificar os erros daqui e dali. Hei de corrigir as minhas contas.

Os Mortos

Lily, a filha do zelador, estava literalmente exausta. Mal levara um cavalheiro para a pequena despensa atrás do escritório, no térreo, e o ajudado a tirar o sobretudo, e a campainha estridente tocou novamente, obrigando-a a correr pelo corredor para receber outro hóspede. Ainda bem que não teve que atender também as damas. As srta. Kate e a srta. Julia haviam pensado nisso e transformaram o banheiro do andar de cima em vestiário feminino. A srta. Kate e a srta. Julia estavam lá, fofocando, rindo e se agitando, caminhando uma atrás da outra até o topo da escada, espiando por cima do corrimão e chamando Lily para perguntar quem havia chegado.

O baile anual das senhoritas Morkan era sempre um grande acontecimento. Todos os conhecidos compareciam: membros e velhos amigos da família, os membros do coral de Julia, qualquer aluno de Kate que já tivesse idade o suficiente, e até mesmo alguns dos alunos de Mary Jane. Aquele evento jamais decepcionara. Durante anos e anos, desde que a memória alcançava, o baile transcorrera esplendidamente. Começou quando Kate e Julia, após a morte de seu irmão Pat, deixaram a casa em Stoneybatter e levaram Mary Jane, sua única sobrinha, para morar com elas na casa escura e sombria na Ilha Usher, cuja parte superior haviam alugado do sr. Fulham, o dono da loja de cereais no térreo. Isso foi há mais ou menos uns trinta anos. Mary Jane, que na época era uma garotinha usando roupas curtas, era agora o principal suporte da casa, pois era a organista na Igreja St. Mary na Haddington Street. Ela havia estudado no Conservatório e organizava um concerto dos alunos todos os anos no Antient Concert Rooms. Muitos de seus alunos pertenciam às famílias de classe alta na região da ferrovia Dalkey. Mesmo envelhecidas, as tias contribuíam também. Julia, embora bastante grisalha, ainda era a soprano principal na Igreja da Imaculada Conceição, e Kate, frágil demais para se deslocar muito, dava aulas de música para iniciantes no velho piano quadrado no salão dos fundos. Lily, a filha do zelador, fazia o trabalho de empregada doméstica para elas. Embora a vida fosse modesta, tinham a mesa farta, com o melhor de tudo: carne de primeira, chá de três xelins e uma excelente cerveja preta. E Lily raramente errava em suas tarefas, de modo que se dava bem com suas três patroas. Eram exigentes, mas nada demais. A única coisa que não toleravam era insolência.

É claro que elas tinham bons motivos para estarem agitadas naquela noite. Já passava das dez horas e ainda não havia sinal de Gabriel e sua esposa. Além disso, estavam morrendo de medo que Freddy Malins aparecesse bêbado. Não gostariam que algum dos alunos de Mary Jane o visse alcoolizado. Além disso, quando ficava assim, era muito difícil lidar com ele. Freddy Malins sempre chegava atrasado, mas elas se perguntavam o que poderia estar atrasando Gabriel: era isso que as levava a cada dois minutos ao corrimão para perguntar a Lily se Gabriel ou Freddy tinham chegado.

— Ah, sr. Conroy — disse Lily a Gabriel ao abrir a porta. — A srta. Kate e a srta. Julia pensaram que o senhor não chegaria nunca. Boa noite, sra. Conroy.

— Tenho certeza disso — respondeu Gabriel —, mas elas se esquecem que minha esposa leva três longas horas para se arrumar.

Ele permaneceu sobre o capacho, raspando a neve de suas galochas, enquanto Lily conduzia sua esposa até o pé da escada, gritando:

— Srta. Kate, a sra. Conroy está aqui!

Kate e Julia desceram cambaleantes e ao mesmo tempo as escadas escuras. Ambas beijaram a esposa de Gabriel, disseram que ela não morreria mais e perguntaram se ele estava com ela.

— Aqui estou eu, tão pontual quanto o correio, tia Kate! Subam. Eu vou em seguida! — gritou Gabriel, do escuro.

Ele continuou raspando os pés com força, enquanto as três mulheres, rindo, subiam para o vestiário feminino. A neve jazia como uma capa sobre os ombros de seu sobretudo e nas pontas de suas galochas. E, enquanto os botões de seu sobretudo rangiam ao serem abertos no pano gelado, um ar frio e perfumado escapou das dobras de sua roupa.

— Voltou a nevar, sr. Conroy? — perguntou Lily.

Ela o precedera na despensa para ajudá-lo com o sobretudo. Gabriel sorriu ao ouvir as três sílabas que ela usara para falar seu sobrenome e olhou para ela. Era uma menina magra e em crescimento, de pele pálida e cabelos cor de feno. A luz do gás na despensa a deixava ainda mais pálida. Gabriel a conhecera quando era criança e costumava sentar-se no primeiro degrau da escada, brincando com uma boneca de pano.

— Sim, Lily — respondeu —, e parece que vai nevar a noite inteira.

Gabriel olhou para o teto da despensa, que tremia com o movimento de pés no chão acima, ouviu por um momento o piano e então olhou para a garota, que estava dobrando seu sobretudo, cuidadosamente, na extremidade de uma prateleira.

— Me diga uma coisa, Lily, você ainda vai à escola?

— Oh, não, senhor — respondeu ela. — Parei de estudar no ano passado.

— Ah, sendo assim — disse Gabriel, alegremente —, imagino que logo mais iremos ao seu casamento, hein?

A menina olhou para ele por cima do ombro e respondeu, com uma grande dose de amargura:

— Os homens de hoje em dia só falam besteira e ficam querendo se aproveitar de nós.

Gabriel enrubesceu, sentindo que tinha cometido um erro e, sem olhar para ela, chutou as galochas e poliu, com o cachecol, os sapatos de couro envernizado.

Era um jovem alto e forte. O rubor de sua face subia até a testa, onde se espalhava em algumas manchas não uniformes de um vermelho pálido, e em seu rosto barbeado cintilavam inquietamente as lentes polidas e as armações douradas e brilhantes dos óculos que protegiam um par de olhos delicados e inquietos. Seus cabelos escuros e brilhantes estavam repartidos ao meio e faziam uma longa curva atrás das orelhas, onde aparecia a marca deixada pelo chapéu.

Depois de deixar os sapatos brilhando, se levantou e apertou o colete sobre o corpo roliço. Então, tirou uma moeda do bolso.

— Ah, Lily, é tempo de Natal, não é? Aqui, uma pequena...

E caminhou depressa em direção à porta.

— Ah, não, senhor! — exclamou a menina. — Não posso aceitar, realmente não posso.

— É Natal, é Natal! — respondeu Gabriel, acelerando em direção à escada e fazendo gesto, com as mãos, de que aquilo não era nada.

A menina, percebendo que Gabriel já estava subindo, gritou:

— Está bem então, obrigada, senhor.

Gabriel esperou do lado de fora da porta até que a valsa terminasse, ouvindo o farfalhar das saias e o arrastar de pés. Ainda estava perturbado pela resposta inesperada e amarga da menina. Ela o deixara melancólico, algo que tentou dissipar ajeitando os punhos e os laços da gravata. Então, tirou um pedacinho de papel do bolso do colete e olhou os tópicos que havia escrito para seu discurso. Estava indeciso quanto aos versos de Robert Browning, pois temia que os ouvintes não entendessem. Alguma citação conhecida de Shakespeare ou das *Melodias Irlandesas* de Thomas Moore seria melhor. O brusco estalar dos saltos dos homens e o arrastar de suas solas o lembravam de que não estavam no mesmo nível cultural que ele. Gabriel soaria ridículo citando poesias que não pudessem entender, e pensariam que ele estava apenas se gabando de sua educação superior. Fracassaria com eles, assim como fracassara com a menina lá embaixo. Adotara um tom errado. O seu discurso havia sido um erro do início ao fim, um completo fracasso.

Naquele exato momento, suas tias e sua esposa saíram do vestiário feminino. As tias eram duas senhoras pequenas que se vestiam com austeridade. Tia Julia era uns dois centímetros mais alta. Seus cabelos, presos sobre as orelhas, eram acinzentados. E cinzento, também, com sombras mais escuras, era seu rosto grande e flácido. Embora fosse robusta e andasse ereta, seus olhos lentos e lábios entreabertos lhe davam a aparência de uma mulher que não sabia onde estava nem para onde ia. Tia Kate era mais vivaz. Seu rosto, mais saudável que o da irmã, era cheio de vincos e enrugado, como uma maçã vermelha murcha, e seus cabelos, trançados à maneira antiga, não haviam perdido a cor de noz.

As duas beijaram Gabriel efusivamente. Ele era o sobrinho favorito, filho da falecida irmã mais velha, Ellen, que se casara com T. J. Conroy, da companhia dos Portos e Docas de Dublin.

— Gabriel, Gretta me contou que vocês não vão voltar de táxi para Monkstown esta noite — disse tia Kate.

— Não — respondeu-lhe, e virando-se para a esposa: — Já foi pesado o suficiente no ano passado, não é mesmo? A senhora não se lembra, tia Kate, do resfriado que a Gretta pegou? Com as janelas do táxi vibrando o tempo todo, e o vento leste, ainda mais forte depois que passamos por Merrion. Foi mesmo incrível. E Gretta pegou um resfriado horrível.

Tia Kate franziu a testa, fazendo movimentos de assentimento com a cabeça a cada palavra.

— Muito bem, Gabriel, muito bem — assentiu ela. — Um pouco de cautela nunca é demais.

— É claro que, se dependesse de nossa Gretta aqui — completou Gabriel —, voltaríamos para casa a pé pelo meio da neve.

A sra. Conroy riu.

— Não ligue para ele, tia Kate. Ele é realmente um tédio, preciso de abajur verde para não incomodar os olhos do Tom à noite, exercícios com halteres de manhã, e ainda obriga a Eva a comer o mingau de aveia todos os dias. Pobre criança! Ela já não suporta nem olhar para o mingau!... Ah, mas você não vai conseguir adivinhar o que ele tem me feito usar!

Ela caiu na gargalhada e olhou para o marido, cujo olhar admirado e feliz circulava entre o vestido, o rosto e o cabelo dela. As duas tias também riram muito, pois os modos de Gabriel era motivo de piada constante para elas.

— Galochas! — disse a sra. Conroy — Essa é a última moda. Sempre que o chão está molhado, devo calçar minhas galochas. Hoje à noite, ele queria que eu as calçasse, mas eu não quis. A próxima coisa que ele vai me comprar será um escafandro.

Ele riu um pouco sem graça e ajeitou a gravata, enquanto tia Kate se dobrava de rir, de tanta graça que achou na brincadeira. Mas o sorriso logo desapareceu do rosto de tia Julia, e seus olhos sem vida se voltaram para o sobrinho. Após uma pausa, ela perguntou:

— O que são galochas, Gabriel?

— Galochas, Julia! — exclamou a irmã — Meu Deus, você não sabe o que são galochas? Deve-se calçá-las por cima dos... por cima dos sapatos, não é, Gretta?

— Exatamente — respondeu a sra. Conroy. — Feitas de borracha. Cada um de nós tem um par. Gabriel diz que na Europa todo mundo as está usando.

— Ah, sim, na Europa — murmurou tia Julia, assentindo vagarosamente com a cabeça.

Gabriel franziu as sobrancelhas e falou, levemente irritado:

— Não são nenhuma maravilha, mas Gretta acha que são muito engraçadas, dizendo que a palavra lembra aquele teatro de comédia *Christy Minstrels.*

— Mas me diga, Gabriel — quis saber tia Kate, com tato. — Acho que você já tratou das acomodações para passar a noite, não? Gretta estava dizendo...

— Ah, teremos um ótimo quarto — respondeu Gabriel. — Reservei um no Gresham.

— Com certeza — disse tia Kate — é a melhor coisa a se fazer. E quanto às crianças, Gretta, você não ficará preocupada com elas?

— Ah, será somente uma noite — respondeu a sra. Conroy. — Além disso, Bessie cuidará deles.

— Com certeza! — continuou tia Kate. — Que conforto é poder contar com uma moça assim, alguém em quem se pode confiar! Aqui temos a Lily, e não entendo o que deu nela ultimamente. Lily já não é mais a mesma.

Gabriel já ia fazer algumas perguntas à tia sobre esta questão, mas ela subitamente interrompeu o que dizia para olhar para a irmã, que havia descido as escadas e estava debruçada sobre o corrimão.

— Mas agora pergunto a vocês — disse ela, beirando a irritação — para onde é que Julia está indo? Julia! Julia! Para onde está indo?

Julia, que tinha descido meio lance da escada, voltou anunciando:

— Freddy chegou.

No mesmo instante, o som de aplausos e um último floreio do pianista anunciaram o fim da valsa. A porta da sala de estar foi aberta e alguns casais saíram. Tia Kate puxou Gabriel de lado e sussurrou em seu ouvido:

— Desça rápido, Gabriel, como um bom sobrinho, e veja se Freddy está bem, e não o deixe subir se estiver bêbado. Tenho certeza de que ele está bêbado. Tenho certeza de que está.

Gabriel foi até a escada e escutou o que se passava lá embaixo. Ouviu duas pessoas conversando na copa. Logo reconheceu a risada de Freddy Malins. Desceu rapidamente.

— É um grande alívio — disse tia Kate à sra. Conroy — que Gabriel esteja aqui. Sempre me sinto mais tranquila quando ele está aqui... Julia, ali, a srta. Daly e a srta. Power vão querer tomar algo para se refrescar. Obrigada pela linda valsa, srta. Daly. Foi maravilhosa.

Um homem alto, de rosto enrugado, bigode grisalho e pele morena, que estivera a ponto de desmaiar com sua parceira, disse:

— E nós, será que também podemos tomar um refresco, srta. Morkan?

— Julia — chamou tia Kate, bruscamente —, aqui, também o sr. Browne e a srta. Furlong. Leve-os para dentro, Julia, junto com a srta. Daly e a srta. Power.

— Sou o servo destas mulheres — disse o sr. Browne, sorrindo em meio às rugas e franzindo os lábios até arrepiar o bigode. — Sabe, srta. Morkan, o motivo pelo qual elas gostam tanto de mim é...

Mas não terminou a frase e, ao notar que tia Kate estava fora do alcance de sua voz, imediatamente conduziu as três jovens para a sala dos fundos. O centro da sala era ocupado por duas mesas quadradas, uma ao lado da outra, e sobre elas, tia Julia e o zelador endireitavam e alisavam uma grande toalha. No aparador, havia pratos e travessas dispostos, copos e fardos de facas, garfos e colheres. O tampo do piano quadrado fechado servia também de aparador para iguarias e doces. Num dos cantos, dois jovens, de pé, bebiam cerveja.

Browne levou suas protegidas até lá e convidou a todas, de brincadeira, para um ponche feminino, quente, forte e doce. Como elas disseram que nunca tomavam nada forte, ele abriu três garrafas de soda-limonada para elas. Então, pediu a um dos jovens que se afastasse e, pegando a garrafa, serviu-se de uma boa dose de uísque. Os jovens o olharam respeitosamente enquanto ele experimentava a bebida.

— Que Deus me ajude! — disse, sorrindo. — É por ordem médica!

O rosto enrugado se abriu num largo sorriso, e as três jovens riram juntas em reação à piada, balançando os corpos, e agitando os ombros. A menos tímida comentou:

— Ora, ora, sr. Browne, eu tenho certeza de que o médico jamais receitou nada parecido.

Browne tomou mais um gole de seu uísque e respondeu:

— Veja bem, eu sou como a famosa sra. Cassidy, que teria dito: "Mas agora, Mary Grimes, se eu não aceitar, obrigue-me, pois sinto que quero!"

Seu rosto se aproximara das jovens com excesso de confiança, e falava de forma rude, de modo que as três, como que por instinto, ficaram em silêncio. A srta. Furlong, aluna de Mary Jane, perguntou à srta. Daly qual era o nome da bela valsa que havia tocado. E o sr. Browne, vendo que era ignorado, voltou-se prontamente para os dois jovens que pareciam mais receptivos.

Nesse momento, uma jovem com rosto vermelho, de vestido lilás, entrou na sala, batendo palmas animadamente e gritando "quadrilha! Quadrilha!" Logo atrás dela veio tia Kate, berrando:

— Dois cavalheiros e três damas, Mary Jane!

— Ah, aqui estão o sr. Bergin e o sr. Kerrigan — disse Mary Jane. — Sr. Kerrigan, o senhor aceita a srta. Power? Srta. Furlong, posso lhe oferecer um parceiro, o sr. Bergin? Ah, por ora está bom.

— Três damas, Mary Jane — prosseguiu tia Kate.

Os dois jovens perguntaram às moças se elas lhes concederiam a honra, e Mary Jane voltou-se para a srta. Daly.

— Ah, srta. Daly, você é realmente muito boa, tocou maravilhosamente bem para as últimas duas danças, mas estamos com poucas mulheres esta noite.

— Ora, eu não me importo nem um pouco, srta. Morkan.

— E tenho um ótimo parceiro para você, Bartell D'Arcy, o tenor. Vou convocá-lo mais tarde para cantar. Dublin inteira está delirando com a voz dele.

— Uma voz verdadeiramente maravilhosa — emendou tia Kate.

Enquanto o piano já havia recomeçado duas vezes o prelúdio para a primeira dança, Mary Jane levou depressa seus dançarinos para fora da sala. Mal haviam saído quando tia Julia entrou lentamente, olhando para algo atrás de si.

— O que está acontecendo, Julia? — perguntou tia Kate, ansiosa. — Quem é?

Julia, que estava transportando guardanapos para a mesa, virou-se para a irmã e respondeu, sucinta, surpresa com a pergunta:

— É apenas Freddy, Kate. E Gabriel está lá com ele.

De fato, Gabriel podia ser visto, atrás dela, pilotando Freddy Malins pelo vestíbulo. Freddy, um jovem de cerca de quarenta anos, tinha o mesmo tamanho e constituição física de Gabriel, com ombros encurvados. Seu rosto era carnudo e pálido, com apenas alguns toques de cor nos grossos lóbulos pendentes das orelhas e nas largas abas do nariz. Tinha feições grosseiras, nariz achatado, testa convexa e recuada, lábios inchados e protuberantes. Suas pálpebras pesadas e os cabelos ralos despenteados o faziam parecer sonolento. Ele ria muito, em tom agudo, de uma história que contara a Gabriel na escada, enquanto esfregava o olho esquerdo com os dedos.

— Boa noite, Freddy — cumprimentou tia Julia.

Freddy Malins desejou boa noite às srtas. Morkan, mas de uma forma pouco elegante devido à sua voz embargada e, então, vendo que Browne estava sorrindo para ele, atravessou a sala com as pernas um tanto bambas e começou a repetir em voz baixa a história que acabara de contar a Gabriel.

— Ele até que não está tão mal, não é? — perguntou tia Julia a Gabriel.

Gabriel estava com um ar sombrio, mas se animou antes de responder:

— Não, nada que chame a atenção.

— Ora, ele não é mesmo terrível? — disse ela. — E a pobre mãe dele o fez jurar que não beberia na passagem de ano. Mas venha comigo, Gabriel, para o salão.

Antes de deixar a sala com Gabriel, ela fez um sinal para o sr. Browne, franzindo a testa e balançando, em advertência, o indicador. Browne assentiu em resposta e, quando ela saiu, disse a Freddy:

— E agora, meu garoto, deixe-me encher um bom copo de soda-limonada para animá-lo.

Freddy, que se aproximava do clímax de sua história, rejeitou, impaciente, a oferta, mas Browne, chamando a atenção de Freddy para sua roupa desarrumada, entregou-lhe um copo cheio de limonada. A mão esquerda de Freddy aceitou o copo mecanicamente, enquanto a direita se ocupava em ajeitar, sem pensar, a roupa. Browne, cujo rosto voltara a se enrugar de alegria, serviu-se de um copo de uísque enquanto Freddy, antes mesmo de atingir o clímax de sua história, explodia em uma crise de riso que parecia uma bronquite aguda e, pousando no aparador o copo não bebido e transbordando, começou a esfregar os nós dos dedos do punho esquerdo no olho esquerdo, repetindo as palavras de sua última frase tanto quanto seu acesso de riso permitia.

Gabriel não conseguia prestar atenção na peça clássica que Mary Jane tocava, cheia de passagens difíceis, para a silenciosa sala de estar. Ele gostava de música, mas aquela peça não parecia melódica para ele, que duvidava causar outro efeito para os demais ouvintes, ainda que tivessem implorado a Mary Jane para tocar. Quatro jovens, que tinham vindo do refeitório para ficar à porta, ao som do piano, haviam silenciosamente ido embora, aos pares, depois de alguns minutos. As únicas pessoas que pareciam acompanhar a música eram a própria Mary Jane, com as mãos percorrendo o teclado ou levantando-se dele nas pausas, como uma sacerdotisa fazendo imprecações, e a tia Kate, parada ao seu lado para virar as páginas da partitura.

Os olhos de Gabriel, irritados com o brilho do chão, encerado sob o pesado lustre, vagaram até a parede acima do piano. Um quadro da cena da sacada de *Romeu e Julieta* estava ali pendurado e, ao lado, um outro, dos dois pequenos príncipes mortos na Torre por ordem de Ricardo III, que tia Julia havia trabalhado em lã vermelha, azul e marrom quando menina. Esse tipo de trabalho era provavelmente da escola que frequentaram quando meninas. Sua mãe lhe dera de presente de aniversário um colete de popelina roxo, com cabecinhas de raposas, forrado de cetim marrom e com botões redondos de amoreira. Era estranho que sua mãe fosse desprovida de qualquer talento musical, embora tia Kate a chamasse de "a portadora do cérebro da família Morkan". Tanto ela quanto Julia sempre pareceram um pouco orgulhosas de sua irmã séria e matronal. Sua fotografia estava diante do espelho. Ela segurava um livro aberto sobre os joelhos e apontava algo nele para Constantino, que, vestido com um terno de caravela, jazia a seus pés. Fora ela quem escolhera o nome dos filhos, pois era muito consciente da dignidade da vida familiar. Graças a ela, Constantino era agora importante pároco em Balbrigan e, também graças a ela, o próprio Gabriel se formara na Royal University. Uma sombra passou por seu rosto ao se lembrar da contida oposição que ela fizera ao seu casamento. Algumas frases depreciativas que ela usara ainda o incomodavam, certa vez falara de Gretta como uma caipira bonitinha, o que não era justo. E foi Gretta quem cuidou dela durante toda a sua doença longa e terminal, na casa deles, em Monkstown.

Ele sabia que Mary Jane devia estar se aproximando da conclusão, pois tocava novamente a melodia de abertura, com sequências de escalas após cada compasso e, enquanto esperava pelo fim, o ressentimento foi apaziguado em seu coração. A peça terminou com um trinado de oitavas nos agudos e uma oitava profunda final, nos graves. Muitos aplausos saudaram Mary Jane enquanto, enrubescida e enrolando sua partitura, ela escapava rapidamente da sala. As palmas mais vigorosas vieram dos quatro jovens à porta que haviam ido para o refeitório no início da peça e que voltaram quando o som do piano cessou.

Uma nova quadrilha foi organizada. Gabriel se viu como par da srta. Ivors. Ela era uma jovem falante de maneiras francas, com um rosto sardento e olhos castanhos proeminentes. Ela não usava um corpete decotado e o grande broche preso à frente de sua gola ostentava o brasão da Irlanda. Quando eles estavam em seus lugares, ela disse, sem mais nem menos:

— Tenho uma conta a acertar com você.

— Comigo? — perguntou Gabriel.

Ela assentiu gravemente com a cabeça.

— E do que se trata? — insistiu ele, sorrindo diante do ar solene da moça.

— Quem é G.C? — devolveu a srta. Ivors, encarando-o.

Gabriel corou e estava prestes a franzir as sobrancelhas, como se não entendesse, quando ela falou, sem rodeios:

— Ah, quanta ingenuidade! Eu descobri que você escreve para o *Daily Express*. Não se envergonha disso?

— E por que deveria me envergonhar? — devolveu Gabriel, piscando os olhos e tentando sorrir.

— Bem, eu estou envergonhada de você — retrucou ela, com franqueza — por escrever para um jornal como aquele. Eu não imaginava que você fosse pró-Inglaterra.

Uma expressão de perplexidade se estampou no rosto de Gabriel. Era verdade que ele escrevia uma coluna literária todas as quartas-feiras para o *Daily Express*, pela qual recebia quinze xelins. Mas isso certamente não o tornava um apoiador dos ingleses. Os livros que recebia para resenhar eram quase mais bem-vindos do que o cheque irrisório. Ele adorava apalpar as capas e folhear as páginas de livros recém-impressos. Quase todos os dias, quando terminava de lecionar na faculdade, costumava vagar pelo cais até os sebos, até o Hickey's na Bachelors Street, até o Web's ou o Massey's no cais Aston, ou até o O'Clohissey's na rua lateral. Ele não sabia como lidar com a pressão da moça. Queria dizer que a literatura estava acima da política. Mas eram amigos de longa data e suas carreiras haviam sido paralelas, primeiro na universidade e, depois, como professores: ele não podia arriscar com ela uma frase pretensiosa. Ele continuou piscando os olhos e tentando sorrir, e murmurou, sem graça, que não via nada de político em escrever resenhas literárias.

Quando chegou a vez trocar os pares, ele ainda estava perplexo e desatento. Mas então a srta. Ivors pegou a mão dele com carinho, e falou, num tom suave e amigável:

— Ora, é claro que eu estava apenas brincando. Vamos, é agora que a gente faz as trocas.

Quando o par original foi restaurado, ela falou sobre a questão Universitária, muito presente naqueles dias em que a principal universidade irlandesa era protestante, e Gabriel se sentiu mais à vontade. Um amigo mostrara a ela sua resenha de uma edição de poemas de Browning. Foi assim que descobriu o segredo: mas gostou imensamente da resenha. Então, de repente, disse:

— Ah, sr. Conroy, você nos acompanharia em uma excursão às Ilhas Aran neste verão? Vamos ficar lá um mês inteiro. O Atlântico vai estar esplêndido. Você deveria vir. O sr. Clancy virá, assim como o sr. Kilkelly, além de Kathleen Kearney. Seria muito bom para Gretta também, se ela pudesse vir. Ela é de Connacht, não é?

— A família dela é. — Foi a resposta curta de Gabriel.

— Mas você virá, não virá? — insistiu a srta. Ivors, apoiando sua mão no braço dele.

— O ponto é que eu já tenho um plano de viagem para...

— Para onde? — perguntou ela.

— Bom, é que todos os anos eu participo de uma expedição ciclística com alguns amigos e, então...

— Para onde? — insistiu a srta. Ivors.

— Em geral vamos para a França ou Bélgica, ou quem sabe Alemanha — respondeu, desajeitadamente, Gabriel.

— E por que você vai para a França ou para a Bélgica — disse a srta. Ivors — em vez de explorar seu próprio país?

— Bem — respondeu Gabriel —, em parte para ter contato com outras línguas, e em parte para mudar um pouco de ares.

— E você não tem a sua própria língua, o gaélico, para ter contato? — devolveu ela.

— Bem — disse Gabriel —, se formos por aí, devo dizer que o gaélico não é a minha língua.

Os pares em volta se viraram para ouvir o interrogatório que ela fazia. Gabriel olhou para a direita e para a esquerda, nervoso e enrubescido, tentando manter o bom humor diante da situação.

— E não tem a sua própria terra para visitar? — continuou ela. — Da qual você nada sabe, o seu próprio povo, o seu próprio país?

— Ah, para lhe dizer a verdade — retrucou Gabriel —, estou farto de meu país, farto daqui!

— Por quê? — perguntou a srta. Ivors.

Gabriel não respondeu de imediato, pois seu último comentário o deixara exaltado.

— Mas por quê? — repetiu ela.

Eles continuaram a dançar juntos e, como ele não respondeu, a srta. Ivors falou, energicamente:

— Obviamente, você não sabe o que responder.

Gabriel tentou disfarçar sua agitação dançando com grande energia. Evitou o olhar dela, pois notara a expressão azeda em seu rosto. Mas quando se encontraram, na longa corrente, ele se surpreendeu ao sentir sua mão pressionada com firmeza. Ela o encarou por um momento, intrigada, até que ele sorriu. Então, quando a corrente estava prestes a recomeçar, ela ficou na ponta dos pés e sussurrou em seu ouvido:

— Apoiador dos ingleses!

Quando a dança terminou, Gabriel foi para o canto remoto da sala onde estava sentada a mãe de Freddy Malins. Ela era uma velha robusta, de cabelos brancos. Sua voz tinha um tom embargado, como a do filho, com uma leve gagueira. Disseram-lhe que Freddy tinha vindo e que estava razoavelmente bem. Gabriel perguntou-lhe se ela tinha feito uma boa travessia. Ela morava com a filha casada em Glasgow, na Escócia, e vinha a Dublin uma vez por ano. Ela respondeu que a travessia fora tranquila e que o capitão havia sido muito atencioso. Falou também da bela casa de sua filha em Glasgow, e de todos os amigos que tinham lá. Enquanto sua língua divagava, Gabriel tentou banir da mente toda a lembrança do incidente desagradável com a srta. Ivors. É claro que a moça, ou mulher, ou o que quer que fosse, era uma entusiasta da causa irlandesa, mas havia um tempo para todas as coisas. Talvez ele não devesse ter respondido daquela forma. Mas ela não tinha o direito de chamá-lo de apoiador dos ingleses diante de todas as pessoas, mesmo de brincadeira. Ela tentou fazê-lo parecer ridículo, humilhando-o e o encarando com seus olhinhos de coelho.

Ele viu a esposa vindo em sua direção, passando por entre os casais que dançavam valsa. Ao alcançá-lo, sussurrou em seu ouvido:

— Gabriel, a tia Kate quer saber se você não vai, como de costume, destrinchar o ganso. A srta. Daly vai cortar o pernil e eu vou cuidar do pudim.

— Tudo bem — respondeu Gabriel.

— Ela vai fazer os mais novos comerem antes, assim que a valsa acabar, para que tenhamos toda a mesa só para nós.

— Você estava dançando? — perguntou ele.

— Claro que estava. Você não me viu? Qual foi a altercação que você teve com a Molly Ivors?

— Não foi uma altercação. Por quê? Ela disse que foi?

— Mais ou menos, sim. Estou tentando fazer com que D'Arcy cante. Ele parece ser muito convencido.

— Não teve altercação — explicou Gabriel, mal-humorado. — Ela simplesmente queria que eu tomasse parte numa viagem para a costa oeste da Irlanda, e eu respondi que não iria.

Gretta deu um pulinho e apertou as mãos, entusiasmada.

— Ah, vamos, sim, Gabriel! Eu adoraria rever Galway.

— Se quiser, vá você — respondeu ele, friamente.

Ela olhou para ele por um instante, e então se voltou para a sra. Malins.

— Eis aqui um marido adorável, sra. Malins.

Enquanto a esposa se afastava, a sra. Malins, sem se dar conta da interrupção, continuou contando a Gabriel sobre as belas cidades e paisagens que havia na Escócia. Seu genro os levava todos os anos aos lagos, onde pescavam. Seu genro era um ótimo pescador. Um dia, ele pescou um belo e enorme peixe, e o responsável pelo hotel o cozinhou para o jantar.

Gabriel mal ouvia o que ela falava. Agora que o jantar se aproximava, começou a pensar novamente em seu discurso e na citação. Quando viu Freddy Malins atravessando a sala para visitar a mãe, Gabriel deixou a cadeira livre para ele e se retirou para o vão da janela. O salão já estava vazio e da sala dos fundos vinha o barulho de pratos e facas. Aqueles que ainda permaneciam no salão pareciam cansados de dançar e conversavam baixinho em pequenos grupos.

Os dedos quentes e trêmulos de Gabriel batiam na vidraça fria da janela. Como devia estar frio lá fora! Como seria agradável caminhar sozinho, primeiro à beira do rio e depois pelo parque! A neve estaria caindo nos galhos das árvores e formando uma capa brilhante no topo do Monumento ao Duque de Wellington. Como seria muito mais agradável estar lá fora do que ficar à mesa para jantar!

Ele repassou os tópicos de seu discurso: hospitalidade irlandesa, memórias tristes, as Três Graças, Paris, a citação de Browning. Repetiu para si mesmo uma frase que escrevera em sua resenha: "Sentir-se como se estivesse ouvindo uma música atormentada pelo pensamento". A srta. Ivors elogiou a resenha. Teria sido sincera? Teria realmente alguma vida própria por trás de toda a sua propaganda nacionalista? Nunca houvera qualquer ressentimento entre eles até aquela noite. Incomodava-o pensar que ela estaria à mesa do jantar, olhando para ele, com seus olhos críticos e questionadores, enquanto ele discursava. É possível que ela não lamentasse vê-lo fracassar em seu discurso. Uma ideia lhe veio à mente e lhe deu coragem. Ele diria, aludindo à tia Kate e à tia Julia: "Senhoras e senhores, a geração que agora envelhece entre nós pode ter tido seus defeitos, mas, de minha parte, acho que possuía determinadas qualidades, de hospitalidade, de humor, de humanidade, que a nova geração, muito séria e hipereducada que está crescendo ao nosso redor, parece-me carecer." Muito bem: essa seria para a srta. Ivors. O que lhe importava que suas tias fossem apenas duas velhas ignorantes?

Um burburinho na sala atraiu sua atenção. Browne se aproximava da porta, galantemente acompanhando tia Julia, que se apoiava em seu braço, sorrindo e abaixando a cabeça. Uma salva de palmas irregular a acompanhou até o piano e, então, quando Mary Jane se sentou na banqueta e tia Julia, agora sem sorrir, virou-se um pouco para que sua voz penetrasse a sala, as palmas gradualmente cessaram. Gabriel reconheceu o prelúdio. Era o de uma antiga canção que tia Julia adorava — *Arrayed for the Bridal*. Sua voz, forte e clara, atacou com grande entusiasmo as melodias que embelezam o ar e, embora cantasse um pouco acelerado, não perdeu sequer uma nota. Seguir a voz, sem olhar para o rosto da cantora, era sentir e compartilhar a excitação de voo suave e seguro. Ao final da canção, Gabriel aplaudiu ruidosamente, com todos os outros, e palmas estrondosas vieram da mesa invisível do jantar. Parecia tão genuíno que tia Julia até ficou corada enquanto se abaixava para recolocar no suporte de partituras o velho cancioneiro encadernado em couro, com suas iniciais na capa. Freddy Malins, que ouvira com a cabeça inclinada para o lado para apreciar melhor, ainda aplaudia quando todos os outros pararam, e conversava animadamente com a mãe, que assentia grave e devagar. Por fim, quando não conseguiu mais bater palmas, levantou-se e correu pela sala até a tia Julia, cuja mão segurou, apertando-a quando as palavras lhe faltavam ou a voz embargada se mostrava demais para ele.

— Estava justamente falando para mamãe — disse ele — que nunca ouvi a senhora cantar tão bem, nunca. Não, nunca ouvi sua voz tão nítida quanto esta noite. Agora! A senhora acreditaria nisso? É a verdade. Palavra de honra, essa é a verdade. Nunca ouvi sua voz soar tão fresca e tão... tão clara e fresca, nunca.

Tia Julia abriu um largo sorriso e murmurou algo sobre elogios enquanto soltava a mão dele. Browne estendeu a mão aberta em sua direção e disse aos que estavam perto, como faria um artista apresentando um prodígio ao público:

— Srta. Julia Morkan, minha última descoberta!

Ele ria solto de seu próprio comentário quando Freddy Malins se aproximou e disse:

— Muito bem, Browne, se você estiver falando sério, não poderia fazer uma descoberta melhor. Tudo o que posso dizer é que nunca a ouvi cantar tão bem desde que frequento esta casa. E essa é a mais pura verdade.

— Nem eu, tampouco — respondeu Browne. — Acho que sua voz evoluiu enormemente.

Tia Julia deu de ombros e falou, com orgulho contido:

— Até que minha voz não era assim tão ruim há trinta anos.

— Eu sempre falei para Julia que ela estava perdendo tempo naquele coral. Mas ela nunca me deu ouvidos.

Ela olhou para os outros como se apelasse ao bom senso geral diante de uma criança mal-educada, enquanto tia Julia olhava para a frente, com um vago sorriso de reminiscência em seu rosto.

— Que nada — continuou tia Kate —, ela não se deixaria guiar por ninguém, trabalhando como escrava naquele coral dia e noite, noite e dia. Seis horas da manhã em pleno Natal! E tudo isso para quê?

— Bem, não era para louvar o Senhor, tia Kate? — perguntou Mary Jane, virando-se na banqueta do piano e sorrindo.

Tia Kate dirigiu um olhar feroz para a sobrinha e disse:

— Eu sei tudo sobre o dever de louvar a Deus, Mary Jane, mas acho que não é nada bonito para o Papa expulsar as mulheres dos corais em que trabalharam a vida toda para colocar esses moleques idiotas no lugar delas. Suponho que se o Papa fizer isso, será para o bem da Igreja. Mas não é justo, Mary Jane, não é certo.

Ela estava tomada pelo assunto e teria continuado em defesa de sua irmã, aquele era um ponto sensível para ela, mas Mary Jane, vendo que todos os dançarinos já haviam retornado, interveio em tom sereno:

— Mas veja só, tia Kate, a senhora está criticando a Igreja aqui diante do sr. Browne, que professa a outra religião.

Tia Kate virou-se para Browne, que sorria diante da alusão à sua religião, e disse, sem perda de tempo:

— Ah não, eu não questiono o acerto das ações do Papa. Sou apenas uma velha estúpida e não ousaria fazer uma coisa dessas. Mas existem, na vida, coisas que chamamos de cortesia e gratidão. E, se estivesse no lugar da Julia, diria isso ao padre Healey, na cara dele...

— Além disso, tia Kate — insistiu Mary Jane —, nós estamos todos com muita fome, e quando a fome aperta todo mundo fica rabugento.

— E quando temos sede também ficamos rabugentos — completou Browne.

— Assim, o melhor é irmos jantar — encerrou Mary Jane — e deixar a discussão para depois.

No vestíbulo em frente à sala de estar, Gabriel encontrou a esposa e Mary Jane tentando persuadir a srta. Ivors a ficar para o jantar. Mas ela, que colocara o chapéu e abotoara a capa, não pretendia permanecer. Dizia não sentir a menor fome e que já estava tarde.

— Serão só dez minutos, Molly — disse a sra. Conroy. — Isso não irá atrasá-la.

— Pelo menos um prato — reforçou Mary Jane — depois de tudo o que você dançou.

— Eu realmente não posso — encerrou a srta. Ivors.

— Receio que não tenha sido uma noite agradável para você — disse, como derradeira tentativa, Mary Jane.

— Me diverti imensamente, eu lhe asseguro — respondeu a srta. Ivors —, mas realmente preciso ir embora agora.

— Mas como você vai conseguir chegar em casa? — perguntou a sra. Conroy.

— Ora, é só um pulinho até o cais.

Gabriel hesitou por um momento, até que finalmente falou:

— Se me permitir, Molly, se precisa mesmo ir, vou acompanhá-la até sua casa.

Mas a srta. Ivors recusou e se afastou deles.

— Não quero nem ouvir falar nisso — exclamou. — Pelo amor de Deus, vão jantar e não se preocupem comigo. Eu consigo perfeitamente cuidar de mim mesma.

— Bem, você é mesmo uma comédia, Molly — disse a sra. Conroy com franqueza.

— *Beannacht libh,* abençoados sejam todos vocês — gritou srta. Ivors, soltando uma risada, conforme descia correndo a escada.

Mary Jane a observou com uma expressão taciturna e confusa, enquanto a sra. Conroy se inclinava sobre o corrimão para tentar ouvir a porta se fechando e ter certeza de que ela se fora. Gabriel se perguntou se seria ele o responsável pela saída abrupta. Mas ela não parecia estar de mau humor: havia ido embora dando risada. Com uma expressão vazia, ele olhava para a escada.

Naquele momento tia Kate saiu esbaforida da sala de jantar, agitando as mãos em sinal de desespero.

— Onde foi que o Gabriel se meteu? — gritou. — Onde, neste mundo de Deus, Gabriel se meteu? Estão todos esperando lá dentro, o palco preparado, e não tem ninguém para destrinchar o ganso!

— Aqui estou eu, tia Kate! — gritou ele de volta, com repentina animação. — Pronto, se necessário, para destrinchar uma revoada de gansos.

Um enorme ganso assado jazia em uma das extremidades da mesa, e, na outra, sobre uma bandeja de papel amassado salpicado de raminhos de salsa, estava um grande pernil, sem pele e salpicado com migalhas de casca de pão, com um elegante babado de papel em volta da canela e, ao lado, um pedaço redondo de carne assada.

Entre essas extremidades, corriam fileiras paralelas de acompanhamentos: duas pequenas jarras de gelatina, vermelha e amarela; um prato raso cheio de blocos de manjar branco e geleia vermelha; um grande prato verde em forma de folha com uma alça em forma de talo, sobre o qual estavam cachos de passas roxas e amêndoas descascadas; um prato de acompanhamento sobre o qual repousava um retângulo sólido de figos de Esmirna; um prato de creme coberto com noz-moscada ralada; uma pequena tigela cheia de chocolates e doces embrulhados em papéis dourados e prateados; e um vaso de vidro no qual estavam alguns talos altos de aipo. No centro da mesa, como sentinelas de uma banca de frutas que sustentava uma pirâmide de laranjas e maçãs americanas, estavam dois decantadores antigos e pouco altos de vidro lapidado, um com vinho do Porto e o outro com xerez. Sobre o piano quadrado fechado, um pudim em um enorme prato amarelo aguardava, e atrás dele, três esquadrões de garrafas de cerveja preta, cerveja clara e água mineral, dispostos de acordo com as cores de seus uniformes: os dois primeiros pretos, com rótulos marrons e vermelhos; o terceiro e menor, branco, com faixas verdes transversais.

Gabriel ocupou corajosamente o lugar na cabeceira da mesa e, olhando para a borda da bandeja, cravou o garfo, com força, no ganso. Sentia-se bastante à vontade agora, pois era um destrinchador experiente e não havia nada que o agradasse mais do que estar à cabeceira de uma mesa farta.

— Srta. Furlong, o que devo lhe servir? — perguntou ele. — Uma asa ou uma fatia de peito?

— Só uma fatia fina do peito.

— Srta. Higgins, e para você?

— Ah, aceito qualquer pedaço, sr. Conroy.

Enquanto Gabriel e a srta. Daly serviam pedaços de ganso, de pernil e de carne assada, Lily ia de convidado em convidado com um prato de batatas quentes, embrulhadas em um guardanapo branco. A ideia fora de Mary Jane, e ela também sugerira molho de maçã para o ganso, mas tia Kate dissera que ganso assado simples, sem molho de maçã, sempre ficara bom, e que ela esperava jamais comer um menos gostoso. Mary Jane atendia seus alunos e providenciava para que recebessem as melhores fatias, e tia Kate e tia Julia abriam e carregavam do piano garrafas de cerveja preta e clara para os cavalheiros e garrafas de água mineral para as damas. Houve muita confusão, risos e barulho, o ruído de pedidos e contrapedidos, de facas e garfos, de rolhas e de copos de vidro. Gabriel começou a cortar as segundas porções assim que terminou a primeira rodada, sem se servir. Todos protestaram em voz alta, de modo que ele aceitou tomar um longo gole de cerveja preta, pois o trabalho o deixara com calor. Mary Jane sentou-se em silêncio para jantar, mas tia Kate e tia Julia ainda circulavam em volta da mesa, pisando nos calcanhares uma da outra, atrapalhando-se e dando ordens sem que ninguém as ouvisse. Browne implorou para que se sentassem e jantassem, e Gabriel também pediu, mas elas disseram que havia tempo suficiente, de modo que, finalmente, Freddy Malins se levantou e, agarrando tia Kate, em meio a risos generalizados, a sentou à força na cadeira.

Quando todos já estavam devidamente servidos, Gabriel falou, sorrindo:

— E agora, se alguém quiser um pouco mais do que as pessoas vulgarmente chamam de recheio, que se manifestem agora.

Um coro de vozes o instou a começar seu próprio jantar, e Lily chegou com três batatas que havia reservado para ele.

— Muito bem — disse Gabriel, em tom amigável, enquanto tomava outro gole preparatório —, por favor, agora esqueçam que existo, senhoras e senhores, por alguns minutos.

Ele se pôs a comer e não participou da conversa com a qual a mesa envolveu a retirada dos pratos por Lily. O assunto era a companhia de ópera que então se apresentava no Theatre Royal. Bartell D'Arcy, o tenor, um jovem moreno com um bigode elegante, elogiou muito a contralto principal da companhia, mas a srta. Furlong achou que o estilo dela era um tanto vulgar. Freddy Malins disse que havia um homem com aparência de chefe tribal africano cantando na segunda parte da pantomima *Gaiety*, com uma das melhores vozes de tenor que já ouvira.

— Você já o ouviu cantar? — perguntou a D'Arcy pela mesa.

— Não — respondeu D'Arcy com ar de tédio.

— Porque — explicou Freddy — eu fiquei curioso para saber sua opinião sobre ele. Acho que é dono de uma bela voz.

— É sempre Freddy quem nos apresenta as novidades — emendou, com simpatia, Browne.

— E por que ele não pode ter uma bela voz? — insistiu Freddy. — Só porque é negro?

Ninguém respondeu à pergunta, e Mary Jane conduziu a mesa de volta à legítima ópera. Uma de suas alunas lhe dera um ingresso para assistir *Mignon*. Claro que era muito bom, disse ela, mas a fez pensar na pobre Georgina Burns. Browne foi capaz de voltar ainda mais longe no tempo, às antigas companhias italianas que costumavam vir a Dublin — Tietjens, Ilma de Murzka, Campanini, os grandes Trebelli, Giuglini, Ravelli, Aramburo. Aqueles eram os dias, disse ele, em que se ouvia em Dublin algo parecido com canto. Contou também como a galeria superior do antigo Royal costumava ficar lotada noite após noite, como em certa ocasião um tenor italiano cantou cinco bis de *Let me like a Soldier fall*, acrescentando um dó mais agudo a cada vez, e como os rapazes da galeria às vezes, em seu entusiasmo, desatrelavam os cavalos da carruagem de alguma grande *prima donna* e a puxavam eles mesmos pelas ruas até o hotel. Por que não eram mais tocadas as grandes óperas do passado, perguntou ele, como *Dinorah* ou *Lucrécia Borgia*? Porque não conseguiam vozes que as cantassem: era por isso.

— Ora, ora — interveio D'Arcy —, acredito que existam, nos dias de hoje, vozes tão boas quanto as do passado.

— E onde é que elas estão? — perguntou, em tom de desafio, o sr. Browne.

— Em Londres, Paris, Milão — replicou D'Arcy, elevando o tom. — Acredito que Caruso, por exemplo, seja tão bom, se não melhor, do que qualquer um dos que você mencionou.

— Talvez seja — respondeu Browne. — Mas devo dizer que tenho fortes dúvidas.

— Ah, eu daria tudo para ouvir Caruso cantar — disse Mary Jane.

— Para mim — disse tia Kate, extraindo carnes de um osso —, existia apenas um tenor. Que me agradasse, quero dizer. Mas suponho que nenhum de vocês jamais tenha ouvido falar dele.

— Quem era ele? — perguntou, polidamente, Bartell D'Arcy.

— O nome era Parkinson — respondeu tia Kate. — Eu o ouvi quando estava no auge e acho que ele tinha a mais pura voz de tenor que um dia existiu na garganta de um homem.

— Que estranho — disse D'Arcy. — Eu nunca ouvi falar dele.

— Sim, sim, a srta. Morkan está certa — confirmou Browne. — Lembro-me de ter ouvido falar do velho Parkinson, mas ele está muito longe no tempo para mim.

— Um lindo, puro, doce e suave tenor inglês — disse tia Kate, entusiasmada.

Quando Gabriel terminou de comer, o enorme pudim foi transferido para a mesa. O barulho de garfos e colheres recomeçou. A esposa dele serviu colheradas do pudim e foi passando os pratos pela mesa. No meio do caminho, eles eram segurados por Mary Jane, que os reabastecia com gelatina de framboesa ou laranja ou com manjar branco e geleia. A sobremesa foi feita por tia Julia, que recebeu elogios de todos. Ela se lamentou que o pudim não tinha ficado dourado o suficiente.

— Bem, espero, srta. Morkan, que ele esteja no ponto certo, assim como eu — brincou o sr. Browne.

Todos os homens, exceto Gabriel, comeram um pouco do pudim em respeito à tia Julia. Como ele nunca comia doces, o aipo havia sido deixado para ele. Freddy Malins também pegou um talo de aipo e o comeu com pudim. Disseram-lhe que o aipo era ótimo para o sangue e ele estava, de fato, sob cuidados médicos. A sra. Malins, que permanecera em silêncio durante todo o jantar, mencionou que seu filho iria passar alguns dias no mosteiro de Monte Melleray na semana seguinte. A mesa então falou sobre Monte Melleray, como o ar de lá era revigorante, com monges hospitaleiros que nunca pediam um único centavo aos hóspedes.

— Vocês querem dizer — perguntou um incrédulo Browne — que um sujeito pode ir até lá, se hospedar como se fosse um hotel e viver da fartura da terra, para depois ir embora sem pagar nada?

— Bem, a maioria das pessoas faz alguma doação ao mosteiro quando vai embora — explicou Mary Jane.

— Eu bem que gostaria que houvesse uma instituição como essa em nossa Igreja Anglicana — disse Browne, com sinceridade.

Ele ficou surpreso ao saber que os monges jamais falavam, acordavam às duas da manhã e dormiam em seus caixões. Perguntou por que faziam isso.

— São as regras da Ordem — respondeu tia Kate.

— Sim, mas por quê? — insistiu Browne.

Tia Kate repetiu que era a regra, só isso. Browne ainda parecia não entender. Freddy Malins lhe explicou, da melhor maneira possível, que os monges estavam tentando compensar os pecados cometidos por todos os pecadores do mundo fora do mosteiro. Mas a explicação parece não ter sido satisfatória, pois Browne sorriu e replicou:

— A ideia me agrada bastante, mas será que uma boa cama de molas não teria o mesmo efeito de um caixão?

— O caixão — disse Mary Jane — é para lembrá-los do destino final que todos terão.

Como o assunto da conversa havia se tornado lúgubre, acabou enterrado pelo silêncio da mesa, durante o qual a sra. Malins podia ser ouvida dizendo ao seu vizinho em voz baixa:

— Aqueles monges são homens muito bons, muito piedosos.

As passas, amêndoas, figos, maçãs, laranjas, chocolates e doces foram então distribuídos pela mesa, e tia Julia instou todos os convidados a tomarem vinho do Porto ou xerez. A princípio, D'Arcy recusou-se, mas um de seus vizinhos o cutucou e sussurrou algo, e ele aceitou. Gradualmente, à medida que os últimos copos eram enchidos, a conversa cessou. Seguiu-se uma pausa, interrompida apenas pelo barulho do vinho e pelo movimento das cadeiras. As srtas. Morkan, todas as três, olharam para a toalha da mesa. Alguém tossiu uma ou duas vezes e então alguns dos convidados deram leves batidas na mesa pedindo silêncio. O silêncio se instalou e Gabriel empurrou a cadeira para trás.

As batidas de encorajamento se intensificaram, para logo cessarem completamente. Gabriel apoiou seus dez dedos trêmulos na toalha de mesa e sorriu nervosamente para os presentes. Encontrando uma fileira de rostos voltados para cima, ergueu os olhos para o lustre. O piano tocava uma valsa e ele podia ouvir as saias batendo contra a porta da sala de estar. Pessoas, talvez, estivessem de pé na neve no cais lá fora, olhando para as janelas iluminadas e ouvindo a música da valsa. O ar ali era puro. Ao longe, estendia-se o parque onde as árvores estavam pesadas com a neve que as cobriam. O Monumento ao Duque de Wellington ostentava uma camada brilhante de neve que brilhava para o oeste ao longo dos *Quinze Acres*, uma parte do parque Phoenix.

Gabriel começou:

— Senhoras e senhores, coube a mim, esta noite, como nos anos anteriores, realizar uma tarefa muito agradável, mas para a qual, receio, minhas débeis capacidades enquanto orador sejam demasiado inadequadas.

— De maneira alguma, discordo! — interrompeu Browne.

— Mas, seja como for, esta noite só posso lhes pedir que sejam pacientes e me emprestem a sua atenção por alguns momentos enquanto me esforço para expressar em palavras os meus sentimentos.

"Senhoras e senhores, não é a primeira vez que nos reunimos sob este hospitaleiro teto, em torno desta hospitaleira mesa. Não é a primeira vez que recebemos — ou talvez, melhor dizendo, somos vítimas — da hospitalidade de certas boas senhoras."

Gabriel desenhou um círculo no ar com o braço e fez uma pausa. Todos riram ou sorriram para tia Kate, tia Julia e Mary Jane, que ficaram felizes e rubras. Ele prosseguiu, agora com mais veemência:

— Sinto com mais força, a cada ano que passa, que nosso país não tem tradição que o honre tanto e que deva guardar com tanto zelo quanto a de sua hospitalidade. É uma tradição única, na minha experiência (e visitei não poucos lugares no exterior) entre as nações modernas. Alguns diriam, talvez, que para nós isso seja mais um defeito do que algo do que nos gabar. Mas, admitindo isso, é, na minha opinião, um defeito principesco, e que, confio, será cultivada por muito tempo entre nós. De uma coisa, pelo menos, tenho certeza. Enquanto este único teto abrigar as boas damas mencionadas, e desejo do fundo do meu coração que assim seja por muitos e muitos anos, a tradição da genuína e calorosa hospitalidade irlandesa, que nossos antepassados nos transmitiram e que, por sua vez, devemos transmitir aos nossos descendentes, ainda estará viva entre nós.

Um caloroso burburinho de concordância percorreu toda a mesa. Gabriel percebeu que a srta. Ivors não estava lá e que havia ido embora de modo nada cortês. E, então prosseguiu, confiante:

— Senhoras e senhores, uma nova geração está crescendo em nosso meio, uma geração movida por novas ideias e novos princípios. Ela é séria e entusiasmada por essas novas ideias, e seu entusiasmo, mesmo quando mal direcionado, é, creio eu, em grande parte sincero. Mas vivemos em uma era de ceticismo e, se me permitem a expressão, atormentada pelo pensamento: e às vezes temo que esta nova geração, educada ou hipereducada como é, careça daquelas qualidades de humanidade, de hospitalidade, de humor gentil que pertenciam a uma época mais antiga. Ouvindo esta noite os nomes de todos aqueles grandes cantores do passado, pareceu-me, devo confessar, que estávamos vivendo em uma era menos generosa. Aqueles dias poderiam, sem exagero, ser chamados de dias generosos, e se eles se foram para sempre, esperemos, pelo menos, que em encontros como este, ainda possamos falar deles com orgulho e afeição, que ainda guardemos em nossos corações a memória daqueles grandes que se foram, cuja fama o mundo não deixará, de bom grado, perecer.

— Apoiado! Apoiado! — exclamou Browne.

— Mas, ainda assim — continuou Gabriel, com a voz assumindo uma inflexão mais suave —, sempre nos ocorrerão, em reuniões como esta, pensamentos mais melancólicos: memórias do passado, da juventude, das mudanças, de rostos ausentes dos quais sentimos falta esta noite. Nosso caminho pela vida está repleto de muitas dessas tristes lembranças: e se nos detivéssemos sobre elas o tempo todo, não teríamos coragem de prosseguir bravamente com nosso trabalho entre os vivos. Todos nós temos deveres e afeições vivos que exigem, e com razão, nossos árduos esforços. Portanto, não me deterei no passado. Não permitirei que nenhuma moral sombria se insira entre nós esta noite. Aqui estamos reunidos por um breve momento, longe da agitação e da correria da nossa rotina diária. Somos recebidos aqui como amigos, num espírito de camaradagem, como colegas, também, até certo ponto, num verdadeiro espírito de companheirismo, e como convidados de, como devo chamá-las?, as Três Graças do mundo musical de Dublin.

A mesa explodiu em aplausos e risos diante dessa alusão. Tia Julia, em vão, pediu a cada um dos que estavam sentados ao seu lado que lhe contasse o que Gabriel havia falado.

— Ele falou que somos as Três Graças, tia Julia — explicou Mary Jane.

Tia Julia não entendeu, mas olhou para Gabriel, sorrindo, que prosseguiu na mesma linha:

— Senhoras e senhores, não me atreverei esta noite a representar o papel que coube a Paris em outra ocasião. Não tentarei escolher entre as três. A tarefa estaria além das minhas escassas forças. Pois quando as vejo, uma por vez, seja a nossa principal anfitriã, cujo bom coração, cujo coração bom demais, se tornou um ditado entre todos que a conhecem, ou sua irmã, que parece ser dotada de uma juventude perene e cujo canto deve ter sido uma surpresa e uma revelação para todos nós esta noite, ou, por último, mas não menos importante, quando considero nossa mais jovem anfitriã, talentosa, alegre, trabalhadora e a melhor das sobrinhas, confesso, senhoras e senhores, que não sei a qual delas devo conceder o prêmio.

Gabriel olhou para as tias e, vendo o largo sorriso no rosto da tia Julia e as lágrimas que brotaram nos olhos da tia Kate, apressou-se a buscar o encerramento. Ergueu galantemente sua taça de vinho do

Porto, enquanto todos os presentes pegavam as suas, com expectativa e, em voz alta, declarou:

— Brindemos a todos as três, juntas. Brindemos à sua saúde, riqueza, longa vida, felicidade e prosperidade, e que continuem por muito tempo a manter a posição orgulhosa que conquistaram e que ocupam em suas atividades, e a posição de honra e afeição que ocupam em nossos corações.

Todos os convidados se levantaram, taças na mão, e virando-se para as três senhoras sentadas, cantaram em uníssono, com Browne liderando:

Elas são boas companheiras,
Elas são boas companheiras,
Elas são boas companheiras,
Ninguém pode negar!

Tia Kate fazia uso do lenço sem economizar, e até tia Julia parecia comovida. Freddy Malins marcava o tempo com seu garfo de pudim e os cantores se voltavam uns para os outros, como se estivessem em uma conferência melodiosa, enquanto cantavam com ênfase:

E não é mentira,
E não é mentira!

E então, voltando-se novamente em direção às anfitriãs, repetiram, em uníssono:

Elas são boas companheiras,
Elas são boas companheiras,
Elas são boas companheiras,
Ninguém pode negar!

A aclamação que se seguiu foi conduzida para além da porta da sala de jantar por muitos outros convidados e renovada vez após vez, com Freddy Malins, como um maestro, agitando seu garfo.

O ar cortante da madrugada entrou pela sala onde eles estavam, levando tia Kate a exclamar:

— Alguém feche logo a porta, ou a sra. Malins vai morrer congelada!

— Browne está lá fora, tia Kate — respondeu Mary Jane.

— Browne está em toda parte — disse tia Kate, abaixando a voz.

Mary Jane riu do comentário da tia.

— De fato — retrucou ela, maliciosamente —, ele é muito atencioso.

— Ele se instalou por aqui como o sistema de gás — continuou tia Kate, no mesmo tom — durante todo o Natal.

Ela mesma riu do que disse, para logo acrescentar:

— Mas peça a ele que entre, Mary Jane, e feche a porta. Espero que ele não tenha me ouvido.

Naquele momento, a porta do corredor se abriu e Browne entrou, rindo como se fosse explodir. Vestia um longo sobretudo verde com punhos e gola de imitação de astracã e usava na cabeça um gorro oval feito de pele. Apontou para o cais coberto de neve, de onde vinha o som de um assobio agudo e prolongado.

— Desse jeito, o Freddy vai conseguir chamar todos os táxis de Dublin — comentou ele.

Gabriel saiu da pequena despensa atrás do escritório, esforçando-se para conseguir vestir o sobretudo e, olhando ao redor do corredor, perguntou:

— Gretta ainda não desceu?

— Está recolhendo as coisas dela, Gabriel — respondeu tia Kate.

— Quem está tocando piano lá em cima? — perguntou ele.

— Ninguém. Já foram todos embora.

— Ah, não, tia Kate — disse Mary Jane. — Bartell D'Arcy e a Srta. O'Calaghan ainda estão aqui.

— De um jeito ou de outro, tem alguém se divertindo no piano.

Mary Jane olhou para Gabriel e para Browne e falou, com um leve tremor:

— Sinto frio só de ver vocês dois tão agasalhados. Não gostaria de encarar a viagem de volta para casa numa hora destas.

— Não existe nada que me agradaria mais neste momento — disse Browne, decidido — do que uma bela caminhada pelos campos ou um trote ligeiro com um bom cavalo puxando.

— Nós tivemos um cavalo maravilhoso e uma charrete aqui em casa — disse a tia Julia, melancólica.

— O inesquecível Johnny — comentou Mary Jane rindo.

Tia Kate e Gabriel também riram.

— O que Johnny tinha de tão maravilhoso? — perguntou Browne.

— O falecido Patrick Morkan, nosso avô, que — explicou Gabriel — era mais conhecido, em seus últimos anos, como o Velho Cavalheiro, era um fabricante de cola...

— Ah, nada disso, Gabriel — interrompeu tia Kate, rindo —, ele fabricava goma.

— Bem, tanto faz, cola ou goma — prosseguiu Gabriel —, o Velho Cavalheiro tinha um cavalo chamado Johnny. E Johnny costumava trabalhar no moinho dele, andando em círculos para fazer girar o moinho. Tudo isso era ótimo, mas agora vem a parte trágica com relação a Johnny. Um belo dia, o velho decidiu ir com as pessoas importantes da área assistir a exercícios militares no parque.

— Que Deus tenha piedade de sua alma — disse, comovida, tia Kate.

— Amém — completou Gabriel. — E então o Velho Cavalheiro, como eu ia dizendo, atrelou Johnny, colocou sua melhor cartola e seu melhor casaco de couro e saiu em grande estilo de sua mansão ancestral em algum lugar, eu acho, perto do beco Back Lane.

Todos, até mesmo a sra. Malins, riram da maneira como Gabriel contava a história, mas então a tia Kate voltou a interrompê-lo, dizendo:

— Ah, não, Gabriel, ele não morava no beco, o que ficava lá era o moinho.

— Ele deixou, enfim, a mansão de seus antepassados — continuou Gabriel — e partiu montado em Johnny. Tudo correu lindamente até Johnny avistar a estátua do conquistador da Irlanda, William III. E, se ele se apaixonou pelo cavalo em que o rei Billy está montado, ou se pensou que estava de volta ao moinho, não se sabe, mas, de um jeito ou de outro, Johnny começou a andar em círculos ao redor da estátua.

Enquanto contava a história, Gabriel, já calçando suas galochas, andava em círculos pelo salão, arrancando risadas de todos.

— E em círculos e círculos ele andava — prosseguiu Gabriel — enquanto o Velho Cavalheiro, que era um velho muito pomposo, ficava cada vez mais indignado. “Vamos em frente, meu senhor! O que está pretendendo fazer, meu senhor? Johnny! Johnny! Que comportamento mais absurdo! Não consigo entender este cavalo!”

A gargalhada geral que se seguiu à imitação de Gabriel foi interrompida por uma batida retumbante à porta do corredor. Mary Jane correu para abri-la e deixou Freddy Malins entrar. Freddy, com o chapéu bem enterrado na cabeça e os ombros curvados pelo frio, ofegava e fumegava com o esforço.

— Só consegui um único táxi — informou ele.

— Ah, haveremos de encontrar algum outro ao longo do cais — disse Gabriel.

— Sim — emendou tia Kate. — É melhor não deixarmos a sra. Malins exposta ao frio.

A sra. Malins foi ajudada a descer os degraus da frente pelo filho e por Browne e, depois de muitas manobras, conseguiu ser içada para dentro do táxi. Freddy Malins subiu atrás dela e passou um longo tempo acomodando-a no assento, com Browne dando conselhos. Até que ela, por fim, viu-se confortavelmente acomodada, e Freddy convidou Browne para ir junto no táxi. Houve muita conversa, e Browne acabou subindo no táxi. O cocheiro ajeitou o cobertor sobre os joelhos e curvou-se para tentar entender o destino da viagem. A confusão aumentou e o cocheiro era orientado de forma diferente por Freddy e por Browne, cada um com a cabeça para fora pela janela do táxi. A dificuldade era saber onde deixar Browne ao longo do caminho, e tia Kate, tia Julia e Mary Jane ajudaram na discussão da porta com orientações conflitantes e muitas risadas. Freddy Malins acabou ficando sem palavras de tanto rir. Ele colocava a cabeça para dentro e para fora da janela a todo momento, correndo grande risco com o chapéu, e contava à mãe como a discussão estava progredindo, até que finalmente Browne gritou para o perplexo cocheiro, por cima do barulho das risadas de todos:

— Você sabe onde fica o Trinity College?

— Sim, senhor — respondeu o cocheiro.

— Muito bem, então vá em direção aos portões da frente do Trinity College — disse Browne — e chegando lá nós diremos para onde ir. Entendeu?

— Sim, senhor — concordou o cocheiro.

— Voe como um pássaro em direção ao Trinity College.

— Perfeitamente, senhor — respondeu o cocheiro

O cavalo foi chicoteado e a carruagem partiu ruidosamente, ao longo do cais, em meio a um coro de risos e de despedidas.

Gabriel não fora até a porta com os outros. Estava numa parte escura do corredor, olhando para a escada. Uma mulher estava parada perto do topo do primeiro lance, também na sombra. Ele não conseguia ver o rosto dela, mas conseguia ver os painéis terracota e salmão de sua saia, que a sombra fazia parecer preto e branco. Era sua esposa. Ela estava encostada no corrimão, ouvindo alguma coisa. Gabriel ficou surpreso com a quietude dela e aguçou o ouvido para ouvir também. Mas não conseguia ouvir muita coisa além do barulho de risos e conversas animadas nos degraus da frente, alguns acordes do piano e sons de uma voz masculina cantando.

Ele ficou parado na penumbra do corredor, tentando captar o que a voz cantava e olhando para a esposa. Havia graça e mistério em sua atitude, como se ela simbolizasse algo. Gabriel se perguntou o que significava uma mulher parada na escada, na sombra, ouvindo música distante. Se ele fosse um pintor, a pintaria naquela atitude. Seu chapéu de feltro azul destacaria o bronze de seus cabelos contra a escuridão, e as faixas escuras de sua saia destacariam as claras. Se fosse um pintor, ele chamaria o quadro de *Música Distante*.

A porta foi fechada, e tia Kate, tia Julia e Mary Jane vieram pelo corredor, ainda rindo.

— Ah, Freddy não é terrível? — disse Mary Jane. — Ele é realmente terrível.

Gabriel não disse nada, apenas apontou para o andar de cima, para a direção onde estava sua esposa. Agora que a porta do corredor estava fechada, a voz e o piano podiam ser ouvidos com mais clareza. Gabriel ergueu a mão para que se calassem. A canção parecia estar no antigo estilo irlandês, e o cantor mostrava-se inseguro tanto em relação às palavras quanto à voz. Esta, tornada lamentosa pela distância e pela rouquidão do cantor, iluminava debilmente o ar com palavras que expressavam pesar:

Oh, a chuva cai em meus densos cabelos
O orvalho molha minha pele,
E o corpo do meu bebê jaz, gelado...

— Oh! — exclamou Mary Jane. — É a voz de D'Arcy, e ele não cantou nenhuma vez durante a noite. Muito bem, vou fazê-lo cantar uma música antes que vá embora.

— Ah, sim, faça isso — pediu tia Kate.

Mary Jane passou pelos outros e correu para a escada, mas antes que chegasse lá, a cantoria parou e o piano foi abruptamente fechado.

— Ah, que pecado! — gritou ela. — Ele já está vindo, Gretta?

Gabriel ouviu a esposa responder que sim e a viu descendo em sua direção. Alguns passos atrás vinham D'Arcy e a srta. O'Callaghan.

— Ah, sr. D'Arcy — gritou Mary Jane —, que maldade a sua, parar bem na hora em que estávamos todos em êxtase ouvindo sua voz.

— Insisti com ele a noite toda — disse a srta. O'Callaghan — e a sra. Conroy fez o mesmo, mas ele nos dizia que estava com um resfriado terrível e não conseguiria cantar.

— Ora, sr. D'Arcy — disse tia Kate —, que bela mentira o senhor nos pregou!

— Vocês não percebem que estou rouco como um corvo? — respondeu um irritado D'Arcy.

Ele foi apressadamente para a despensa e vestiu o sobretudo. Os outros, surpresos com sua resposta rude, não souberam o que falar. Tia Kate franziu as sobrancelhas e fez sinal para os outros mudarem de assunto. D'Arcy ficou ali, carrancudo, enrolando o cachecol no pescoço.

— É por causa do clima — comentou, após uma pausa, tia Julia.

— Sim, todo mundo tem ficado resfriado — completou tia Kate. — Todo mundo!

— Estão falando — emendou Mary Jane — que não temos uma neve tão forte há trinta anos. Li esta manhã nos jornais que está igual em toda a Irlanda.

— Eu amo a beleza da neve — disse, melancólica, tia Julia.

— Eu também — completou a srta. O'Callaghan. — Acho que o Natal nunca é realmente Natal a menos que o chão esteja coberto de neve.

— Mas o pobre D'Arcy não gosta da neve — disse tia Kate, sorrindo.

D'Arcy saiu da despensa totalmente agasalhado e protegido e, em tom de arrependimento, contou-lhes a história de seu resfriado. Todos lhe deram conselhos, disseram que era uma pena e o incentivaram a ter muito cuidado com a garganta no ar gelado daquela noite. Gabriel observava sua esposa, que não se juntou à conversa. Ela estava parada bem sob a claraboia empoeirada e a chama do gás iluminava o rico bronze de seus cabelos, que ele a vira secar alguns dias antes. Ela parecia alheia à conversa ao redor. Por fim, dirigiu o olhar para o grupo, e Gabriel notou que havia cor em suas bochechas e que seus olhos brilhavam. Uma súbita onda de alegria irrompeu no coração dele.

— Sr. D'Arcy — Gretta perguntou —, qual é o nome da música que você estava cantando?

— Chama-se *The Lass of Aughrim* — respondeu D'Arcy —, mas eu não me recordava direito. Por quê? Você conhece?

— *The Lass of Aughrim* — repetiu. — Eu não conseguia me lembrar do nome.

— É uma belíssima melodia — falou Mary Jane. — É pena que você estava sem voz hoje.

— Ora, Mary Jane — interrompeu tia Kate —, não aborreça o sr. D'Arcy, não quero vê-lo chateado.

Percebendo que todos estavam prontos para sair, ela os conduziu até a porta, onde foram feitas as despedidas:

— Muito bem, boa noite, tia Kate, e muito obrigado pela noite maravilhosa.

— Boa noite, Gabriel. Boa noite, Gretta!

— Boa noite, tia Kate, e muito obrigada por tudo. Boa noite, tia Julia.

— Ah, boa noite, Gretta, eu não a tinha visto.

— Boa noite, sr. D'Arcy. Boa noite, srta. O'Callaghan.

— Boa noite, srta. Morkan.

— Boa noite, de novo, boa noite.

— Boa noite a todos. Vão com cuidado.

— Boa noite, boa noite.

O dia ainda não clareara. Uma luz amarela e opaca pairava sobre as casas e o rio, o céu parecia estar descendo ao chão. A rua estava tomada de lama, e apenas manchas de neve jaziam nos telhados, nas grades do cais e nas cercas. As lâmpadas ainda queimavam em vermelho no ar enevoado e, do outro lado do rio, o Palácio da Justiça destacava-se, imponente, contra o céu pesado.

Ela caminhava à sua frente com D'Arcy, com os sapatos embrulhados em papel marrom sob o braço e as mãos erguendo a saia, protegendo-a da neve derretida. Ela já não parecia atraente, mas os olhos de Gabriel ainda brilhavam de felicidade. O sangue corria em suas veias e os pensamentos fervilhavam em sua mente, orgulhosos, alegres, ternos e intrépidos.

E ela caminhava à sua frente com tanta leveza, e tão ereta, que ele ansiava por correr atrás dela silenciosamente, segurá-la pelos ombros e sussurrar-lhe algo tolo e afetuoso. Ela parecia tão frágil que ele ansiava por defendê-la de alguma coisa e depois ficarem a sós. Momentos de sua vida íntima juntos irrompiam como estrelas em sua memória. Um envelope de cor púrpura jazia ao lado de sua xícara de café da manhã e ele o acariciava com a mão. Pássaros cantavam na hera e a trama ensolarada da cortina cintilava no chão: ele não conseguia comer de felicidade. Estavam de pé na plataforma lotada e ele colocava um ingresso na palma quente da luva dela. Ele estava de pé com ela, no frio, olhando através de uma janela gradeada para um homem fazendo garrafas de vidro em uma fornalha crepitante. Estava muito frio. O rosto dela, perfumado no ar gelado, estava bem próximo dele, e de repente ele se dirigiu ao homem na fornalha:

— O fogo está quente, senhor?

Mas, por causa do barulho da fornalha, o homem não conseguiu ouvir. Ainda bem, pois bem poderia ter respondido com rudeza.

Uma onda de alegria ainda mais terna transbordou de seu coração e correu em torrente morna por suas artérias. Como o fogo terno das estrelas, momentos de sua vida juntos, que ninguém conhecia ou jamais conheceria, irromperam e iluminaram sua memória. Ele ansiava por fazê-la relembrar aqueles momentos, levá-la a esquecer as passagens tediosas de sua existência juntos, e se recordar apenas de seus momentos de êxtase. Pois os anos, ele sentia, não haviam saciado a alma de nenhum dos dois. Seus filhos, seus escritos, os cuidados domésticos dela não haviam saciado o fogo terno de todas as suas almas. Numa carta que havia enviado a ela na época, escreveu: "Por que palavras como estas me parecem tão tediosas e frias? Será porque não há palavra terna o suficiente para ser seu nome?"

Como uma música distante, aquelas palavras escritas anos antes lhe chegavam desde o passado. Ansiava por ficar sozinho com ela. Quando os outros tivessem ido embora, quando os dois estivessem no quarto do hotel, então estariam sozinhos. Ele a chamaria com delicadeza:

— Gretta.

Talvez ela não ouvisse de imediato: estaria se despindo. Então, algo na voz dele a impressionaria. Ela se viraria e olharia para ele....

Na esquina da Winetavern Street, conseguiram finalmente um táxi. Gabriel ficou feliz com o barulho estridente, pois o poupava da conversa. Gretta olhava pela janela e parecia exausta. Os outros falaram apenas algumas palavras, apontando para algum prédio ou rua. O cavalo galopava cansado sob o céu escuro da manhã, arrastando sua velha caixa de transporte atrás dos cascos, e Gabriel se viu novamente em um táxi com ela, galopando para pegar o barco, galopando para a lua de mel.

No momento em que a carruagem atravessou a ponte O'Connel, a srta. O'Callaghan contou:

— Dizem que é impossível atravessar a ponte O'Connel sem ver um cavalo branco.

— O que estou vendo agora é um homem branco — disse Gabriel.

— Onde? — perguntou D'Arcy.

Gabriel apontou para a estátua, sobre a qual havia flocos de neve. Cumprimentou-a com um movimento de cabeça e acenou com a mão.

— Boa noite, Dan! — exclamou alegremente.

Quando o táxi parou em frente ao hotel, Gabriel saltou da carruagem e, apesar dos protestos de D'Arcy, pagou o cocheiro. Deu ao homem um xelim a mais que o preço da corrida. O homem fez uma saudação e disse:

— Desejo-lhe um próspero Ano-Novo, senhor.

— O mesmo para você — respondeu cordialmente Gabriel.

Gretta, ao sair do táxi e enquanto estava no meio-fio, desejando boa noite aos outros, se apoiou por um instante no braço de Gabriel. Ela se apoiou levemente, tão levemente quanto fizera ao dançar com ele algumas horas antes. Ele se sentira então orgulhoso e feliz, feliz por ela ser dele, orgulhoso de sua graça e comportamento conjugal. Mas agora, depois de tantas lembranças reavivadas, o primeiro toque de seu corpo, musical, estranho e perfumado, enviou-lhe uma pontada aguda de luxúria. Sob o manto do silêncio de Gretta, apertou o braço dela firmemente para junto dele, e, enquanto estavam na porta do hotel, sentiu que haviam escapado de suas vidas e deveres, escapado de casa e de amigos e fugido juntos para uma nova aventura com os corações selvagens e radiantes.

Numa grande cadeira, na recepção, um velho cochilava. Acendeu uma vela e os conduziu até a escada. Eles o seguiram em silêncio, os pés batendo suavemente nos degraus densamente acarpetados. Gretta subiu a escada atrás do porteiro, com a cabeça baixa na subida, os ombros frágeis curvados como se carregassem um fardo, a saia apertada ao redor dela. Gabriel poderia tê-la abraçado os quadris e a segurado, pois seus braços tremiam de desejo de agarrá-la, e apenas a pressão das unhas contra as palmas das mãos continha seu impulso selvagem. O porteiro parou na escada para ressuscitar a vela quase apagada. Alguns degraus abaixo, eles foram obrigados a parar também. No silêncio, Gabriel podia ouvir a cera derretida caindo na bandeja e as batidas de seu próprio coração.

O porteiro os conduziu por um corredor e abriu uma porta. Em seguida, pousou a oscilante vela sobre uma penteadeira e perguntou a que horas gostariam de ser acordados pela manhã.

— Às oito — respondeu Gabriel.

O porteiro apontou para o interruptor da luz elétrica e começou a murmurar um pedido de desculpas, mas Gabriel imediatamente o interrompeu:

— Não precisamos de luz. Há luz suficiente vindo da rua. Além disso — acrescentou, apontando para a vela —, você, como um bom companheiro, pode levar daqui este belo objeto.

O porteiro recolheu a vela, mas fez isso devagar, pois estava surpreso com uma ideia tão estranha. Em seguida, murmurou boa noite e saiu. Gabriel trancou a porta.

Uma pálida luz, vinda do poste, projetava-se em um longo feixe que ia de uma das janelas até a porta. Gabriel jogou o sobretudo e o chapéu sobre o sofá e atravessou o quarto em direção à janela. Olhou para a rua a fim de acalmar um pouco sua emoção. Então, virou-se e encostou-se a uma cômoda, de costas para a luz. Gretta havia tirado o chapéu e a capa e estava diante de um grande espelho giratório, desabotoando a cintura. Gabriel parou por alguns instantes, observando-a, e então falou:

— Gretta!

Ela se afastou lentamente do espelho e caminhou ao longo do feixe de luz em direção a ele. Seu rosto parecia tão sério e cansado que emudeceram os lábios de Gabriel. Não, aquele ainda não era o momento.

— Você parece cansada — disse.

— Um pouco — respondeu.

— Não se sente fraca, ou doente?

— Não, apenas cansada, é só isso.

Ela foi até a janela e ali ficou por algum tempo, olhando para fora. Gabriel esperou um pouco e então, temendo que a indiferença estivesse prestes a vencê-lo, falou de repente:

— A propósito, Gretta.

— O que foi?

— Sabe o pobre Malins?

— Sim, o que tem ele?

— Bem, coitado, afinal de contas ele é um bom sujeito — continuou Gabriel num tom pouco sincero. — Ele me devolveu aquele dinheiro que lhe emprestei, o que me deixou surpreso, eu não esperava. É uma pena que não tenha conseguido ficar longe daquele Browne, porque ele na verdade não é má pessoa.

Ele agora tremia, aborrecido. Por que ela parecia tão ausente? Ele não sabia como abordá-la. Será que Gretta estava chateada com alguma coisa? Se ao menos se voltasse para ele ou viesse até ele por vontade própria! Tomá-la naquele estado seria horrível. Não, ele precisava ver, antes, algum ardor em seus olhos. Gabriel ansiava por reverter o estranho estado de humor da esposa.

— Quando você emprestou o dinheiro a ele? — ela perguntou depois de alguns instantes.

Gabriel fez um grande esforço para se conter e não desabafar com rudeza a respeito do beberrão Malins e o dinheiro emprestado. Ele ansiava, do fundo da alma, por gritar, esmagar o corpo dela contra o dele, dominá-la. Mas em vez disso, apenas respondeu:

— Ah, foi no Natal, quando ele abriu aquela lojinha de cartões de boas festas na Henry Street.

Gabriel estava tão tomado de fúria e desejo que não a viu saindo da janela. Gretta ficou parada diante dele por um instante, olhando-o com estranheza. Então, de repente, na ponta dos pés e apoiando as mãos levemente em seus ombros, ela o beijou.

— Você é uma pessoa muito generosa, Gabriel — disse.

Gabriel, tremendo de prazer com o beijo inesperado e com o que ela falou, pôs as mãos nos cabelos de Gretta e começou a alisá-los para trás, mal os tocando com os dedos. A última lavagem os deixara finos e brilhantes. Seu coração transbordava de felicidade. Justamente quando ele a desejava, ela viera até ele por vontade própria. Talvez os pensamentos de ambos estivessem em sintonia. Talvez ela tivesse percebido o desejo impetuoso que havia nele, e então a disposição de ceder a dominasse. Agora que ela se entregara tão naturalmente, Gabriel se perguntava por que fora tão tímido.

Ele se levantou, segurando a cabeça de Gretta entre as mãos. Então, passando um braço rapidamente em volta do corpo dela e puxando-a para si, falou, com delicadeza:

— Gretta, querida, no que você está pensando?

Ela não respondeu, e nem se entregou completamente ao braço dele. Gabriel, com a mesma delicadeza, insistiu:

— Diga-me o que está se passando, Gretta. Acho que sei o que é. Será que sei mesmo?

Ela não respondeu de imediato. Então, numa explosão de lágrimas, falou:

— Oh, estou pensando naquela canção, *The Lass of Aughrim.*

Ela se desvencilhou dele, correu para a cama e escondeu o rosto. Gabriel ficou inicialmente imóvel, atônito, e logo a seguiu. Ao passar diante do espelho, avistou-se de corpo inteiro, com a camisa larga e bem preenchida, o rosto cuja expressão sempre o intrigava ao se ver refletido, e seus óculos brilhantes de aro dourado. Parou a poucos passos dela e perguntou:

— O que há com essa canção? Por que ela a faz chorar?

Gretta afastou os braços que cobriam seu rosto, levantou a cabeça e, como uma criança, enxugou os olhos com as costas das mãos. A voz dele assumiu um tom mais delicado do que ele pretendia.

— Mas por quê, Gretta? — insistiu Gabriel.

— Estou pensando em uma pessoa que, há muito tempo, cantava essa música.

— E quem era essa pessoa de muito tempo atrás? — perguntou Gabriel, sorrindo.

— É alguém que conheci em Galway, quando morava lá com minha avó — respondeu.

O sorriso desapareceu do rosto de Gabriel. Uma forte raiva começou a se acumular no fundo de sua mente, e as chamas opacas de sua luxúria voltaram a arder furiosamente em suas veias.

— Alguma pessoa pela qual você estava apaixonada? — perguntou ele, com ironia.

— Era um garoto que eu conheci — respondeu — chamado Michael Furey. Ele costumava cantar *The Lass of Aughrim*. Era um jovem muito sensível.

Gabriel ficou em silêncio. Ele não queria que Gretta pensasse que ele estava interessado no garoto sensível.

— Eu consigo vê-lo claramente — disse ela, depois de alguns instantes. — Que olhos, tão grandes e escuros! E quanta expressão neles, quanta expressão!

— Ah, então você sente amor por ele? — perguntou Gabriel.

— Eu costumava fazer caminhadas com ele — respondeu Gretta — quando morava em Galway.

Um pensamento passou pela mente de Gabriel.

— Será que é por isso que você queria viajar para Galway com a Molly Ivors? — perguntou, com frieza.

Gretta olhou para ele surpresa e devolveu a pergunta:

— Para quê?

O olhar dela fez com que Gabriel se sentisse estranho. Ele deu de ombros e falou:

— Como eu poderia saber? Para revê-lo, quem sabe.

Ela desviou os olhos dele e, em silêncio, fitou o feixe de luz que vinha da janela.

— Ele está morto — disse ela, depois de um tempo. — Morreu com apenas dezessete anos. Não é terrível morrer assim tão jovem?

— O que ele fazia da vida? — insistiu Gabriel, ainda com ironia.

— Ele trabalhava na companhia de gás — respondeu Gretta.

Gabriel sentiu-se humilhado pelo fracasso de sua intenção irônica e pela evocação daquela figura dos mortos, um mero menino em uma distribuidora de gás. Enquanto ele se enchia de lembranças de sua vida íntima juntos, repleta de ternura, alegria e desejo, ela o comparava mentalmente a um outro. Uma consciência vergonhosa de sua própria pessoa o assaltava. Ele se via como uma figura ridícula, agindo como um menininho esperto para as tias, um sentimentalista nervoso e bem-intencionado, orando para vulgares e idealizando seus próprios desejos idiotas, o sujeito patético e fútil que ele vislumbrara no espelho. Instintivamente, ficou de costas para a luz, de modo que ela não visse a vergonha que queimava em seu rosto.

Gabriel tentou manter seu tom de interrogatório impessoal, mas sua voz, quando saiu, pareceu humilde e distante.

— Imagino que você estivesse apaixonada por este tal de Michael Fury, Gretta — disse ele.

— Gostávamos um do outro, naquele tempo — respondeu ela.

A voz dela soava abafada e triste. Gabriel, sentindo agora quão inútil seria tentar levá-la para onde pretendia, acariciou uma de suas mãos e falou, também em tom melancólico:

— E por que ele morreu tão jovem, Gretta? Foi tuberculose?

— Acho que ele morreu por mim — respondeu ela.

Um vago sentimento de terror tomou conta de Gabriel com essa resposta, como se, naquela hora em que esperava triunfar, algum ser impalpável e vingativo se aproximasse, reunindo forças contra ele em seu mundo obscuro. Mas, com um grande esforço mental, ele se livrou da ameaça e continuou a acariciar a mão de Gretta. Não a questionou mais, pois sentia que ela falaria sobre si. A mão dela estava quente e úmida: não respondia ao seu toque, mas ele continuou a acariciá-la, assim como acariciara a primeira carta que ela lhe escrevera naquela remota manhã de primavera.

— Era inverno — continuou ela —, mais ou menos no começo do inverno, na época em que eu iria deixar a casa da minha avó e vir para cá, para o convento. Na época ele estava doente, em sua pensão em Galway, não queriam que ele saísse e escreveram para a família dele em Oughterard. Ele estava definhando, disseram. Eu nunca soube ao certo.

Ela parou por um momento e suspirou.

— Pobre rapaz. Ele gostava muito de mim e era um menino tão gentil. Costumávamos sair juntos, passear, como é comum no campo. Ele iria estudar canto só por causa da saúde, dos pulmões. Tinha uma voz muito boa, o pobre Michael Furey.

— Bem, e então, o que houve? — perguntou Gabriel.

— E então, quando chegou a hora de eu deixar Galway para ir para o convento, ele estava muito pior e eu não quis vê-lo, então escrevi uma carta dizendo que estava viajando para Dublin e que voltaria no verão, e que esperava que ele melhorasse.

Ela parou por alguns instantes, para retomar o controle sobre o tom de voz, e então continuou:

— Aí, na noite anterior à minha partida, eu estava na casa da minha avó no bairro de Nun's Island, fazendo as malas, quando ouvi o barulho de pedrinhas sendo jogadas contra a janela. A janela estava tão molhada que eu não conseguia enxergar direito, de modo que corri escada abaixo e saí pela porta dos fundos, e lá estava o pobre rapaz, no fundo do quintal, tremendo.

— E você não ordenou que ele fosse embora? — perguntou Gabriel.

— Implorei para que fosse imediatamente para casa, falei que ele iria morrer naquela chuva. Mas ele respondeu que não queria viver. Ainda consigo ver os olhos dele! Ele estava parado no final do muro, junto a uma árvore.

— E ele foi?

— Sim, ele foi para casa. E quando eu estava no convento havia apenas uma semana, ele morreu e foi enterrado em Oughterard, a terra de sua família. Ah, o dia em que ouvi isso, que ele estava morto!

Gretta então parou, sufocada pelos soluços e, tomada pela emoção, jogou-se de bruços na cama, soluçando. Gabriel segurou sua mão por mais um instante, indeciso, e então, com receio de interferir em sua dor, soltou-a suavemente e caminhou em silêncio até a janela.

Ela não demorou a dormir.

Gabriel, apoiado nos cotovelos, olhou por alguns instantes, sem ressentimento, para os cabelos emaranhados e a boca entreaberta de Gretta, ouvindo sua forte respiração. Ela tivera um grande romance: um homem morrera por ela. Não lhe doía agora pensar no pobre papel que ele, seu marido, desempenhara em sua vida. Observou-a enquanto dormia, como se nunca tivessem vivido juntos como marido e mulher. Seus olhos curiosos pousaram longamente no rosto e nos cabelos de Gretta: e, ao pensar no que ela devia ter sido na época, no tempo de sua primeira beleza juvenil, uma estranha e amigável compaixão lhe invadiu a alma. Não gostava de dizer nem para si mesmo que o rosto dela não era mais bonito, mas sabia que não era mais o rosto pelo qual Michael Furey abraçara a morte.

Talvez ela não tivesse contado a história toda. Seus olhos se moveram para a cadeira sobre a qual ela havia jogado algumas de suas roupas. Um cordão de anágua pendia até o chão. Uma bota estava em pé, com o cano, mole, dobrado; a outra estava deitada de lado. Ele se perguntou sobre seu turbilhão de emoções de uma hora antes. De onde teria vindo? Do jantar de sua tia, de suas próprias palavras tolas, do vinho e da dança, da alegria ao dizer boa-noite no salão, do prazer da caminhada, na neve, ao longo do rio. Pobre tia Julia! Ela também logo seria uma sombra, como a sombra de Patrick Morkan e seu cavalo. Ele havia captado o olhar abatido em seu rosto, por um instante, enquanto ela cantava *Arrayed for the Bridal*. Em breve, talvez, ele estaria sentado naquela mesma sala de estar, vestido de preto, seu chapéu de seda sobre os joelhos. As persianas estariam fechadas e tia Kate estaria sentada ao lado dele, chorando, assoando o nariz e contando como Julia havia morrido. Ele procuraria em sua mente as palavras que pudessem consolá-la, e só encontraria palavras fracas e insuficientes. Sim, sim: isso aconteceria muito em breve.

O ar do quarto estava gelando seus ombros. Espreguiçou-se cautelosamente sob os lençóis e deitou-se ao lado da esposa. Um a um, todos se transformariam em sombras. Melhor passar corajosamente para aquele outro mundo, na plena glória de alguma paixão, do que desvanecer e murchar tristemente com a idade. Pensou em como aquela que se deitava ao seu lado guardara no coração, por tantos anos, aquela imagem dos olhos do seu amado quando ele lhe dizia que não queria mais viver.

Lágrimas abundantes inundaram os olhos de Gabriel. Ele nunca sentira aquilo por nenhuma mulher, mas sabia que tal sentimento devia ser amor. As lágrimas se acumularam em seus olhos e, na escuridão parcial, imaginou ter visto a figura de um jovem parado sob uma árvore gotejante. Outras figuras estavam próximas. Sua alma se aproximara daquela região onde habitavam as vastas hostes dos mortos. Ele tinha consciência, mas não conseguia apreender, sua existência instável e trêmula. Sua própria identidade estava se esvaindo em um mundo cinzento e impalpável: o próprio mundo sólido, que aqueles mortos outrora haviam criado e no qual viveram, estava se dissolvendo e minguando.

Leves batidas no vidro o fizeram se voltar para a janela. Começara a nevar outra vez. Sonolento, observou os flocos prateados caindo obliquamente contra a luz do lampião. Chegara a hora de partir para o oeste. Sim, os jornais estavam certos: a neve era geral por toda a Irlanda. Caía em todas as partes da escura planície central, nas colinas sem árvores, caía delicada sobre o Pântano de Allen e, mais a oeste, caía delicada sobre as escuras e rebeldes ondas do rio Shannon. Caía também em todas as partes do solitário cemitério na colina onde Michael Furey jazia enterrado. Jazia compacta acumulada nas cruzes e lápides tortas, nos ponteiros de ferro do pequeno portão, nos espinhos estéreis. Sua alma esmoreceu aos poucos ao ouvir a neve caindo suave pelo universo e caindo suavemente, como se estivesse descendo o derradeiro momento, sobre todos os vivos e todos os mortos.

Sobre o Autor

James Joyce foi um dos mais influentes escritores do século XX, nascido em Dublin, Irlanda, em 2 de fevereiro de 1882. Sua obra é amplamente reconhecida como central para o desenvolvimento da literatura modernista, especialmente por seu uso inovador da linguagem e da estrutura narrativa. Joyce estudou no University College Dublin e demonstrou desde cedo interesse pelas artes, especialmente pela literatura e pela música.

Sua primeira obra publicada foi *Dublinenses* (1914), a coletânea de contos que o leitor tem em mãos e retrata com realismo e crítica a vida na capital irlandesa. Os contos mostram personagens comuns enfrentando frustrações, paralisia social e moral, temas recorrentes em sua obra. O estilo direto e objetivo contrasta com a experimentação formal que marcaria seus livros posteriores.

Em 1916, publicou o romance *Retrato do Artista Quando Jovem*, uma versão ficcional de sua própria juventude. A obra acompanha Stephen Dedalus, alter ego de Joyce, desde a infância até sua decisão de se tornar escritor. Este romance marca a transição do realismo tradicional para uma forma mais introspectiva e psicológica de narrativa, com o uso progressivo do fluxo de consciência, técnica que se tornaria característica do autor.

Joyce viveu a maior parte da vida fora da Irlanda, morando em cidades como Trieste, Zurique e Paris. Embora fisicamente distante, sua produção literária permaneceu intensamente ligada à Irlanda, especialmente a Dublin, que serve de cenário para a maior parte de sua obra.

Seu livro mais célebre, *Ulisses*, foi publicado em 1922. Inspirado na *Odisseia* de Homero, a obra acompanha um único dia — 16 de junho de 1904 — na vida de Leopold Bloom e outros personagens dublinenses. Joyce utiliza uma variedade impressionante de estilos literários, além do fluxo de consciência, criando uma obra complexa, rica em referências e jogos linguísticos. Apesar da dificuldade de leitura, *Ulisses* é considerado um marco da literatura ocidental e frequentemente listado entre os maiores romances de todos os tempos.

Joyce continuou a empurrar os limites da linguagem com *Finnegans Wake* (1939), sua última obra publicada em vida. Escrito ao longo de 17 anos, o livro é conhecido por sua linguagem altamente experimental, mistura de idiomas, neologismos e jogos de palavras. A obra desafia interpretações lineares e permanece até hoje objeto de estudo e debate entre críticos literários.

Além da literatura, Joyce tinha grande interesse pela música. Era um tenor talentoso e chegou a considerar seguir carreira musical. Essa sensibilidade musical está presente em sua escrita, tanto na sonoridade da linguagem quanto nas referências culturais.

Joyce teve uma vida pessoal marcada por dificuldades financeiras e problemas de saúde, incluindo sérios problemas de visão. Foi casado com Nora Barnacle, com quem teve dois filhos. Sua relação com a religião e a Irlanda foi complexa: embora tenha sido criado na fé católica, afastou-se da Igreja na juventude, o que se reflete em muitos de seus textos.

Durante a Segunda Guerra Mundial, Joyce e sua família se mudaram de Paris para Zurique, na Suíça, onde ele faleceu em 13 de janeiro de 1941, após uma cirurgia intestinal. Foi enterrado no cemitério Fluntern, em Zurique.

O legado de James Joyce é imenso. Sua abordagem inovadora à linguagem, à estrutura narrativa e à psicologia dos personagens influenciou profundamente a literatura moderna e pós-moderna. Escritores como Samuel Beckett, William Faulkner e Virginia Woolf reconheceram sua importância. Até hoje, estudiosos e leitores de todo o mundo celebram sua obra, especialmente no Bloomsday, evento anual em 16 de junho dedicado à leitura e encenação de *Ulisses*.

Joyce permanece como um símbolo da busca por liberdade artística e por novas formas de expressão, sendo uma figura central na história da literatura mundial.

Cronologia

02/02/1882
Nasce em Dublin, Irlanda.

1888–1898
Estuda em colégios jesuítas: Clongowes, Belvedere.

1898–1902
University College Dublin. Forma-se em línguas modernas.

1900
Publica artigo "Ibsen's New Drama" na *Fortnightly Review.*

1902
Viaja a Paris para estudar medicina. Retorna após a morte da mãe.

1904
Conhece Nora Barnacle. Publica o conto *As Irmãs.* Muda-se com Nora para o continente. Inicia *Stephen Hero,* versão inicial de *Retrato do Artista Quando Jovem.*

1905
Instala-se em Trieste.
Leciona inglês.
Conclui *Dublinenses*.

1907
Publica o livro de poemas *Chamber Music*.

1914
Publica *Dublinenses* após quase dez anos de rejeição.
Publica *Retrato do Artista Quando Jovem*.
Começa *Ulisses*.

1915
Vai para Zurique com a família, fugindo da guerra.

1918
Trechos de *Ulisses* são publicados na revista *The Little Review*.
Obra sofre censura nos EUA.

1922
Publica *Ulisses* em Paris, pela Shakespeare and Company.
Reconhecimento imediato e controvérsia crítica.

1931
Casa-se oficialmente com Nora em Londres.

1939

Publica *Finnegans Wake*. Obra marcada por linguagem experimental.

1940

Foge da França ocupada e retorna a Zurique.

13/01/1941

Morre em Zurique após cirurgia intestinal e é sepultado no cemitério Fluntern.

Este livro foi impresso nas oficinas gráficas da Editora Vozes Ltda.,
Rua Frei Luís, 100 – Petrópolis, RJ.